BASTEI LÜBBE

Über das Buch:

Alexandras Geschäft boomt. Mit ihrer Treue-Test-Agentur verleitet sie im Auftrag eifersüchtiger Frauen fremde Männer zum Seitensprung. Und tatsächlich – kein Mann kann der langbeinigen Versuchung widerstehen! Doch dann verliebt sich Alexandra Hals über Kopf in Johannes, einen ihrer »Auftragsmänner«! Ganz gegen ihre eisernen Prinzipien landet sie mit ihm im Bett, denn der charmante Gourmet-Koch ist wirklich jede Sünde wert. Nur ist er leider auch so gut wie verlobt, und zwar mit einer Frau, die keinen Spaß versteht! Als sich dann auch noch einer der von Alexandra geleimten Typen als rachsüchtiger Psychopath mit ungewöhnlichem Waffenarsenal entpuppt, wird es bald so turbulent, dass Alexandra ziemlich tief in die Trickkiste greifen muss …

Über die Autorin:

Eva Völler, Jahrgang 1956, war Richterin beim Landgericht Darmstadt. Heute arbeitet sie als selbstständige Rechtsanwältin – wenn sie nicht gerade Bücher oder Drehbücher schreibt. Ihr viel gelobter Roman *Wenn der Postmann nicht mehr klingelt* erhielt den FRAUENGESCHICHTENPREIS 1996.
Von Eva Völler sind bei BASTEI LÜBBE u.a. *Neulich im Bett* (16205), *Vollweib sucht Halbtagsmann* (16211), *Beiß mich* (16216) und *Das Chaosweib* (16221) erschienen.

Eva Völler

Hauptsache untreu ...

Roman

BASTEI LÜBBE

BASTEI LÜBBE TASCHENBUCH
Band 16226

1. Auflage: November 2001

Vollständige Taschenbuchausgabe

Bastei Lübbe Taschenbuch ist ein Imprint
der Verlagsgruppe Lübbe

Originalausgabe

Titelbild: Tony Stone Images
Umschlaggestaltung: Tanja Diekmann
Satz: Kremerdruck GmbH, Lindlar
Druck und Verarbeitung: Ebner, Ulm
Printed in Germany
ISBN: 3-404-16226-9

Sie finden uns im Internet unter
http://www.luebbe.de

Der Preis dieses Bandes versteht sich einschließlich
der gesetzlichen Mehrwertsteuer.

*Für Rita, die seit vielen Jahren treu
zu mir hält und auch bei meinen gelegentlichen
Verrücktheiten nie eine Miene verzogen hat.
Sie ist der lebende Beweis dafür,
dass Frauen wirklich nur das eine brauchen:
eine gute Freundin!*

Ein besonderer Service

Die junge Frau war vollbusig und trug einen rosa Pullover. Bei ihrem Anblick fühlte Alexandra sich an jemanden erinnert. Sie war sich sogar völlig sicher, diese Blondine schon gesehen zu haben, allerdings ohne eine Ahnung, wann und wo das gewesen sein könnte. Der Name der Frau – Alexandra hatte ihn bereits vergessen, kaum, dass sie ihn gehört hatte – sagte ihr indessen nicht viel.

Alexandra schlug ein Bein über das andere und musterte mit professioneller Gründlichkeit das Foto, das ihr von ihrer neuen Klientin über den Schreibtisch entgegengehalten wurde.

»Das ist mein Julius«, sagte die Blondine. »Julius Müller.«

»Ah ja, sehr ... nett.« Alexandra bemühte sich, einen Hauch von Begeisterung in ihre Stimme zu legen, so, wie sie es in solchen Fällen immer zu handhaben pflegte. Diesmal hätte sie sich selbst für ihre Heuchelei trotz ihres schauspielerischen Talents auf einer Skala von eins bis zehn höchstens eine Zwei gegeben, was kein Wunder war: Der Typ auf dem Foto war ziemlich fett. Außerdem besaß er kaum noch Haare, und die wenigen, die zu sehen waren, hatte er sich quer über den kahlen Schädel gekämmt, um Fülle vorzutäuschen.

»In Wirklichkeit sieht er natürlich viel besser aus«, behauptete die Blondine.

»Natürlich«, erwiderte Alexandra glatt. Sie wühlte in dem Durcheinander auf ihrem Schreibtisch nach der neu angelegten Akte für diesen Auftrag, um das Foto einzuheften. Irene hatte ihr das Dossier heute Morgen deutlich sichtbar hingelegt, doch mittlerweile war es begraben unter der in alle Einzelteile zerfledderten Tageszeitung, einer aufgeblätterten Illustrierten, einer Tüte mit Resten von chinesischem Hühnchen und einer Liste mit neuen Anfragen für ihren Spezialservice.

Die Blondine zerrte an ihrem Minirock und knetete den Saum ihres Pullovers. »Im Normalfall wäre ich niemals auf die Idee gekommen«, druckste sie. »Ich meine, Ihre Agentur aufzusuchen und so. Aber … In letzter Zeit arbeitet Julius oft so lange. Er ist Unternehmer, wissen Sie. Und wenn es dann wieder mal so spät geworden ist, macht man sich natürlich so seine Gedanken.«

»Welches Unternehmen betreibt er denn?«

»Julius? Er ist An- und Verkaufsexperte.«

Dasselbe stand in der Akte, erinnerte Alexandra sich. Es konnte alles oder nichts heißen. Sie wollte gerade fragen, in welcher Art von An- und Verkauf besagter Julius Experte war, doch Shanice kam ihr mit ihrer nächsten Bemerkung zuvor. Sie schürzte den – passend zum Pulli rosa geschminkten – Schmollmund. »Ich will aber nicht, dass Sie zu weit gehen.«

»Was meinen Sie mit *zu weit gehen?*«, fragte Alexandra.

»Na ja. Sie dürfen sich auf keinen Fall ausziehen.«

»Das tue ich nie«, versicherte Alexandra.

»Und anfassen dürfen Sie ihn auch nicht.«

Eine Direktive, die Alexandra im Falle dieses Julius' sehr entgegenkam.

»Keine Sorge. Das wird bei uns immer äußerst diskret gehandhabt. Ich gehe niemals weiter, als ich muss.«

Die Blondine stand auf. »Na dann …«

»Bliebe noch das Finanzielle«, unterbrach Alexandra sie. »Bei solchen Aufträgen werden wir nur gegen Vorauskasse tätig. Wie Sie sich sicher vorstellen können, habe viele Frauen hinterher keine Lust zu zahlen.«

Die Blondine nickte und zerrte ein dickes Bündel Banknoten aus ihrer Handtasche, die nicht nur von einem Topdesigner stammte, sondern auch von einem edlen, satten Burgunderrot war, das sich überraschenderweise nicht mit dem Rosa des Pullis biss.

Alexandra schluckte, als sie das Geld sah.

Hunderter, dachte sie. Das sind Hunderter! Sie ließ sich nichts anmerken und winkte gespielt nachlässig ab.

»Das erledigt meine Sekretärin.«

Sie stand ebenfalls auf, umrundete ihren Schreibtisch und öffnete die Tür zum Vorzimmer. »Irene, würdest du bitte die Rechnung für Frau …«

Sie räusperte sich, um die peinliche Pause zu entschärfen, doch die Blondine fiel sofort eilfertig ein: »Delacorte. Shanice Delacorte. Aber Sie können ruhig Shanice zu mir sagen. Mit *S-h* vorne.« Verschämt setzte sie hinzu: »Das ist mein Künstlername. Brauchen Sie auch meinen richtigen Namen?«

»Nicht, wenn Sie bar zahlen«, erklärte Alexandra großmütig. Sie schüttelte Shanice zum Abschied die Hand und überließ ihrer Sekretärin und rechten Hand Irene den profanen Akt des Kassierens.

Im Vorzimmer saß bereits die nächste Klientin. Mehr als eine pro Tag war nicht gerade die Regel, kam aber in letzter Zeit manchmal vor. Ihr Spezialservice sprach sich allmählich herum. Wenn es in dem Tempo weiterging, würde sie bald schwarze Zahlen schreiben.

»Die nächste Dame bitte«, sagte Alexandra gut gelaunt.

Die nächste Dame erhob sich von dem Stuhl in der Warteecke und kam zögernd näher. Sie warf einen Hilfe suchenden Blick zu Irene hinüber, die allerdings gerade vollauf damit beschäftigt war, eine erfreuliche Anzahl von Shanices Hundertern einzusacken.

»Kommen Sie nur«, sagte Alexandra aufmunternd. Sie reichte ihrer neuen Klientin die Hand. »Mein Name ist Alexandra Klette. Nehmen Sie Platz, Frau ...?«

»Nickel. Elvira Nickel.«

Elvira Nickel mochte Anfang bis Mitte zwanzig sein und war eine recht hübsche Person mit ihrem feinen Porzellanteint und dem zarten, an altes Gold erinnernden Blondton ihres Haars. Dennoch war sie umgeben von einer Aura hausbackener Gediegenheit. Dies lag zum Teil an ihrer altmodischen Föhnfrisur und ihrem allzu brav geschnittenen grauen Kostüm, hauptsächlich jedoch an ihrem leicht verkniffenen Gesichtsausdruck und den missmutig zusammengepressten Lippen.

Alexandra schob die Hühnchentüte zur Seite, hob den Sportteil hoch, lüftete die Illustrierte und wurde endlich fündig. Das neue Dossier enthielt bis auf das noch fehlende Foto alle nötigen Angaben zur Zielperson, doch Alexandra zog es vor, Elvira persönlich zu interviewen, denn das nahm dem Auftragsgespräch einiges an Peinlichkeit.

»Sie wünschen also auch unseren besonderen kleinen Service?«, fragte sie leutselig.

Elvira Nickel zuckte zusammen. »Das klingt so ... schlüpfrig, wenn Sie das sagen!«

»Haben Sie das Foto mitgebracht?«, fragte Alexandra mit gleich bleibender Freundlichkeit.

Elvira nickte und nestelte ein Foto aus ihrer Handtasche. »Das ist er. Johannes Schlumberger. Mein zukünftiger Verlobter. Ihm gehört die *Schildkröte.*«

»Schildkröte? Ach, Sie meinen das Feinschmeckerlokal!«

»Mir gefällt der Name auch nicht besonders.« Mit einer brüsken Geste streckte sie Alexandra das Foto hin. »Aber Johannes ist abergläubisch. Als er ein kleiner Junge war, ist seine Mutter mal mit ihm zu einer Wahrsagerin gegangen, und die hat ihm geweissagt, dass er sein Glück mit einer Schildkröte findet.«

»Und, hat er es gefunden, sein Glück?«, fragte Alexandra zerstreut. Sie betrachtete Johannes Schlumberger. Das Foto zeigte einen Mann Mitte dreißig. Das helle Haar fiel ihm verwegen in die Stirn, und sein Kinn zierte ein Grübchen. Wie ein Edelkoch sah er nicht gerade aus, eher wie die Paradebesetzung für die männliche Hauptrolle in einem Piratenfilm.

Nett, dachte Alexandra. Wirklich nett.

Ganz gegen ihre Gewohnheit unterließ sie die an dieser Stelle übliche Lobhudelei. Elvira machte ohnehin nicht den Eindruck, als wollte sie dergleichen hören.

»Na ja«, beantwortete sie Alexandras Frage, »er hatte schon ziemlich viel Glück. Letztes Jahr im Frühjahr hat er den Stern gekriegt …«

»Stern?«

»Im Michelin«, antwortete Elvira mit einer Spur gereizter Ungeduld in der Stimme. »Und wenn alles klappt und noch ein paar gute Kritiken über ihn erscheinen, bekommt er sicher bald einen zweiten.«

Alexandra drückte sacht mit dem Daumennagel in das Grübchen auf dem Fotokinn, bis eine kleine Kerbe im Papier sichtbar wurde. »Sie halten es also mit dem guten alten Sprichwort, hm?«

»Wie bitte?«

»Drum prüfe, wer sich ewig bindet …«

Elvira verkrampfte sich. »Ich bin keineswegs darauf aus, Johannes einen Hang zur Leichtlebigkeit zu unterstellen. Es ist nur so, dass ich … ähm, dass ich …«

»Dass Sie Gewissheit haben wollen«, unterbrach Alexandra sie verständnisvoll.

»Genau«, sagte Elvira. Sie zögerte, dann meinte sie: »Wie … wie werden Sie vorgehen? Kommen Sie in die *Schildkröte*?«

»Nun, Frau Nickel … Darf ich Sie Elvira nennen?«

»Lieber nicht.«

»Äh … tja, wie gehe ich vor? Nehmen wir beispielsweise den Fall, den ich als nächsten bearbeite …«

Als nächsten würde sie den fetten Julius von Shanice bearbeiten, dem sie genau fünf Minuten gab, bis er seine Hand unter ihren Rock stecken würde. Doch davon brauchte die gute Elvira nichts zu wissen, denn diese Information wäre – zumal sie ihren Vorschuss noch nicht entrichtet hatte – vermutlich höchst kontraproduktiv.

Sie erzählte Elvira daher nur das, was sie als Klientin wissen musste. »Mein nächster Fall ist ein Unternehmer, ein erfolgreicher Experte für An- und Verkauf. Nehmen wir nun an, dieser Mann hat ein wichtiges Geschäft unter Dach und Fach gebracht und hat noch Lust zu feiern. Also macht er sich auf den Weg zu seiner Stammkneipe …«

Schmutzige Geschäfte

Rein zufällig würde Julius Müller genau das an diesem Abend wirklich noch tun, und nur scheinbar zufällig würde er dort auf Alexandra treffen. Doch im Moment war es noch nicht soweit, denn er war, Zufall oder nicht, tatsächlich vollauf damit beschäftigt, ein enorm wichtiges Geschäft unter Dach und Fach zu bringen. Hatte er für seinen letzten Geschäftsabschluss noch ein einsames Waldstück ausgewählt, so hatte er diesmal entschieden, dass die fernab von jeder menschlichen Behausung liegende Kläranlage die geeignete Lokalität sei.

Als er vor einer Viertelstunde bei einbrechender Dämmerung in Begleitung seines Chauffeurs sowie von Hubert und Marius hier eingetroffen war, wurde er schon von den Russen erwartet. Sie standen neben einem Fass – der Himmel mochte wissen, woher sie es hatten und was darin war –, auf dem sie den Koffer deponiert hatten. Der größte der drei Typen hatte die Hand unter seiner von etlichen wulstigen Auswüchsen verbeulten Lederjacke; das war allem Anschein nach der Vollstrecker, genauer gesagt, derjenige der drei, auf den sie am meisten würden aufpassen müssen. Der Zweite, ein rattengesichtiger Genosse mit etlichen Zahnlücken, hielt das Brett mit den Gerätschaften zur Prüfung des Stoffs. Der kleinste der Männer war der Boss; sein von zahllosen Narben verunstaltetes Gesicht zeigte keine Regung, als er einen der Beutel aus dem Koffer holte, ihn aufschlitzte und feinen weißen Schnee auf das Brett rieseln ließ.

Julius gab Hubert einen Wink. Der kleine Schlappschwanz löste sich aus dem Halbschatten von Marius, der wie eine Eiche neben Julius stand, und brachte die Krokotasche mit dem Geld nach vorn.

»Soll ich es rausholen?«, fragte er mit vor Angst schriller Stimme.

»Nein, du gibst das Ding einfach dem Kerl, der die Hand in der Tasche hat«, zischte Julius.

»Wem? Dem kleinen Dicken?«

»Nein, dem mit der Lederjacke, der da beim Klärbecken steht.«

»Die ganze Tasche? Soll ich nicht das Geld vorher rausholen?«

»Du gibst dem Kerl die Tasche. Hast du das verstanden?«

»Die Tasche mit dem Geld drin«, wiederholte Hubert sicherheitshalber. »Die ganze Tasche mit dem ganzen Geld drin.«

»Genau.«

»Wann? Jetzt sofort?«

»Nein, du Arsch. Erst nach dem Test. Hast du das jetzt verstanden?«

»Ja«, flüsterte Hubert.

»Ich hab's nicht gehört.«

»Ja!«

»Das freut mich.«

Marius, der seit der Ankunft seine Position um keinen Millimeter verändert hatte, gab durch eine unmerkliche Bewegung seines rechten Ellbogens zu verstehen, dass er bereit war. Julius fühlte, wie häufig in Marius' Gegenwart, eine wärmende Regung in sich aufsteigen, eine Mischung aus Dankbarkeit, Zuneigung, Verständnis und etwas anderem, das er aber nicht genau benennen konnte. Diese Art wortlosen Einverständnisses reichte jedenfalls, wie Julius fand, einem Mann das Gefühl zu geben, wirklich verstanden zu werden.

Julius trat vor, blieb bei Rattengesicht stehen und nahm eine Prise von dem Schnee. Beargwöhnt von Narbenvisage und Lederjacke stippte er die Zungenspitze hinein. Das Gefühl der Taubheit wurde überlagert von Süße, Beweis für eine unziemliche Menge an Strecksubstanzen, vermutlich Traubenzucker.

»Lecker«, sagte er, das Stichwort für Marius, und dann: »Huby, gib dem netten Jungen da vorn die Tasche.«

Hubert stöhnte verhalten und setzte sich schleppenden Schritts in Bewegung.

Julius registrierte es nicht ohne Amüsement. Er hatte sich absichtlich so postiert, dass Hubert links an ihm vorbeigehen musste. Hubert, dessen Feigheit geradezu sprichwörtlich war, würde sich dem vermeintlichen Ungeheuer, das dort am Rande des Klärbeckens stand, nicht mehr als unbedingt nötig nähern, und Lederjacke würde die Hand aus der Tasche nehmen müssen, um das Geld in Empfang zu nehmen.

Julius' Kalkül ging auf. Hubert blieb in sicherer Entfernung stehen und streckte mit weit vorgebeugtem Oberkörper die Hand mit der Krokotasche aus, um sie Lederjacke zu überreichen.

Der Russe zog wie erwartet die Hand aus der Jacke und grabschte nach dem Geld. Im selben Augenblick knallte Marius' Pistole. Der große Russe hielt die Tasche in seinen schwieligen Fäusten, schwankte hin und her und glotzte belämmert auf das blutige Loch in seiner Brust. Hubert stand wie angenagelt vor ihm und starrte ebenfalls auf das Loch.

»Marius hat auf ihn geschossen!«, rief Hubert entgeistert.

Erzürnt überlegte Julius, dass dieser Trottel in hundert Jahren nicht auf die Idee käme, dem praktisch schon toten Russen das Geld wieder wegzunehmen. Während weitere Schüsse in rascher Folge krachten, sprang Julius mit einer für seine plumpe Gestalt erstaunlichen Gewandtheit vor und riss die Geldtasche an sich, den Bruchteil einer Sekunde, bevor Lederjacke ins Klärbecken stürzte. Nur am Rande seines Gesichtsfelds nahm er wahr, dass die beiden anderen Russen ebenfalls über den Rand des Klärbeckens taumelten und im aufspritzenden Schlamm der Grube versanken. Julius hatte es nicht anders erwartet. Marius hatte noch nie vorbeigeschossen.

Hubert trat an das Becken heran und blickte schaudernd in die blubbernde Grube, wo soeben mehrere große Luftblasen an der Oberfläche der schlammigen Brühe zerplatzten. »Er hat sie erschossen!«, krächzte er, einen Ausdruck schieren Entsetzens im Gesicht.

»Blattschuss, alle drei«, vermeldete Marius stolz.

»Guter Junge«, lobte Julius, womit er ohne jeden Zweifel nicht Hubert meinte.

Hundert Meter entfernt, hinter dem Zaun, fuhr die Stretchlimousine vor. Der Chauffeur – er hieß Hugo – stieg aus und lehnte sich wartend gegen die Kühlerhaube.

»Wir kommen gleich, Hugo!«, brüllte Julius. Zufrieden schaute er zu, wie Marius den Schnee im Koffer verstaute und das Brett in die Grube warf. Das Fass schubste er selbst mit dem Fuß hinterher. Mit einem satten Glucksen versank es in der Tiefe des Klärschlamms. Ein paar Wellen breiteten sich aus – nein, eher ein zaghaftes Schwappen –, dann lag die Oberfläche wieder in trügerischer Ruhe da, von den letzten Strahlen der untergehenden Sonne mit einem rosigen Hauch überzogen. Hubert stand wie angenagelt am Beckenrand und starrte hinunter. Er erinnerte sich vage, in der Schule etwas über Kläranlagen gelernt zu haben, über Primär- und Sekundärreinigung, über Voreindicker, Faulräume, Sandfanganlagen und Ausfällbecken. Doch er hatte keine Ahnung, was dies für ein Becken war. Nachklärbecken? Belebtschlammbecken? Wie auch immer es hieß – das Wasser darin würde lange brauchen, um sauber zu werden.

»Ich finde, jetzt haben wir allen Grund zum Feiern«, sagte Julius fröhlich. Er drückte Hubert die Krokotasche in die Hand, dann zog er sein Handy aus der Brusttasche seines Sakkos und warf es Marius durch die Luft zu. »Ruf Shanice an, sie soll schon mal den Schampus kalt stellen.«

Die Hand unterm Rock

Alexandra saß an der Bar und nippte an dem Gesöff, das in diesem Neppladen als Champagner verkauft wurde. Dieser Drink ging auf Kosten des Hauses, persönlich und generös eingeschenkt von Shanice, der hier allabendlich ihres Amtes waltenden Barfrau, doch das machte die schale Brause nicht besser, sondern höchstens gerade noch erträglich.

Vor zehn Minuten hatte ein befrackter Barkeeper den Dienst von Shanice übernommen, die offiziell unter einem plötzlich auftretenden Migräneanfall litt und daher für den Rest des Abends indisponiert war. Natürlich blieb sie in der Nähe, um Alexandras Bemühungen mit eigenen Augen zu verfolgen. Ab und zu lugte sie durch den Spalt der Tür, die hinterm Tresen in irgendeinen Seitenraum führte. Alexandra blinzelte ihr jedes Mal beruhigend zu und hoffte dabei, dass Shanice mit ihrer penetranten Neugier nicht alles verdarb.

Der blondtoupierte Kopf erschien schon wieder im Spalt der Hintertür, im selben Moment, als Julius zusammen mit ein paar anderen Typen die Bar betrat. Alexandra schenkte den Männern in seiner Begleitung keine Beachtung. Seit dem Augenblick seines Erscheinens konzentrierten sich all ihre Sinne auf den Dicken im Maßanzug, der freudestrahlend die voll besetzten Tische passierte und auf die Bar zugesteuert kam. Shanice war, wie Alexandra sich sofort mit einem besorgten Seitenblick vergewisserte, gerade noch rechtzeitig abgetaucht: Der Türspalt war nur noch ein paar Millimeter breit.

Julius schaute suchend hinter die Bar, dann glitt sein Blick flink über die Hocker. Sie waren alle besetzt, bis auf den neben Alexandra. Den Hocker frei zu halten war für sie kein leichtes Unterfangen gewesen – nicht bei dem Kleid, das sie heute Abend trug –, doch Alexandra hatte selten Probleme, ihrem Willen auf eindeutige Weise Ausdruck zu verleihen.

»Ein Manhattan«, befahl Julius dem Barkeeper.

Alexandra beobachtete, wie er seinen Kamm hervorzog und ein paar flusige, aus der Fasson geratene Haarsträhnen diagonal über seinen Schädel striegelte, während er sich suchend im rauchgeschwängerten, von Stimmengewirr erfüllten Lokal umschaute. Die Tische waren bis auf den letzten Platz besetzt, doch eine vollbusige Blondine im rosa Abendkleid würde Julius heute vergeblich suchen.

»Wo ist Shanice, dieses blöde Weib?«, herrschte Julius den Barkeeper an. »Ich hab ihr doch extra gesagt, dass ich komme!«

»Sie hatte Kopfweh«, warf Alexandra ein. »Aber mir geht es dafür ausgezeichnet.«

Das rauchige Timbre ihrer Stimme veranlasste Julius augenblicklich dazu, sich zu ihr umzudrehen, und ihr Kleid hatte, wie sie sofort zufrieden gewahr wurde, den erwarteten Effekt. Julius machte Stielaugen und kam näher.

»Hallo«, sagte er.

»Hallo-ho«, sagte sie, und es klang noch verführerischer als vorhin. »Ich bin Alexandra.«

»Netter Name«, sagte Julius und schob seinen breiten Hintern auf den freien Barhocker neben ihr. »Und nettes Kleid.«

Das war es. Alexandra hatte es eigens zwei Nummern zu klein gekauft. Es war ein Lurexfummel, der in allen Regenbogenfarben schillerte, über dem Busen und dem Hintern bis an die Grenze des Zerreißens spannte und jeden Zentimeter ihrer endlos langen Beine zeigte. In Verbindung mit ihrem Haar, das ihr in rabenschwarzen Wellen über den Rücken fiel, war der Effekt dramatisch.

»Ich bin Julius«, sagte Julius mit albernem Grinsen.

»Netter Name.«

»Schon was vor heute Abend?«

»Kommt drauf an, mit wem«, sagte Alexandra.

Julius leckte sich die Lippen.

Shanice's Kopf erschien wieder im Türspalt, doch Alexandra achtete nicht darauf, denn Julius würde nichts davon bemerken, dass er beobachtet wurde. Er war voll darauf konzentriert, in den Ausschnitt nebenan zu glotzen. Man sah förmlich, wie sich in seinem Mund der Geifer sammelte.

»Ihr Glas ist ja leer«, sagte Julius.

Es war noch fast voll, doch das war nebensächlich. Julius orderte sofort eine frische Flasche. Der Barmann schenkte neu ein, und Alexandra stellte überrascht fest, dass dies richtiger Champagner war.

Sie ließ es sich schmecken und schaute Julius dabei tief in die Augen. Er hatte ihr soeben erzählt, dass er ein erfolgreicher Import-Export-Experte sei, und sie hatte ihm – augenzwinkernd – erzählt, dass sie Fremdsprachenkorrespondentin mit Schwerpunkt Französisch sei. Das war der Moment gewesen, in dem Julius sich den Krawattenknoten hatte lockern müssen.

Von den fünf Minuten waren vier um, aber Alexandra war nach wie vor zuversichtlich, dass sie ihre Wette, die sie mit sich selbst abgeschlossen hatte, gewinnen würde.

»Sie haben einen supertollen Anzug an«, sagte sie bewundernd.

Julius fuhr geschmeichelt über den edlen Zwirn, beidhändig, von den Knien aufwärts in Richtung Schritt.

»Echte Seide«, sagte er.

»Meine Strumpfhose auch«, lockte Alexandra. »Wollen Sie mal fühlen?«

Julius fühlte. Zuerst am Knie, dann am Oberschenkel. Es fühlte sich wirklich wie Seide an.

Alexandra lächelte einladend, und Julius stellte eine Sekunde später gleichzeitig zweierlei fest: Erstens, dass die Strumpfhose unterm Rock auch aus Seide war. Zweitens, dass diese junge Frau, die mit ihren wallenden dunklen Locken und den großen Rehaugen aussah wie eine hoch gewachsene Schwester von Scheherezade, über eine beachtliche Rechte verfügte.

Ihre Hand landete mit lautem Klatschen auf seiner Wange.

»Was erlauben Sie sich!«, schrie sie. Einen winzigen, orientierungslosen Augenblick schien es Julius, als sei gar nicht er gemeint, sondern irgendjemand hinterm Tresen. Fassungslos hielt er sich die brennende Wange und beobachtete, wie die Frau zur Garderobe stürmte, sich ihren Mantel aushändigen ließ und in Richtung Ausgang verschwand. Dann, er konnte es kaum glauben, kam Shanice plötzlich hinter der Bar hervorgestürzt, das blonde Haar aufgelöst, den rosa Schmollmund empört aufgerissen.

»Du miese Drecksau!«, kreischte sie, und mit einem weithin schallenden *Patsch* landete ihre Hand auf Julius' anderer Wange. Bevor er etwas anderes tun konnte, als sich auch diese Wange zu halten, war sie zum Ausgang gerannt und verschwunden.

Marius näherte sich, ein großer, zuverlässiger, schweigsamer Schatten. Wie immer war seine Miene unbewegt, seine grauen Augen ausdruckslos.

»Soll ich, Boss?«

»Jetzt nicht«, sagte Julius. Er nahm seine Hände aus dem Gesicht und brüllte quer durch das voll besetzte Lokal: »Hubert!«

An einem der Tische in der Nähe der Tür entstand ein kleiner Tumult, als Hubert beim Aufspringen seinen Stuhl umwarf. Er hetzte zwischen den Tischen hindurch und blieb schwer atmend vor Julius stehen, die Krokotasche an die Brust gepresst.

Julius holte aus und verpasste ihm eine Ohrfeige. Er

deutete auf die Tasche, und als Hubert verdattert darauf hinunterschaute, knallte Julius ihm gleich noch eine, diesmal auf die andere Wange.

»Was soll das, du Trottel?«, giftete Julius.

»Was soll *was*?«, fragte Hubert weinerlich und mit hochroten Ohren zurück. Die Blicke, die ihn von allen Seiten trafen, waren ihm sichtlich peinlich.

»Wieso schleppst du das mit dir rum?«, fauchte Julius. »Wozu bist du mein Anlageberater? Ich hab dir doch gesagt, du sollst es anlegen, oder nicht? Hab ich's gesagt oder nicht?«

»Ja«, flüsterte Hubert. »Aber ...«

»Wieso legst du es dann nicht an?«, fiel Julius ihm ins Wort.

»Die Banken haben doch über Nacht zu«, wagte Hubert einzuwenden.

»Willst du mich ärgern oder was?«

»Auf keinen Fall«, versicherte Hubert schnell.

Mit gefährlich funkelnden Augen beugte Julius sich näher. »Dann leg es an!«

Ein Mann, ein Schwein

Obwohl der Mai sich bereits dem Ende zuneigte, war es unangenehm kühl. Alexandra hatte ihren Mantel über dem Lurexfähnchen zugeknöpft, doch der Nachtwind erreichte, wie es ihr schien, jeden Zentimeter ihrer Haut und brachte sie zum Frösteln. Sie schob sich durch die zumeist in Grüppchen dahinschlendernden Passanten, die um diese Uhrzeit noch scharenweise den Kiez bevölkerten. Ihr Wagen stand in einiger Entfernung geparkt, und Alexandra fühlte, wie bei jedem Schritt, den sie tat, ein Stück von der Euphorie verflog, die sie vorhin noch beflügelt hatte.

Der Spezialservice, den sie Anfang des Jahres in das Leistungsrepertoire ihrer Agentur aufgenommen hatte, entwickelte sich langsam zu einem prosperierenden Geschäftszweig, doch es ließ sich nicht leugnen, dass der Eifer, mit dem sie an jeden neuen Auftrag dieser Art heranging, nach erfolgreicher Erledigung regelmäßig einem Gefühl nagenden Überdrusses Platz machte.

Sie sagte sich zwar immer wieder, dass sie nur mit innovativen Marketingideen wie dieser zum Erfolg käme. Dass sie mit den spärlichen Begleitschutzaufträgen, den langwierigen und komplizierten Überwachungen und den schlecht bezahlten Kaufhausobservierungen auf Dauer nicht über die Runden käme. Dass sie als Privatdetektivin, die lediglich das Standardprogramm der üblichen Agenturen feilbot, nicht auf dem von Konkurrenz übersättigten Markt bestehen könnte. Dass sie schließlich nicht nur für sich selbst, sondern auch für Irene Verantwortung trug, und die wiederum war nicht nur Alexandras Freundin und Angestellte, sondern darüber hinaus auch alleinerziehende Mutter zweier halbwüchsiger Jungs, die ihrerseits einen unvorstellbaren Verschleiß an Buffalo-Schuhen und Fila-Jacken hatten.

Doch all diesen Zwängen zum Trotz blieb nach jedem Halali ein schaler Geschmack im Mund. Da half es auch nichts, dass Irene gelegentlich tröstend versicherte, wie groß doch im Grunde die Gefälligkeit sei, die Alexandra all den armen, betrogenen Frauen erweise; nur die wirklich Untreuen würden entlarvt, und solche beziehungsunfähigen, bindungsunwilligen, ekelhaften Fremdgänger, die jedem Rock hinterherhechelten, verdienten es ja nun wirklich nicht anders. Ein Mann, der mitmachte, war halt ein Schwein.

Vordergründig war Alexandra – ebenso wie ihre wachsende Damenklientel – geneigt, dieser Argumentation zuzustimmen, doch es war nicht von der Hand zu weisen, dass das gute alte Sprichwort durchaus seine Berechtigung hatte: Gelegenheit macht Diebe.

Und da Alexandra für ihren Teil diejenige war, welche die Gelegenheit machte, war sie folgerichtig auch die Person, die zum Diebstahl verleitete.

Dieser – ihrer eigenen – Logik konnte Alexandra sich bei näherem Nachdenken immer weniger verschließen. Möglicherweise wären die neun oder zehn Männer, die seit der Eröffnung des Partner-Treuetest-Services auf Alexandras vorgetäuschte Avancen eingegangen waren, ihr Lebtag treu geblieben, wenn sie gar nicht erst die Gelegenheit zur Untreue bekommen hätten. Vor allem, wenn es sich um solche Typen wie diesen Julius handelte, die nicht gerade als Adonis daherkamen.

»Frau Klette!«

Beim Klang ihres Namens drehte Alexandra sich um. Shanice kam auf ihren hohen Hacken eilig herangestöckelt, schloss außer Atem auf und fiel neben Alexandra in Gleichschritt. Ihr Gesicht war verheult; Spuren von zerlaufendem Mascara mischten sich mit Resten von Rouge und verschmiertem Lippenstift.

Barbie, dachte Alexandra unvermittelt. Jetzt wusste sie endlich, an wen Shanice sie erinnerte. Blonde Mähne, Wespentaille, Prunkbusen, rosa Outfit – alles war im Überfluss vorhanden, und wie es schien, kultivierte Shanice die Ähnlichkeit nach Kräften.

»Er hat es tatsächlich getan«, schluchzte sie. »Oder? Hat er es wirklich getan?«

Einen Moment lang war Alexandra versucht, sie mit einer frommen Lüge zu beschwichtigen, doch dann nickte sie. Geschäft war Geschäft. »Ja, er hat's getan.«

»Er hatte seine Hand unter Ihrem Rock, oder?«

Anscheinend wollte sie jede unrühmliche Einzelheit nochmals aus Alexandras Mund bestätigt wissen, obwohl sie doch selbst dabei zugesehen hatte.

»Ja, das hatte er.«

»Das Schwein! Wie weit?«

»Wie weit was?«

»Wie weit hatte er die Hand drunter?«

»Nicht sehr weit.« Alexandra machte den halbherzigen Versuch, die offenkundige Untreue von Shanice's Ex – und das war Julius nun vermutlich – abzuschwächen.

»Aber sie war unterm Rock«, sagte Shanice selbstquälerisch. »Definitiv unterm Rock. Oder? War sie's? War sie unterm Rock?«

»Das war sie.«

»Hat er … Was hat er gesagt? Davor, meine ich.«

»Nichts. Ich meine, nichts von Bedeutung.«

Und das war die reine Wahrheit, aber anscheinend nicht genug, um Shanice's Informationsbedürfnis zu befriedigen. »Wollte er … Hat er Sie gefragt, ob er mit Ihnen …?«

»Nein«, sagte Alexandra wahrheitsgemäß. Sie verkniff sich den Hinweis, dass eine solche Frage angesichts aller Beweise für die – ohnehin mehr als eindeutige – Absicht überflüssig gewesen wäre.

»Er ist so ein Schwein«, wiederholte Shanice sich.

»So sind die Männer«, pflichtete Alexandra ihr diplomatisch bei.

»Alle?«

»Alle.«

»Ihrer etwa auch?«, wollte Shanice wissen.

Alexandra warf im Vorbeigehen einen verträumten Blick in das Schaufenster eines Sado-Maso-Clubs, wo in rotsamtener Kulisse ein täuschend echt aussehender Ledersklave mit Stachelhalsband in gefügiger Pose zu Füßen einer ebenso echt wirkenden Domina-Puppe kauerte.

»Nein, mein Freund ist nicht so«, sagte sie zufrieden. »Klaus ist absolut treu!«

Dann merkte sie bestürzt, dass die vermeintlichen Schaufensterpuppen sich bewegten. Die Frau hob eine Peitsche und ließ sie in martialischer Geste auf den Rücken des Sklaven klatschen, der sich daraufhin lustvoll krümmte. Ein – natürlich gemäßigter – Liveact, um die Passanten in den Sexschuppen zu locken!

»Woher wollen Sie das so genau wissen?«, fragte Shanice.

Alexandra löste irritiert ihren Blick von der Sado-Maso-Szene im Schaufenster und ging rasch weiter. »Bitte?«, fragte sie zerstreut zurück.

»Woher wollen Sie wissen, ob Ihr Freund treu ist?«

»Eine Frau fühlt das ganz einfach.«

Noch ein Schwein

Ja, Alexandra fühlte das. Klaus war in den acht Monaten, die sie mittlerweile mit ihm zusammen war, zu einem festen Bestandteil in ihrem Leben geworden. Zu einer unverzichtbaren, zuverlässigen Konstante, die etwas zutiefst Beruhigendes in ihren unsteten und stressreichen Alltag brachte. In den letzten Monaten wuchs in ihr die Überzeugung, dass sie reif für ein Kind war. Und Klaus wies ihrer Ansicht nach sämtliche Tugenden auf, die ein guter Vater mitzubringen hatte. Leider reagierte er eher zurückhaltend, wenn Alexandra das Gespräch auf dieses Thema brachte. Doch so waren die Männer eben, Alexandra hatte das schon häufig von anderen Frauen gehört. Männer wollten zur Vaterschaft gezwungen werden. Eine von Alexandras Freundinnen hatte es einmal auf den Punkt gebracht: Freiwillig rückten die Männer ihr Sperma nicht heraus, höchstens beim Oralverkehr.

Klaus hielt es genauso. Die Vorstellung, ein Kind zu zeugen, erfüllte ihn mit Entsetzen. Er sei noch lange nicht soweit, hatte er mehrmals erklärt. Alexandra fand zwar, dass ein Mann von sechsunddreißig Jahren durchaus im besten Vateralter war, doch hier gab es, zugegebenermaßen, sicher noch Spielraum nach oben. Für sie auch, schließlich war sie in diesem Sommer erst dreißig geworden. Aber die biologische Uhr tickte immer lauter. Klaus, der sonst häufig Dinge vergaß (schmutzige Socken unterm Bett, Zigarettenkippen im Waschbecken, Wäsche im Trockner und benutzte Tassen in der Spüle), war in puncto Verhütung ein Musterbeispiel perfekter Zuverlässigkeit. Ohne Kondom kein Sex. Er benutzte die Dinger quasi reflexartig. Es kam niemals vor, dass er ein Kondom vergaß. Geschlechtsverkehr ohne Gummi war für ihn unvorstellbar, fast so wie Autofahren ohne Reifen.

Vor ein paar Wochen hatte Alexandra sich zum ersten Mal dabei ertappt, wie sie mit einer feinen Nadel Löcher in Klaus' Kondompackungen fabrizierte. Leider hatte es nicht gewirkt. Die gelochten Kondome hatten genauso gut funktioniert wie die normalen.

Irene – die in manchen Dingen stets zu entnervender Offenheit neigte – verstieg sich gelegentlich zu dem Anwurf, Alexandras Kinderwunsch, erst recht in Verbindung mit Klaus, sei ein Paradebeispiel für grenzenlose weibliche Verblendung. Alexandras Beziehung zu Klaus habe etwa so viel Pep wie eine Flasche Sekt vom vorletzten Silvester (eine geöffnete Flasche, wohlgemerkt), doch Alexandra konnte bei solchen Vergleichen nur müde lächeln. Sie wusste es besser, vor allem, seit Klaus bei ihr wohnte. Das hatte sich ganz zwanglos vor drei Monaten so ergeben, als er notgedrungen seine Stelle als Qualitätskontrolleur in einer Maschinenbaufabrik kündigen musste (sein unfähiger Chef hatte ihn zweimal bei einer Beförderung übergangen) und deshalb seine eigene Wohnung eine Idee zu kostspielig wurde. Womit sich sogleich die Frage erhob, wozu Klaus überhaupt eine eigene Wohnung brauchte.

Zu Recht, wie Alexandra fand. Sie selbst wohnte schon seit Jahren in einer netten Zweizimmerwohnung, die ausreichend Platz für sie beide bot.

Mit Klaus ließ es sich angenehm leben, auch wenn Alexandra es manchmal als ein wenig störend empfand, dass er weder sauber machte noch kochte. Stattdessen pflegte er regelmäßig zu beteuern, dass er sich auf keinen Fall erdreisten wollte, sich in Alexandras angestammte Kompetenzen als Wohnungsinhaberin einzumischen. So gesehen war es verständlich, dass er hausmännliche Aktivitäten als unzulässigen Eingriff in ihr Persönlichkeitsrecht empfand und daher von vornherein lieber die Finger davon ließ. Diese Art der Rücksichtnahme, so machte Alexandra sich klar, war nicht gerade jedem Mann gegeben und daher umso beachtlicher.

Manchmal, wenn sie von einer besonders anstrengenden Observierung nach Hause kam, überraschte Klaus sie allerdings mit frisch aufgebrühtem Kaffee und Törtchen vom Bäcker. Einmal, etwa eine Woche nach seinem Einzug, hatte er sogar eigenhändig eine Platte mit Käsehäppchen hergerichtet und eine Flasche Rotwein zum Atmen bereitgestellt. Käse und Wein entstammten dem Sonderangebot der Woche von Aldi, doch es war schließlich die Geste, die zählte.

Alexandra dachte immer noch mit Rührung daran, wie Klaus und sie sich geliebt hatten, ganz spontan und wild, auf dem Küchentisch, direkt neben der Käseplatte. Die Häppchen waren hinterher total zermatscht gewesen – jedenfalls der Teil davon, der nicht runtergefallen war –, und der Fußboden in der Küche hatte noch wochenlang bei jedem Schritt gequietscht, doch dafür war es auch ein einmaliges, denkwürdiges Erlebnis gewesen.

Die heutige Observierung hatte früher geendet als erwartet. Ein verschenkter Arbeitstag von vielen. Die Zielperson – ein Mann in mittleren Jahren, den seine künftige Ex der ehelichen Untreue verdächtigte – hatte Alexandra auf der Autobahn abgehängt. Der Kerl ging nicht nur fremd, er fuhr leider auch Porsche. Da Alexandra nur einen angejahrten Golf ihr Eigen nannte, kam dergleichen nicht gerade selten vor und würde sich auch in Zukunft noch des Öfteren wiederholen – solange, bis Alexandra entweder selbst Porsche fuhr oder die untreuen Männer ausstarben, zwangsläufig also bis ans Ende ihrer Tage als Privatdetektivin und sicher noch darüber hinaus.

»Klaus?«, rief sie, während sie die Tür zu ihrer Wohnung aufschloss. Aus dem Schlafzimmer klang gedämpfte Musik von der neuen Kuschelrock-CD.

»Klaus? Ich bin heute früher dran!« Alexandra öffnete die Tür zum Schlafzimmer und erstarrte. Im ersten Moment glaubte sie, dass sie vielleicht an einer Sehstörung litt, einer Art Doppelsicht. Wie sonst ließ es sich erklären, dass Klaus, der dort herumhampelnd im Bett lag, vier Arme und vier Beine hatte? Das zusätzliche Armpaar wuchs aus seinen Schultern und krampfte sich um seinen Nacken, und das dritte und vierte Bein hatten sich um seinen Rücken gewickelt.

Dann sah Alexandra die langen roten Fingernägel an den überschüssigen Händen. Die Beine auf Klaus' Rücken waren rasiert und schlank.

»Mach nicht so schnell«, keuchte die Besitzerin von Armen und Beinen, die sich unter Klaus in Alexandras Bett wand. »Ich bin noch nicht soweit!«

»Warum nicht?«, keuchte Klaus. Sein von winzigen Schweißperlen übersäter Hintern hob und senkte sich wie eine Pumpe.

»Weil mir das zu schnell geht«, beschwerte sich die Frau. Sie hatte rote Haare, wie Alexandra als Nächstes erkannte. Ein paar Fransen lugten unter Klaus' rechtem Ohr hervor. Dann war noch eine ausgestreckte Hand zu sehen, die eine Peitsche mit mehreren Schnüren umklammerte. Alexandra starrte das Ding in der Hand der Frau an, außerstande, die Zusammenhänge völlig zu begreifen. Komisch, wieso musste sie bei diesem Anblick an Schaufensterdekorationen denken?

»Ich kann nicht mehr anhalten!«, schrie Klaus.

Das war Alexandra nicht neu. Klaus war sozusagen von der schnellen Truppe. Er bestand meist darauf, dass Alexandra sich hemmungslos gehenließ, was regelmäßig nichts anderes besagte, als dass er leider nicht mehr anhalten konnte. Wenn Alexandra es trotz all seiner Anfeuerungen einfach nicht schaffte, rechtzeitig ihre Hemmungen fallen zu lassen und sich gehenzulassen, konnte man das natürlich nicht Klaus anlasten. Alexandra sah das durchaus ein; sie war in solchen Dingen nicht empfindlich. Ein Orgasmus wurde als seltene Beglückung registriert und liebevoll in den staubigen Annalen ihrer Erinnerungen katalogisiert, fast so wie ein Geburtstag, wenngleich leider nicht ebenso häufig.

Aus ihren vorangegangenen Beziehungen mit Männern (vier in den letzten drei Jahren) hatte sie gelernt, dass Sex nicht überbewertet werden durfte. Jedenfalls nicht von Seiten der Frau. Wer es dennoch tat, erlebte nur Enttäuschungen. Männer waren anders gestrickt, was diese Sache betraf. Sie empfanden es als schmähliches Versagen, beim Sex keinen Orgasmus zu haben – Versagen der Frau, versteht sich.

Klaus beurteilte das ähnlich. Einmal war es vorgekommen, dass er es bei Alexandra nicht bis zum wohlverdienten Ende – sprich: seinem Orgasmus – geschafft hatte. Woraufhin er es ihr noch ewig übel genommen hatte, dass sie ihn mit auf diese öde Fete geschleift hatte, wo es so ätzend langweilig gewesen war, dass er sich den ganzen Abend nur mit einer Flasche Wodka hatte unterhalten können und deswegen hinterher nicht mehr fähig war, im Bett seinen Mann zu stehen.

Die Rothaarige schien irgendetwas gehört zu haben. Sie schob ihren Kopf unter Klaus' Schulter hervor und lugte an dem Peitschenstiel vorbei. »Klausi, da ist 'ne Frau.«

»Ich komme!«, schrie Klaus. »Mach schon! Jetzt! Gib mir die Peitsche, Liebling!«

»Nein, besser nicht«, sagte die Rote peinlich berührt.

»Ich kann nicht mehr anhalten! Laß dich gehen, Mausi!«

Mausi konnte das Finale nicht mehr verhindern, obwohl sie mit dem Peitschenstiel und der freien Hand auf Klaus' Rücken eintrommelte. Er nahm das offensichtlich als Zeichen ihrer endlich enthemmten Leidenschaft.

»Ja!«, brüllte er. »Ooohhh!«

Und dann brach er zuckend auf Mausi zusammen.

Mit morbidem und gleichzeitig sonderbar unbeteiligtem Interesse verfolgte Alexandra das Geschehen.

So sieht er also von hinten aus, wenn er kommt, dachte sie zusammenhanglos. Nass geschwitzt mit rotem Hintern. Und da, die winzige, kahle Stelle an seinem Hinterkopf. Die durchsichtigen Segelohren. Komisch. Ob er bei mir genauso aussieht? Logisch, beantwortete sie sich sofort selbst die in Gedanken gestellte Frage. Wieso sollte er bei mir anders aussehen? Alles war wie bei ihr auch. Bis auf die Peitsche natürlich. Das war eine hochinteressante Novität.

»Ist das deine Freundin?«, fragte Mausi.

»Wer?«, murmelte Klaus.

»Die da in der Tür.«

Klaus hob ermattet den Kopf. Auch von vorn sah er

aus wie immer. Nettes Jungengesicht, braune Augen. »Ach die. Ja, das ist sie. Hallo, Alex.«

»Hallo«, sagte Alexandra höflich. Sie schob die Hand in ihre Handtasche.

»Oh, Mist!«, brüllte Klaus, dessen Gehirn anscheinend gerade wieder auf Normalbetrieb umgeschaltet hatte. »Alex! Was machst du denn jetzt schon hier!?«

»Dich erschießen.« Alexandra fand die Pistole in ihrer Tasche und zog sie hervor.

»Ich kann das erklären!« Klaus sprang aus dem Bett. Mausi kreischte und zerrte die Decke über ihre Blößen. Klaus schützte mit beiden Händen seine abschlaffende Männlichkeit, aber erst, nachdem Alexandra einen Blick auf das herabbaumelnde, gut gefüllte Kondom erhascht hatte.

Alexandra legte mit der Pistole auf Klaus an. »Du hast drei Minuten zum Packen. Und vergiss deine dreckigen Socken nicht.«

Mausi sprang in Panik aus dem Bett und sammelte ihre verstreut herumliegenden Kleidungsstücke inklusive Peitsche auf.

Klaus wich zurück. »Tu nichts, was du bereuen müsstest, Alex!«

Alexandra entsicherte die Waffe. »Keine Sorge. Ich würde es nicht bereuen. Es wäre ja bloß Totschlag im Affekt. Dafür krieg ich Bewährung.«

Mausi streifte mit fliegenden Fingern ihren Slip über. »Ich dachte, sie macht Mode oder so!«, wandte sie sich vorwurfsvoll an Klaus. »Du hast doch gesagt, sie leitet eine Agentur! Was, zum Teufel, ist das für eine Agentur, bei der man ‘ne Pistole braucht!?«

»Private Ermittlungen, Beobachtungen, Personenschutz«,

leierte Alexandra automatisch ihr Repertoire herunter. »Und auf Wunsch unsere besondere Spezialität: Der Partner-Treuetest.«

Sie setzte ihre Handtasche auf ihr erhobenes linkes Knie, nestelte mit der freien Hand eine Visitenkarte hervor und reichte sie der Roten. Dann hob sie die Pistole in Richtung Klaus, der gerade – mitsamt Kondom – in seine Boxershorts gestiegen war.

Der Knall war ohrenbetäubend. Mausi fiel hysterisch schreiend zurück aufs Bett, und Klaus warf sich neben die Kommode in Deckung.

Putz rieselte von der Wand, dort, wo die Kugel ein faustgroßes Loch in die Tapete und das darunter liegende Mauerwerk gerissen hatte.

»Ich hab gerade zwei Meter daneben gezielt«, informierte Alexandra die beiden.

»Alex, um Himmels willen!«, schrie Klaus.

»Beim nächsten Mal treffe ich. Und zwar ins Schwarze. Wo sich das, bezogen auf deine Person, exakt befindet, überlasse ich deiner geschätzten Fantasie.«

»Klausi, mach was!«, jammerte Mausi.

»Ja, Klausi, hör auf Mausi, mach was«, empfahl Alexandra ihm und hob erneut die Pistole. »Ich fürchte, deine drei Minuten sind um.«

Doch da war Klausi schon draußen.

Trübe Tassen

Als sie in dem überfüllten Bumslokal den vierten doppelten Whisky innerhalb von einer Stunde kippte – diesmal allerdings auf eigene Kosten –, überlegte Alexandra, warum sie ausgerechnet hier gelandet war. In ihrem benebelten Verstand kristallisierte sich als Ansatz einer Theorie heraus, dass sie an den Ort ihrer letzten Untat zurückkehrte. Oder vielleicht war sie auch hier, um Shanice mitzuteilen, dass doch alle Männer Schweine waren. Ganz ohne Ausnahme. Ausnahmen gab es nicht. Wer das behauptete, log. Ja, das hätte sie Shanice ganz gern erzählt, so von Frau zu Frau. Ihr anschaulich und am Beispiel lebender Objekte erläutert, dass sie genau so ein armes, betrogenes Geschöpf war wie Shanice. Und nicht nur das. Ihr Ex – als solchen musste sie Klaus wohl fortan bezeichnen – war allem Anschein nach auch noch pervers. Sie hatte über Monate hinweg mit einem Mann zusammengewohnt, der sich beim Sex gern eins überziehen ließ. Von anderen Frauen, wohlgemerkt, nicht von ihr.

Dabei hätte er doch nur fragen müssen. Alexandra hätte ihm den Gefallen gern getan. Vor allem, nachdem sie erst rausbekommen hatte, dass er offenbar regelmäßig anderweitigen Damenbesuch hatte.

All das hätte Alexandra Shanice gern berichtet, in der Hoffnung, dass es diese getröstet hätte.

Doch Shanice war heute Abend nicht da. Der befrackte Barkeeper erzählte, dass Shanice sich leider nicht besonders fühlte, ja, dass es ihr sogar so schlecht ging, dass sie für eine Weile ins Krankenhaus musste.

»Um Gottes willen!«, rief Alexandra bestürzt. »Sie hat sich doch nichts angetan?!«

Nein, es sei eher nervlich, meinte der Barkeeper.

Arme Shanice! Sicher hatte sie wegen Julius' Untreue eine Magenschleimhautentzündung gekriegt oder sogar ein akutes Geschwür. Vielleicht auch Herzrhythmusstörungen. Schlimm, schlimm.

»Alles meine Schuld«, nuschelte sie in ihren fünften Whisky.

»Was ist Ihre Schuld?«, fragte eine Stimme neben ihr interessiert.

Alexandra blickte auf und betrachtete den frettchengesichtigen Mann, der den Barhocker neben ihr okkupierte. Den beiden Typen, die das vor ihm versucht hatten, hatte sie kurz ihre offene Handtasche mit der Pistole darin gezeigt, doch dieser hier sah nicht so aus, als verfolgte er eindeutige Absichten. Er war ziemlich klein und schmächtig und vielleicht Mitte vierzig. Sein sich lichtendes Haar trug er kurz geschnitten, und seine Kleidung war unauffällig und bieder: Jeans, Polohemd, darüber ein graues Sakko. Er war ein Mann von der Sorte, die täglich zu Tausenden die Innenstädte bevölkern und als namenlose Gesichter in jeder Menge verschwinden, ohne jemals wiedererkannt zu werden. Er wirkte irgendwie traurig, mit einem Unterton von Verzweiflung.

Hubert war mindestens ebenso bezecht wie Alexandra. Er hatte an seinem angestammten Tisch in der Nähe der Tür gesessen und sich dort seit etwa drei Stunden systematisch voll laufen laufen. Er hatte die Frau nicht hereinkommen sehen, doch dafür war sie ihm sofort aufgefallen, als er vorhin der Toilette einen Besuch abgestattet hatte und anschließend in die Bar zurückgekehrt war.

Niemals würde er das Gesicht dieser Frau vergessen, der Frau, die Julius eine geknallt hatte! Ihrer ansichtig zu werden und sich zu ihr an die Bar zu hocken, war für ihn eins gewesen.

»Ich finde Sie toll«, lallte er. »Einfach toll. Sie lassen sich nicht unterkriegen. Sie sind stark, mutig, be … be …«

»Bescheuert«, nuschelte Alexandra.

»Nein!« widersprach Hubert. »Be … be …«

»Betrunken?«

»Nicht doch! Be … bewundernswert! Sie sind bewundernswert!«

»Danke …?«

»Hu-Hubert«, lallte Hubert. »Einfach nur Hubert.«

»Angenehm«, sagte Alexandra mit undeutlicher Stimme. »Ich bin Alexandra. Alexandra Klette.«

Sie wühlte eine ihrer Visitenkarten aus ihrer Handtasche, wobei sie Hubert unbeabsichtigt einen ausgiebigen Blick auf ihre Pistole gestattete. Er schien dieses – für ein Damenaccessoire recht ungewöhnliche Gerät – jedoch eher mit Interesse als mit Schrecken zu registrieren. Aufmerksam betrachtete er die Karte. »Private Ermittlungen«, hob er mit schwerer Zunge an, vorzulesen. »Beobachtungen …«

Alexandra trank ihr Glas leer und unterdrückte nur mit Mühe ein Rülpsen. Sie legte einen Hunderter auf den Tisch – in der Hoffnung, dass er reichte –, und schüttelte den Kopf, als wollte sie ein wenig Klarheit hineinbringen.

»Tja, ich hab ziemlich getankt, glaube ich. Ich bin, wie man so schön sagt, total abgefüllt.«

Hubert unterbrach sein Studium der Visitenkarte und blickte auf. »Ich a-auch«, erklärte er solidarisch.

»Kann sein. Wie auch immer. Zeit für meinen Heimflug. ‘tschuldigung, Hubert.«

Hubert nickte und vertiefte sich wieder in den Text der Visitenkarte. »Pe-Personenschutz«, las er laut, vergeblich um eine prononcierte Aussprache bemüht. Das Wort brachte eine Saite in ihm zum Klingen. Eine sehr, sehr tief verborgene Saite … Er blickte auf und wollte etwa sagen, doch der Hocker neben ihm war leer.

Ein Tattoo als Trostpflaster

Diesmal spürte sie nicht viel von der kühlen Nachtluft, obwohl sie den Reißverschluss an ihrer Jacke offen gelassen hatte.

Als sie wieder an das Schaufenster des Sado-Maso-Clubs kam, blieb sie minutenlang vor der plüschig-roten Dekoration stehen und wartete gespannt darauf, dass die Akteure mit ihrer Nummer loslegten.

»Fang schon an«, murmelte sie. »Gib dem Schwein die Peitsche. Aber richtig!«

Doch die Domina und ihr Sklave regten keinen Finger. Schließlich ging Alexandra auf, dass der Liveact durch richtige Schaufensterpuppen ersetzt worden war.

Mit unsicheren Schritten, die sich nach und nach zu einem handfesten Wanken auswuchsen, bewegte sie sich weiter durch die belebte Fußgängerzone des Vergnügungsviertels. Sie stieß gegen einen Mann, dessen Kahlkopf über und über tätowiert war. Er legte den Arm und sie und fummelte mit der freien Hand an ihrer Jacke herum. Allem Anschein nach versuchte er sie aufzumachen, was ihm nicht gelang, da sie gar nicht zu war.

»Nimm deine Pfoten v-von mir!« Alexandra schubste den Kerl weg, doch er erwies sich als unerwartet hartnäckig. Alexandra sah sich genötigt, zu härteren Methoden zu greifen, und legte ihn mit einem rabiaten Judogriff aufs Pflaster.

»Gern geschehen«, nuschelte sie, als er ihr hinterherkreischte, sie habe ihm den Arm gebrochen.

Die bizarren Muster auf seinem Schädel hatten sie auf eine Idee gebracht, die ihr eigentlich schon eher hätte kommen sollen, zumal sie sowieso gerade in der Gegend war. Ein paar Türen weiter fand sie das Studio, stieß die Tür auf und ließ sich dankbar auf die Liege im Behandlungsraum fallen.

Irgendjemand – vermutlich war es Frank, der Inhaber des Studios, denn seine Stimme kam ihr bekannt vor – erklärte, dass sie sich ausziehen müsse.

Sie schaffte es mit einigen Verrenkungen und legte sich wieder hin.

»He, nicht einpennen«, sagte Frank. »Hast du dir was ausgesucht, Alex?«

»Was haben wir denn schon alles?«, murmelte Alexandra.

»'ne Rose auf der rechten Arschbacke, links Yin und Yang. Auf dem Bauch unten rechts Schlange, unten links Apfel.«

»Scheiße. Waren es echt schon so viele?«

»Vier Kerle in drei Jahren«, sagte Frank. »Und genau so viele Tattoos. Ich würde sagen, wir machen mit den Schultern weiter.«

»Ich hab kein Glück mit den Männern«, jammerte Alexandra. »In zwanzig Jahren hab ich kein freies Fleckchen Haut mehr am Körper.«

»Da passt noch 'ne Menge hin«, widersprach Frank. »Wie wär's mit 'nem Stacheldraht am Oberarm? Pamela Anderson hat den auch. Hab ich allein letzte Woche acht Stück von gemacht.«

Alexandra hörte, wie er sein Tätowiergerät vorbereitete. Aus dem Regal neben der Liege zog sie sich ein Magazin mit bunten Tattoo-Mustern heran und blätterte müßig darin herum. Beinahe schlief sie darüber ein.

Franks Hand, die auf ihren nackten Hintern klatschte, brachte sie wieder zu Bewusstsein.

»Hast du jetzt was gefunden oder nicht?«

Alexandra hatte. Sie zeigte darauf. »Das da. Irgendjemand hat mir neulich mal erzählt, dass das Glück bringt oder so.«

Ein besonderer Auftrag

Ein paar Wochen später war Alexandra allerdings weit davon entfernt, glücklich zu sein. Der kühle Mai war in einen hochsommerlich heißen Juni übergegangen, doch sie wünschte sich düstere Regentage herbei. Die Sonne stach in ihren Augen, die aufgrund ihres in letzter Zeit erheblich gestiegenen Alkoholkonsums recht lichtempfindlich waren.

Überraschenderweise war sie nach der Trennung von Klaus nicht so unglücklich, wie die Intensität, mit der sie sich vorher Kinder von ihm gewünscht hatte, eigentlich hätte vermuten lassen. Sie war weder am Boden zerschmettert noch von Schmerz übermannt. Dafür empfand sie ihr Leben als einzige endlose Wüste öder Sinnlosigkeit und Langeweile. Lustlosigkeit, schleichende Niedergeschlagenheit und Widerwillen bestimmten ihren Tagesablauf. Alles, wozu sie sich – abgesehen von ihrer Arbeit – in den letzten Wochen noch regelmäßig hatte aufraffen können, war ihre allabendliche Zechtour durch alle möglichen Kneipen.

Der Anblick des gepflegten Geschäftshauses, in dessen Erdgeschoss sie seit zwei Jahren ihre Agentur betrieb, erfüllte sie normalerweise immer mit Stolz, wenn sie zur Arbeit kam. Sie ließ es sich nicht nehmen, jeden Morgen beim Betreten des Gebäudes einen kurzen Blick auf das blank polierte Messingschild ihrer Firma zu werfen, um ihr Spiegelbild zu begutachten, zusammen mit der Aufschrift:

A. M. Klette – Private Ermittlungen – Beobachtungen – Personenschutz, doch in letzter Zeit hatte sie nur gequält weggeschaut, weil sie ihr eigenes Konterfei nicht ertragen konnte.

Im Vorzimmer blätterte Irene an ihrem Schreibtisch Unterlagen durch. Sie reichte Alexandra eine Tasse Kaffee und einige Akten über die Empfangstheke.

»Morgen früh eine Observierung bis mittags. Und für heute Abend ist der Fall Nickel gegen Schlumberger angesetzt.«

Irene war bis vor ein paar Jahren in einer Anwaltskanzlei tätig gewesen und hatte sich nicht abgewöhnen können, die Fälle in juristischer Hickhack-Manier zu bezeichnen.

Alexandra schlürfte den Kaffee und warf einen lethargischen Blick in das Dossier. »Ach, der Sternekoch von dieser Elvira.«

»Genau. Außerdem hat in der letzten Zeit schon ein paarmal so ein Typ angerufen, der dich unbedingt sprechen will. Es geht um einen Personenschutzauftrag. Ein ganz netter Kerl, der Stimme nach. Er hat gesagt, er heißt Hubert. Du wüsstest schon.«

»Hubert? Hubert ... Nein, keine Ahnung. Kenn ich nicht. Will ich auch nicht kennen lernen. Weißt du was, Irene? Tu mir einen Gefallen. Lass mich mit Männern in Ruhe, ja?«

Irene stand von ihrem Platz hinter dem Empfangstresen auf, kam herüber und legte ihre Hand auf Alexandras Schulter.

»Du nimmst dir das alles viel zu sehr zu Herzen, Alex! Wie lange geht das jetzt schon, dass du Abend für Abend in irgendeiner Kneipe versackst? Drei Wochen? Vier? Vergiss ihn doch endlich! Er war es doch überhaupt nicht wert, dass du dich mit ihm befasst hast!«

»Hinterher sind die Männer das doch nie.« Alexandra seufzte abgrundtief. »Das Schlimme daran ist, dass ich nicht mehr zwanzig bin. Und jetzt hab ich schon wieder fast ein Jahr in den Falschen investiert.«

»Ja, ja, mit dreißig bist du natürlich steinalt. Da müsste ich mir mit meinen fünfunddreißig Jahren eigentlich die Kugel geben, denn sonst könnte es ja passieren, dass ich mal so alt werde, wie ich aussehe!« Irenes schmales Gesicht verzog sich zu einem vergnügten Lächeln. Mit ihrer schlanken Figur, dem perfekt geschnittenen blonden Pagenkopf und dem aristokratischen Profil war sie weit davon entfernt, alt auszusehen, und dessen war sie sich sehr wohl bewusst, genau so wie jeder andere, der Augen im Kopf hatte.

Alexandra fand das nicht amüsant. »Fünfunddreißig ist nicht alt. Und du vergisst dabei außerdem die entscheidende Tatsache, dass du schon zwei Kinder hast.«

»Die ich allein erziehe«, hob Irene hervor.

»Die du vergötterst, gib es zu! Und ich? Meine biologische Uhr tickt so laut, dass ich mir langsam wie eine Zeitbombe vorkomme! Tick, schon wieder ein Jahr älter, tack, schon wieder kein Baby. Tick tack, irgendwann geht die Lunte einfach aus, und die Uhr bleibt stehen.« Sie schüttelte bitter den Kopf. »Andere Frauen nehmen nach ihren Trennungen wenigstens die Kinder mit. Ich bloß die Tätowierungen.«

»O nein!«, rief Irene in gespieltem Entsetzen aus. »Du hast dir doch nicht etwa schon wieder eine machen lassen! Ich hoffe, es ist nichts Versautes!«

»Nein, ganz harmlos.« Alexandra lächelte. »Willst du mal sehen?«

Sie zog ihren Blazer aus und zeigte Irene ihre rechte Schulter.

Das hell erleuchtete Emblem über der Eingangspforte des Gourmettempels war in der einbrechenden Dunkelheit weithin sichtbar. Es bestand aus einer stilisierten Neonschildkröte, die mit ihrem grünlichen Licht die Parkplätze und angrenzenden Gehwege überstrahlte und die Wasserspeier des barocken Brunnens, der die Zufahrt zum Gebäude teilte, in einen fluoreszierenden Schimmer hüllte.

Alexandra hatte Schwierigkeiten, einen Parkplatz zu finden. Die letzte Lücke wurde ihr von einem ziemlich vergammelten Kleinwagen weggeschnappt, der vor ihr auf den Parkplatz eingebogen war. In der Reihe der vielen glänzenden Nobelkarossen machte er sich aus wie ein urtümliches Relikt aus schlechten Zeiten. Der kleinwüchsige Typ mit dem Schnurrbart, der dem Wagen entstieg, machte einen ähnlich ärmlichen Eindruck. Sein Tweedanzug hatte die besten Tage schon lange hinter sich, und sein Schnauzer sah aus, als müsste er dringend ein, zwei Zentimeter gestutzt werden. Dennoch war sein Schritt forsch und seine Miene erwartungsvoll, als er auf den Eingang des Edelrestaurants zuhielt.

Alexandra war insgeheim erleichtert. Wenn dieser abgeschabt daherkommende Typ sich hier zum Essen einfand, würde sie selbst wohl kaum unliebsam auffallen – zumal sie sich eigens für diesen Auftrag mit seltener Sorgfalt herausgeputzt hatte. Ihren rostigen alten Golf sah dort drin schließlich niemand.

Die vorangegangenen Recherchen zu diesem Fall hatten ergeben, dass die *Schildkröte*, was Interieur und Service betraf, in der gesamten Region an Noblesse kaum zu überbieten war. Alexandra selbst war noch nicht hier gewesen. Sie fühlte sich in solchen Schickimicki-Läden nicht wohl; das typische Haute-Cuisine-Getue mit neckischen Tellergarnituren und mikroskopisch kleinen Häppchen war ihr verhasst, das Preis-Leistungsverhältnis erschien ihr völlig absurd. Wie konnte man hundertfünfzig Mark für ein Essen verlangen, das mit drei Bissen verschlungen werden konnte, und dann noch einmal dasselbe für ein paar Schlucke Wein abzocken, der wie Maggi schmeckte?

Alexandra liebte eine bodenständige Küche mit deftigen Portionen. Exotischen Spezialitäten stand sie gleichwohl durchaus aufgeschlossen gegenüber, vor allem, wenn sie aus Tüten kamen, wie Chow Mein, Döner, Tacos oder Enchilladas mit extra viel Zwiebeln.

Für ein Pils vom Fass oder einen ordentlichen Whisky ließ sie jeden Wein stehen.

Nun, sie war dennoch für alle Fälle gerüstet. Schließlich konnte sie hier schlecht die Lage – beziehungsweise die Standfestigkeit von Johannes Schlumberger – sondieren, ohne etwas zu verzehren, weshalb Elvira auch nicht nur das übliche Treuetest-Honorar von fünfhundert Mark, sondern auch einen angemessenen Zusatzbetrag für anfallende Spesen hatte vorauszahlen müssen.

In Ermangelung eines richtigen Parkplatzes steuerte Alexandra den Golf bis an den Rand der bekiesten Fläche und stellte den Wagen auf dem abschüssigen Schotter ab. Prompt brach sie sich beim Aussteigen einen Absatz ab. Fluchend begutachtete sie den Schaden. Die Wildlederpumps, farblich passend zu ihrem purpurroten Abendkleid, waren brandneu. Weitere hundertfünfzig Mark beim Teufel. Vorspeise und Nachtisch würden eben ausfallen müssen.

Kurz entschlossen riss Alexandra auch von ihrem anderen Schuh den Absatz ab, warf beide Absätze ins Gebüsch und strebte dann mit vorsichtigen Trippelschrittchen der Pforte entgegen.

Starthindernisse

Durch das Glasfenster in der Schwingtür lugte Elvira angespannt ins Restaurant. Vor den Blicken der Gäste durch ein großes, kunstvoll arrangiertes Gebilde aus Palmen und Philodendron verborgen, hatte sie selbst von hier nahezu ungehinderte Sicht auf die Tische. Als der Mann mit dem Schnauzbart den Speisesaal betrat, zuckte sie zusammen.

»Er ist da!«, rief sie. »Er ist gekommen!« Sicherheitshalber betrachtete sie nochmals das Foto in dem Gourmetmagazin, das sie umklammert hielt. Kein Zweifel, das war er. Carl von Sprengl höchstselbst. Er gab heute wie schon im Vorjahr der *Schildkröte* die Ehre, und wenn ein glückliches Schicksal es so fügte, auch einen weiteren Stern.

Ungeduldig drehte sie sich um. In der Küche herrschte der übliche Rummel um diese Zeit. Die Bedienungskräfte gingen durch die Schwingtür ein und aus, und an den chromblitzenden Arbeitstischen und den Herden standen vier in makelloses Weiß gekleidete Köche und ebenso viele Hilfskräfte, die Hände in ständiger Bewegung. Sie schnetzelten Fleisch, hackten Zwiebeln, stiftelten Gemüse, schichteten Pasteten, rührten Saucen und Soufflés. Mitten unter ihnen stand Johannes, der gerade mit konzentrierter Miene einen Zander filettierte.

»Johannes!«

Er blickte nur kurz auf und lächelte, dann vertiefte er sich wieder in seine Arbeit, als handle es sich um eine lebensrettende Operation. Für ihn war es das zweifelsohne auch. Eine falsche Bewegung mit dem Messer und der Zander war verloren. Er würde nicht mehr als Gesamtkunstwerk, sondern höchstens noch als klägliche Einlage für eine Bouillabaisse taugen.

»Johannes, komm doch mal!«

Mit wachsender Ungeduld beobachtete Elvira, wie Carl von Sprengl vom Oberkellner an den letzten freien Tisch geleitet wurde, dort Platz nahm und die Weinkarte aufschlug.

»Bist du taub?«, fuhr sie Johannes an. »Carl von Sprengl ist da! Hier, in deinem Lokal!«

»Ich hab's gehört, Elvira.« Behutsam löste er die filettierten Fischteile voneinander und legte sie auf die vorbereiteten Teller.

»Und? Warum tust du dann nicht irgendwas?«

»Ich tu doch was. Ich arbeite.«

Elvira konnte es nicht fassen. »Aber das ist Carl von Sprengl! Der Papst unter den Gourmetkritikern! Als Chef des Hauses musst du wenigstens an seinen Tisch gehen und ihn persönlich begrüßen!«

»Ich bin in erster Linie Küchenchef«, versetzte Johannes mit mildem Tadel. »Und der Küchenchef geht *nach* dem Essen zum Gast, nicht vorher. Außerdem ist er inkognito hier. Wenn ich jetzt hingehe, macht das keinen guten Eindruck, Elvira.«

»Da hat der Chef Recht«, meldete sich der Zweite Koch. »Das wäre echt zu plump.«

Elvira wandte sich schnaubend ab und wich in letzter Sekunde einem hereinflitzenden Kellner aus. »Bedienen Sie den Herrn an Tisch sechs besonders zuvorkommend, verstanden?«

Der Kellner nickte achselzuckend, nahm die Teller mit den Zanderarrangements und eilte zurück in den Saal.

Elvira starrte erneut hinüber zu den Tischen, und dann schrak sie zusammen. Das durfte nicht wahr sein! Sie kniff die Augen zu, um dieses Trugbild zu verscheuchen, doch es erwies sich als allzu real: Soeben hatte Alexandra Klette die Szene betreten. Diese Kuh hatte sie völlig vergessen! Wie hatte sie nur je auf die Idee verfallen können, ihr diesen absolut hirnrissigen Auftrag zu erteilen! Und dann auch noch für heute Abend! Elvira rechnete hektisch nach, ob der Termin überhaupt stimmte, doch sie kam widerstrebend zu dem Schluss, dass dies der Fall sein musste. Wie lange war die Sache her? Drei Wochen? Vier?

Und wie sie sich aufgebrezelt hatte! Sie trug nicht nur das Haar offen, sondern außerdem ein vollkommen inakzeptables, stechend rotes Kleid, das zu lang und außerdem viel zu eng war. Und der Ausschnitt … Elvira gewahrte mit Schaudern, dass die Titten dieser Kuh fast von allein vorn rauspurzelten. Gleichzeitig empfand sie eine fast tröstliche Beruhigung. Gegen solche schamlos zur Schau getragenen weiblichen Reize war Johannes ohnehin immun. Im Gegenteil, er würde es als zutiefst abstoßend empfinden, sich mit dieser Person auch nur zu unterhalten. Ärger kochte in Elvira hoch. Die fünfhundert Mark zuzüglich Spesen hätte sie sich genauso gut sparen können!

Alexandra hielt unterdessen Ausschau nach einem freien Tisch. Wie vorhin draußen auf dem Parkplatz war ihr die letzte verfügbare Möglichkeit von dem kleinen Mann mit dem Schnauzer weggeschnappt worden. Umwieselt von einer ganzen Heerschar schwarz befrackter Kellner studierte er gerade die Speisekarte.

Einer der Fräcke näherte sich beflissen von der Seite. »Gnädige Frau wünschen?«

»Ja, was wünscht sie wohl«, entgegnete Alexandra lakonisch.

»Nun, leider können wir in der *Schildkröte* freie Plätze nur gegen Vorbestellung …«

»Aber ich hatte vorbestellt. Für eine Person. Alexandra Klette. Vielleicht können Sie noch mal in Ihrer Liste nachsehen.«

»Oh, äh ...« Der Ober oder Saaldiener oder was auch immer er hier darstellte, betrachtete nervös den Zweipersonentisch, der soeben an den Tweedmenschen vergeben worden war. »Manchmal kommt es vor, dass Gäste unangemeldet kommen«, stammelte er. »Das führt dann zu Platzknappheit ...«

»Ich setz mich gern irgendwo dazu«, sagte Alexandra entschlossen. »Der Herr da vorn sieht ziemlich einsam aus.« Und schon steuerte sie den Tisch des Schnauzbärtigen an.

Carl von Sprengl blickte auf, erfasste die Lage, erhob sich und machte eine formvollendete Verbeugung. »Habe die Ehre«, sagte er mit nettem Wiener Akzent. »Bitte gestatten Sie mir, Ihnen den zweiten Platz anzubieten.« Er sprang eilfertig hinzu, um gemeinsam mit dem Ober den Stuhl für Alexandra zurechtzurücken. Sie ließ die Höflichkeit eher gereizt als dankbar über sich ergehen, nicht sicher, ob derlei männliche Dienste der betroffenen Frau nicht vor allem das Gefühl vermitteln sollten, dass sie zu dämlich sei, mit ihrem Hintern selbst auf den Stuhl zu finden.

Elvira fiel hinter der Schwingtür fast in Ohnmacht, als sie die Bescherung sah. »Wer sitzt denn da am Tisch von Ehrwürden Sprengl?«, fragte einer der Küchenjungen frech über ihre Schulter.

Johannes wischte sich die Hände an seiner Schürze ab und schaute ebenfalls durch die Glasscheibe zu dem Tisch hinüber. »Ist er in Begleitung da?«

»Sieht ganz so aus«, sagte Elvira frostig.

Zur selben Zeit gab Carl von Sprengl seine Bestellung auf. »Den pochierten Lachs, die Entenbrust, die Hummersuppe, den warmen Pilzsalat, die Leberterrine, die Hasenpastete«, ratterte er herunter. »Die rote Grütze, die weiße Schokoladenmousse, die Mascarponecreme, das Champagnersorbet. Dazu Cabernet Sauvignon, Premières Côtes de Bordeaux und Chardonnay.«

Der Ober notierte es. »Sehr wohl, der Herr.«

»Wahnsinn«, entfuhr es Alexandra. »Sie sehen gar nicht so aus!«

»Wie belieben?«, fragte von Sprengl.

»So gefrä … Ähm, ich meine, als könnten Sie so viel auf einmal verputzen. Oder wollen Sie alles nur probieren?«

»So könnte man sagen.«

»Dann sind Sie wohl so eine Art Gourmetkritiker, habe ich recht?«

»Äh … nun ja …«

Der Ober bekam einen Hustenanfall und entfernte sich.

»Jetzt hat er glatt vergessen, meine Bestellung aufzunehmen«, sagte Alexandra verdutzt. »Oder er denkt, Sie hätten für uns beide bestellt – bei der Menge.«

Der Sommelier näherte sich, eine in weißes Tuch eingeschlagene Flasche im Arm wie ein Baby, und Alexandra schaute säuerlich zu, wie er die komplette Show mit Kork-Riechen, Dekantieren und Verkosten abzog, bevor endlich das erste Glas mit einem nach Maggi riechenden Rotwein voll geschenkt wurde. Carl von Sprengl schien alles ganz normal zu finden. Er probierte, wiegte den Kopf und nickte dann zufrieden, bevor er sich auf einem lächerlich kleinen Blöckchen, das neben seinem Platzteller lag, Notizen machte.

Alexandra blickte sich müßig um. Jeder Quadratmeter dieses Lokals verströmte verschwenderischen Luxus. Das gewienerte Schiffsplankenparkett war üppig mit orientalischen Teppichen belegt, die Tische brachen fast zusammen unter der Last von schwerem Damast, Silber und Kristall (die Teller mit dem Essen nicht mitgerechnet), und an den Wänden warfen antike Kandelaber ein dezent-schummriges Licht auf die mittelalterlichen Ölporträts, was den gemalten Gesichtern ein dämonisches Aussehen verlieh.

Aus verborgenen Lautsprechern drang sanfte klassische Musik, gerade so laut, um das auf- und abschwellende Stimmengewirr ringsum auf angenehme Art zu übertönen. Überall schlichen dienstbare Geister herum, um mit geradezu penetranter Unaufdringlichkeit Wein nachzuschenken, kunstvoll drapierte Essen zu servieren oder Teller abzuräumen.

Auf diese Weise, da war Alexandra ganz sicher, hatten in früheren Jahrhunderten Könige getafelt. Nun, vielleicht taten sie das auch heute noch, doch im Unterschied zu früher konnten es sich jetzt auch viele Normalbürger leisten. Nicht immer, aber doch dann und wann. In ihrer feinsten Abendkluft saßen sie an den Tischen und ließen sich ihre Sternemenüs zu Mondpreisen schmecken.

Aus den Augenwinkeln bemerkte Alexandra, dass Elvira sich ihrem Tisch näherte. Sie ging seitwärts wie eine Krabbe und blieb in verkrampfter Haltung einige Meter weit weg hinter einer Fächerpalme stehen, offensichtlich darauf bedacht, zwar von Alexandra, auf keinen Fall aber von dem Schnauzertyp bemerkt zu werden. Ihrem Gezischel zufolge war sie darauf aus, dass Alexandra sich zu ihr umwandte und sich anhörte, was sie ihr mitzuteilen hatte. Alexandra tat ihr den Gefallen. »Was ist los?«, fragte sie über die Schulter.

Elvira kam einen winzigen Schritt hinter der Palme hervor. Mit ängstlichem Seitenblick auf von Sprengl zupfte sie am Saum ihres feinen mitternachtsblauen Blazers herum, der zusammen mit der schneeweißen Bluse den perfekten Rahmen für ihr Porzellanpuppengesicht bildete. »Heut passt es ganz schlecht«, wisperte sie. Von Sprengl, der gerade damit beschäftigt war, sich mit Kennermiene und unter vielen Notizen seine Hummersuppe einzuverleiben, blickte auf.

»Wie belieben?«

»Oh, Verzeihung, ich sprach mit der Dame«, sagte Elvira. Flammende Röte stieg in ihre Wangen, und als sie in ihrer Nervosität abermals ihren Blazer malträtierte, riss sie sich unvermittelt einen Knopf ab.

»Johannes ist sehr beschäftigt«, flüsterte sie, sich vorbeugend. »Außerdem hab ich es mir anders überlegt. Am besten gehen Sie wieder.«

Carl von Sprengl blickte leicht befremdet auf.

Alexandra lächelte ihn verbindlich an. »Das Personal ist hier unglaublich aufmerksam, nicht wahr?« Zu Elvira sagte sie: »Ich nehme ein großes Steak, schön blutig. Und Pommes mit Ketchup. Mit *viel* Ketchup bitte, ich kann es nicht leiden, wenn der Ketchup alle ist, solange noch Pommes auf dem Teller liegen. Zum Trinken ein Cola.«

Elvira nickte mit zusammengebissenen Zähnen. Alexandra vergewisserte sich mit einem raschen Blick, dass der Tweedmensch sich auf seine Suppe konzentrierte, dann wisperte sie Elvira beruhigend zu: »Keine Angst, ich krieg das schon hin. Ich versteh meinen Job und hab noch nie gekniffen.«

»Aber …«

»Gute Leistung für gutes Geld. Das ist meine Devise. Schließlich haben Sie mich dafür bezahlt, dass ich ihm auf den Zahn fühle. Ich werde nachher schon eine Gelegenheit finden. Er kann ja nicht den ganzen Abend in der Küche rumhängen. Und wenn doch, geh ich halt zu ihm rein.«

»Oh, nicht doch, ich …«

Carl von Sprengl hob den Kopf. »Sie könnten mir bitte noch ein wenig frischen Hummer mitbringen, wenn Sie gleich das Steak für die junge Dame hier servieren.«

Das wirkte besser als Alexandras Beschwichtigungsversuche. Elvira bedachte den Gourmetkritiker mit einem sonnigen Lächeln und rannte mit Lichtgeschwindigkeit in die Küche.

»Er will frischen Hummer!«, schrie sie aufgeregt.

Die Küchenjungen stürmten sofort im Pulk in den angrenzenden Kühlraum. Frischer Hummer bedeutete stets lebender Hummer. Frischer Hummer wollte auf ein Brett gefesselt und in heißem Wasser zu Tode gesotten werden, denn nur so kam er in den Hummerhimmel, sprich, an den Gaumen des Gourmets.

»Was hat die Frau bestellt?« fragte Johannes.

»Ein Steak«, antwortete Elvira wütend.

Er holte wortlos ein Stück Rinderlende aus einem der gigantischen Kühlschränke und schnitt eine dicke Scheibe ab, die er in Form drückte und auf den heißen Steingrill legte.

»Sie will dazu Pommes mit Ketchup«, sagte Elvira mit wohlberechneter Grausamkeit. »Mit viel Ketchup.« Zufrieden registrierte sie, wie Johannes zusammenzuckte. Er bemühte sich, den Seufzer, der ihm entwich, zu unterdrücken, doch es gelang ihm nicht ganz.

Ein Lockvogel bei der Arbeit

Carl von Sprengl pickte wie ein Vögelchen die Atzung von diversen Tellern und kritzelte eifrig sein Blöckchen voll. Alexandra hingegen gab sich mit allen Sinnen dem Genuss hin, das beste Steak ihres bisherigen Lebens zu sich zu nehmen. Die Pommes waren mit einer befriedigend dicken Ketchuplake versehen, das Cola herrlich eiskalt.

»So muss ein richtiges Essen schmecken«, sagte sie genüsslich kauend zu ihrem Tischnachbarn.

Der warf einen sehnsüchtigen Blick auf ihr bluttriefendes Steak. »Das sieht aber auch wirklich lecker aus!«

»Sie Ärmster«, sagte Alexandra mitleidig. »In Ihrem Beruf kriegen Sie wahrscheinlich selten ein anständiges Steak mit Pommes und Ketchup.«

»Da haben Sie Recht«, gab von Sprengl zu.

»Wollen Sie mal versuchen?«, schlug Alexandra spontan vor. »Wir können ja tauschen!«

Er zögerte keine Sekunde, und wenige Augenblicke später waren die Teller vertauscht. Der Berufsfeinschmecker machte sich selig über das dicke Steak her und verschmähte auch nicht die in Ketchup ertrunkenen Pommes.

Alexandra probierte ein paar Häppchen vom Hummer – nicht schlecht –, einen Bissen von der Entenbrust – schön kross – und zwei, drei Gabeln voll vom Lachs, der sich als absolutes Gedicht entpuppte und binnen Sekunden verzehrt war, ebenso wie die Beilagen an verschiedenem Gemüse, das ganz anders schmeckte, als Alexandra es kannte. Das musste wohl daran liegen, dass es wahrscheinlich noch gestern irgendwo in der Erde gesteckt hatte statt in einer Dose. Die Hasenpastete war nicht ihr Ding, genauso wenig wie die Leberterrine, doch dafür waren die diversen Süßspeisen, die sie sich anschließend mit dem netten Kritiker teilte, das Beste, was sie je an Nachtisch gegessen hatte. Auch der Kaffee mundete weit besser als das Zeug, das sie sich zu Hause selbst kochte.

»Ich kann nicht mehr«, stöhnte sie. Das Kleid, wie immer zu solchen Anlässen zwei Nummern zu klein gekauft, spannte an den unmöglichsten Stellen. Sie konnte sich nicht erinnern, jemals so vorzüglich geschlemmt zu haben.

»Ich bin auch satt bis zum Gehtnichtmehr«, gab Carl von Sprengl zu.

»Sie haben einen tollen Beruf«, sagte Alexandra im Brustton der Überzeugung.

»An Abenden wie diesem finde ich das auch«, erklärte er mit galantem Blick auf ihr Dekolleté.

Nachdem einer der Kellner den Tisch abgeräumt und ein anderer diskret das Geld für die Rechnung in Empfang genommen hatte – Alexandra hatte zu ihrer Überraschung nur neunundsechzig Mark bezahlen müssen –, näherte sich der Küchenchef ihrem Tisch. Johannes, noch in Kochmontur, nahm die Mütze ab und räusperte sich.

»Guten Abend, die Dame, der Herr. Ich bin der Küchenchef, Johannes Schlumberger. Ich hoffe, die Spezialitäten des Hauses haben Ihren Beifall gefunden.«

Alexandra musterte ihn eingehend. Er sah noch besser aus als auf dem Foto. Vor allem größer. Und er war kein bisschen fett, was ihrer Meinung nach für einen Koch durchaus ungewöhnlich war.

»Wenn Sie damit meinen, ob's geschmeckt hat: Super. Es war echt toll.«

Johannes wurde, wie sie mit scharfem Blick sofort erkannte, bei ihrem ehrlich gemeinten Lob tatsächlich rot.

»Dasselbe gilt übrigens auch für mich«, warf Carl von Sprengl ein. »Und zwar ohne Einschränkung.«

»Und das sagt ein Fachmann«, erklärte Alexandra vergnügt. »Er ist nämlich ein waschechter Gourmetkritiker, stellen Sie sich das mal vor!«

»Ja, ich weiß«, sagte Johannes verlegen. »Wer kennt Sie nicht, Herr von Sprengl. Ich freue mich, dass Sie mich beehrt haben.«

»Die Freude war diesmal ganz auf meiner Seite. Die Mousse war exquisit, die Suppe exorbitant, das Reh extraordinaire ...«

»Und das Steak extraterrestrisch«, meinte Alexandra, ungeduldig darauf wartend, dass die Schleimerei ein Ende fand. Sie hatte heute noch einen Auftrag zu erledigen.

»Sie sagen es«, lächelte von Sprengl. »Dieses Souper war rundum gelungen, nicht zuletzt auch dank der Gesellschaft dieser bezaubernden jungen Dame.« Er stand auf. »Nun, leider muss ich mich empfehlen, der Abend ist noch jung und die Pflichten zahlreich. Habe die Ehre.«

Er küsste Alexandra mit echtem Wiener Schmäh die Hand, verabschiedete sich von Johannes und empfahl sich nach draußen zu seinem schäbigen Auto.

Johannes schaute ihm nach. »Ach, Sie waren gar nicht zusammen da?«

»Nein, wir haben uns nur den Tisch und das Essen geteilt.«

Das brachte ihn dazu, sie mit neuer Aufmerksamkeit

zu mustern – nicht zum ersten Mal, denn er hatte vorhin vom Fenster der Schwingtür aus bereits den einen oder anderen Blick auf die Frau an von Sprengls Tisch geworfen. Der satte Farbton ihres Kleids erinnerte ihn an Erdbeeren am Tag der Ernte, dunkelrot und ebenso samtig. Das wellige dunkle Haar schimmerte genau wie dieser seltene arabische Mokka, den er manchmal zur Adventszeit kredenzte. Die Farbe ihrer Augen, die er jetzt aus der Nähe betrachten konnte, ähnelte geraspelter Schokolade. Ihr Teint war wie frisch geschlagene Sahne, und ihr Mund …

»Übrigens«, sagte Alexandra mit ihrer rauchigen Spezialstimme, »mein Name ist Alexandra. Haben Sie nachher noch was vor?«

Johannes schluckte und rang nach Worten bei dieser eindeutigen Anmache. Nervös blickte er über die Schulter in Richtung Küche, doch die Schwingtür war zu. Elvira, die ihn vorhin noch beschworen hatte, von Sprengl unbedingt seine Aufwartung zu machen, war nirgends zu sehen.

Alexandra lächelte. Es war ja so einfach. »Falls nicht, würde ich Sie nämlich gern interviewen.«

»Inter … ähm, interviewen?«

»Ja, ich bin von Berufs wegen neugierig. Meine Recherchen führen mich momentan in erster Linie mit Männern zusammen, die dabei sind, sich als erfolgreiche Unternehmer einen Namen zu machen.«

»Dann arbeiten Sie wohl für eine Zeitschrift?«

»Oh, ich habe diverse Auftraggeber.«

Ihr Blick fiel bei diesen letzten Worten über Johannes' Schulter auf Elvira, die soeben aus einer Seitentür trat. Als sie Johannes bei Alexandra stehen sah, verzog sie das

Gesicht, als hätte sie in einen faulen Apfel gebissen, doch sie machte keine Anstalten, herüberzukommen, sondern blieb stehen, wo sie sich gerade befand: Hinter seinem Rücken. Und in Hörweite.

»Also, wie ist es?«, fragte Alexandra, plötzlich ungeduldig. Mit einem Mal fand sie, dass etwas anders war als sonst. Nicht was die Klientin anging, nein, das nicht. Elvira war ein dummes, unerfahrenes Lämmchen, es würde ihr nur gut tun, ein paar Lektionen über Männer zu lernen. Doch dieser Johannes Schlumberger war nicht wie die anderen Typen, die sich bislang nur zu bereitwillig von ihr hatten aufs Kreuz legen lassen. Er war, das erkannte sie auf den ersten Blick, sensibel, schüchtern, höflich … und nett. Das war es. Er war einfach nett. Der netteste Mann, der ihr seit langem begegnet war. Und kochen konnte er wie ein Gott.

Allerdings, so räumte Alexandra sich selbst gegenüber ein, war Geschäft Geschäft, und Elvira hatte viel Geld dafür bezahlt, das mittlerweile längst für Büromiete, Irenes Gehalt und jede Menge Whisky draufgegangen war. Einen letzten Versuch war sie ihrer Klientin noch schuldig, und dann würde sie das Feld räumen. Fall erledigt, Opfer immun, alle Beteiligten freuten sich. Na gut, hier der letzte Versuch.

»Kann ich Sie entführen?«, fragte sie lockend. »In der Nähe gibt es eine nette kleine Bar. Sehr intim und gemütlich.«

Das war nun wirklich nicht mehr misszuverstehen. Seine Reaktion machte Alexandra deutlich, dass sie eine große Versuchung für ihn darstellte, und zum ersten Mal hasste sie sich für diese Lockvogelmasche.

Johannes zwirbelte hektisch die Kochmütze in seinen

Händen zusammen. Sein Adamsapfel hüpfte, während seine Blicke über Alexandras Mund und ihren großzügigen Ausschnitt glitten, dann abirrten, durchs Lokal schweiften und schließlich an Elvira hängen blieben wie an einem Fels in der Brandung. Etwas wie Erleichterung zeichnete sich auf seinen Zügen ab.

»Nein, es geht nicht«, sagte er. »Ich bin nicht umgezogen, und in der Küche wartet noch eine Menge Arbeit auf mich. Am besten, Sie rufen mich an, dann machen wir das Interview telefonisch.«

»Verstehe«, sagte Alexandra mit leisem Spott. »Da kann man nichts machen. Die Pflicht geht vor.«

»Ja, die geht vor.«

Elvira kam vorbei, ein schwaches Lächeln des Triumphs auf den Lippen. Sie warf Alexandra einen bezeichnenden Blick zu und verschwand dann in der Küche. Johannes beobachtete reglos, wie Alexandra ihr Abendjäckchen von der Stuhllehne nahm. Als sie hineinschlüpfen wollte, erwachte er aus seiner Erstarrung und half ihr.

Alexandra schob einen Arm hinein und hob den zweiten. Sie schob gerade die Hand in den Ärmel, als das Kleid ein wenig von ihrer Schulter glitt und das frische Tattoo entblößte.

Johannes, der dicht hinter Alexandra stand und mit beiden Händen die Jacke hielt, sah gestochen scharf jedes winzige Detail auf der sanft gebräunten Haut: den wie ein Smaragd leuchtenden Panzer, die zarten grünen Füße, den anmutig gebogenen Hals mit dem Reptilienkopf.

»Das Zeichen«, flüsterte er.

»Haben Sie was gesagt?«

»Äh … nein, nichts.«

Alexandra schlüpfte vollends in ihr Jäckchen, nahm ihre Handtasche von der Stuhllehne und gab Johannes die Hand. »Herr Schlumberger, das Essen war wunderbar, und ich bin sicher, man wird bald noch viel von Ihnen hören in der Welt der Genießer. Wiedersehen.«

Johannes Hand in ihrer blieb merkwürdig schlaff, und als sie zur Tür ging, starrte er ihr hilflos hinterher. Er merkte kaum, dass ihr Gang irgendwie eigenartig war, so, als müsste sie über rohe Eier laufen. Die Tür fiel hinter ihr zu, mit erschreckender Endgültigkeit, wie ihm schien. Plötzlich war er wieder fünf Jahre alt und saß in Madame Esmeraldas Wohnwagen. Mit funkelnden Augen starrte die unglaublich fette Alte in ihre von geheimnisvollem Rauch erfüllte Glaskugel, und Johannes wusste, dass sie das ganze Universum darin sah. *Sein* Universum, vom Anfang bis zum Ende. »Ich sehe …«, wisperte sie.

»Was?«, fragte seine Mutter, halb amüsiert, halb verärgert, weil sie sich von ihrem Jüngsten hatte breitschlagen lassen, dieser ranzig riechenden Person Geld in den Rachen zu werfen.

Dann tauchten die Augen der Alten in die von Johannes', und auf einmal waren sie allein auf der Welt. Der schäbige Wohnwagen war verschwunden, und auch die Mutter war irgendwo in einer anderen Dimension. Nichts mehr war zwischen Johannes und Esmeralda, nur noch die Wahrheit, die sie in ihrer Kugel sah.

»Eine Schildkröte«, erklärte Esmeralda mit verwirrtem Blick in das rauchige Gewölk. Seine Mutter lachte und brach so den Bann. In den darauf folgenden Jahren hatte sie noch so manchen Scherz darüber gemacht, doch der kleine Johannes hatte seither Sinn und Ziel seines Lebens niemals aus den Augen verloren. Das alles war fast dreißig Jahre her, aber er hatte nichts vergessen.

Ohne weiter nachzudenken, stürzte er mit wehender Schürze aus dem Restaurant.

Einladung zum Dessert

Alexandra stakste mit ihren absatzlosen Pumps über den Parkplatz zu ihrem Wagen, stieg ein und streifte erleichtert die kaputten Schuhe ab.

Plötzlich klopfte es an die Scheibe in der Fahrertür, und sie erschrak, als sie die geisterhaft weiße Gestalt draußen stehen sah. Es war Johannes. Überrascht öffnete sie die Tür.

»Ich hab's mir anders überlegt«, sagte er.

Sie schaute ihn an und dachte: Ich muss ihm die Tür vor der Nase zuschlagen und losfahren wie der Teufel.

Dann öffnete sie ihm wortlos die Beifahrertür und suchte gleichzeitig krampfhaft nach plausiblen Gründen für ihr Verhalten.

Johannes stieg ein, und Alexandra überlegte, dass er vermutlich den Nutzen einer vernünftigen PR gegen die wartende Arbeit in der Küche abgewogen und dabei die Gelegenheit zu einem prestigefördernden Interview für zu wichtig befunden hatte, als sie auszuschlagen. Seine Entscheidung hatte nichts mit ihr als Frau zu tun, sondern damit, dass sie einen guten Artikel über ihn und sein Lokal schreiben sollte.

Ja, dachte sie erleichtert, das war es! Natürlich! Sie

konnte ihn ganz bedenkenlos mitnehmen. Warum sollte sie nicht einen netten Abend mit ihm verbringen – sie als Reporterin, er als Koch! Und da war ja immer noch der Auftrag, den Elvira ihr erteilt hatte …

Hartnäckig ignorierte sie die boshafte kleine Stimme in ihrem Inneren, die ihr zuzischte, dass sie doch überhaupt keine Reporterin sei, und was, verdammt noch mal, diese Sache mit ihrem Job zu tun hätte, den sie doch vorhin längst zur Zufriedenheit aller Beteiligten zu Ende geführt hatte?!

Ihre Hände zitterten ein bisschen, als sie den Wagen vom Parkplatz steuerte. Johannes musterte Alexandra intensiv, ja, seine Blicke verbrannten sie geradezu. »Glauben Sie an solche Dinge wie Schicksal und Vorherbestimmung?«, fragte er eindringlich.

»Nur, wenn ich alles unter Kontrolle habe.« Ihre schwankende Stimme strafte ihre lässige Äußerung Lügen.

»Schade, dass Sie vorhin so schnell wegmussten. Sie hätten noch meinen Kaffee probieren sollen. Die Bohnen werden extra für jede Tasse frisch gemahlen.«

Alexandra hielt es nicht für erwähnenswert, dass sie den Kaffee durchaus schon probiert hatte. »Zu dumm, dass ich bloß Pulver daheim habe«, sagte sie. »Sonst hätten Sie bei mir welchen kochen können.«

»Ich habe frische Bohnen zu Hause. Wollen wir auf einen Kaffee zu mir gehen?«

»Auf … äh, einen Kaffee?«

»Ja.« Ein Glühen trat in seine Augen. »Aus frisch gemahlenen Bohnen. Und ganz frisch aufgebrüht.«

Die Art, wie er *gemahlen* und dann *aufgebrüht* sagte, ließ sie um ein Haar einen Fußgänger überfahren.

In Johannes' Wohnung, das erkannte Alexandra auf den ersten Blick, wohnte niemand außer Johannes. Kein noch so kleiner Hinweis deutete auf eine weibliche Mitbewohnerin hin. An der Garderobe hingen nur Männerjacken, und im Bad – Alexandra hatte sofort nach ihrem Eintreffen die Toilette aufgesucht, um sich Gewissheit zu verschaffen – gab es weder eine zweite Zahnbürste noch Schminkzeug. Im Wohnzimmer, wo sie anschließend darauf wartete, dass Johannes mit seinem Spezialkaffee aus der Küche zurückkehrte, fanden sich ebenfalls keinerlei Zeichen, die auf die Anwesenheit einer Frau hätten schließen lassen. Dasselbe vermutete Alexandra mit nahezu hundertprozentiger Sicherheit für das Schlafzimmer. Diese Wohnung – wie ihre eigene Zweizimmerwohnung – war rein männlich: Ein wenig unordentlich, aber gemütlich. Das Wohnzimmer war mit grünweiß-gestreiften Leinensofas, einem Schiefer-Couchtisch und hellen Holzregalen eher zweckdienlich als elegant eingerichtet. Johannes' Beruf ließ sich auch hier nicht verleugnen: In einer Ecke des Raums befand sich ein großer runder Esstisch für sechs Personen; darauf stand eine riesige Obstschale mit Unmengen exotischer Früchte. Im Regal dahinter reihten sich zahllose Bücher aneinander, die meisten davon Kochbücher. An den Wänden hingen ein paar Urkunden, die von seinen Kochkünsten kündeten. Auf einem Bord standen etliche kleine Schraubgläser, in denen sich verrottet aussehendes Zeug befand; Alexandra vermutete, dass es seltene Gewürze oder Kräuter waren.

Johannes kam mit dem Kaffee zurück, und als er die Tassen auf der Schieferplatte des Couchtischs abstellte, schwappte etwas davon über. Gedankenlos zog er einen Lappen aus dem Bund seiner Schürze und wischte die

Tropfen weg. Dann setzte er sich neben Alexandra aufs Sofa und starrte sie an wie eine Erscheinung. Wenn irgend möglich, war ihr Kleid noch röter, ihre Augen noch schokoladenfarbener und ihre Haut noch sahniger als vorher. Und ihr Mund …

»Der Kaffee ist wunderbar«, sagte Alexandra. »Einfach göttlich.«

»Ja. Einfach göttlich.«

»Der Kaffee.«

»Oh, der Kaffee. Äh … ja. Natürlich. Es ist eine besondere Auslese. Aber das eigentliche Geheimnis ist eine Prise Zimt.«

Sie schauten einander an, und Alexandra musste die Tasse wegstellen, weil sie ihr sonst zu Boden gefallen wäre.

»Wollten Sie schon immer Koch werden?«, fragte sie, verzweifelt bemüht, das Zittern aus ihrer Stimme zu verdrängen.

»Nein, das hat sich einfach irgendwie so ergeben«, erteilte Johannes bereitwillig Auskunft. Seine Blicke hatten sich an ihrem üppigen Dekolleté festgesaugt. Er dachte an pflückfrische, saftige Pampelmusen.

»Genau genommen existiert nur eine einzige Sache, die ich schon von Kind an wollte, mehr als alles auf der Welt.«

»Ach«, sagte Alexandra schwach. »Und was ist das?«

»Eine Schildkröte«, antwortete Johannes.

An seinem Kinn sah sie dicht neben dem Grübchen eine winzige Abschürfung, wo er sich beim Rasieren geschnitten haben musste. Das verblüffend helle Blau seiner Iris war von goldenen Pünktchen durchsetzt. Und sein Mund …

»Ah ja«, stammelte sie. »Eine Schildkröte. Interessant.«

»Eine Wahrsagerin hat mir vor dreißig Jahren geweissagt, dass ich mein Lebensglück mit einer Schildkröte finde.«

Eine vorwitzige Haarsträhne war nach vorn gefallen und kringelte sich über ihre rechte Brust. Johannes juckte es in den Fingern, sie vorsichtig und ganz langsam wegzustreifen.

»Ja, also dann«, flüsterte Alexandra. Ihr Herz raste wie ein kaputter Presslufthammer. Seine Hände … Er hatte lange, schlanke Finger, die in sensiblen Spitzen mündeten, aber dennoch so aussahen, als könnten sie kräftig zupacken. »Vielen Dank für den Kaffee …«

»Gern geschehen.«

Sie tauschten Blicke, und die Funken flogen. Alexandra war überzeugt, dass sich die Temperatur im Zimmer während der letzten Minuten um mindestens zehn Grad erhöht hatte. Wenn sie ihn noch länger ansah, würde sie schon vom Hinschauen einen Orgasmus bekommen.

Ich kann das nicht tun, dachte sie verstört. Ich muss an meine Berufsehre denken! Und daran, dass er gebunden ist! Außerdem ist das nicht normal! Wie kann ich mit einem Typ ins Bett wollen, den ich gerade erst kennen gelernt habe? Ob er mir was in den Kaffee gemischt hat?

Dann konnte sie nicht mehr denken, denn ihr Gehirn verwandelte sich in Brei, weil Johannes seine Hand mit den nervigen, feinfühligen Fingern auf ihren Oberschenkel legte. Dies war der Augenblick, in dem sich auch der letzte Rest ihrer guten Vorsätze endgültig in Luft auflöste. Kaum eine Sekunde später lag Alexandra flach auf dem Sofa, halb unter Johannes begraben. Er zerrte ihr das Kleid von der Schulter und küsste stöhnend die Schildkröte.

Niemand musste Alexandra auffordern, alle Hemmungen fallen und sich richtig gehenzulassen. Sie konnte gar nicht anders, selbst wenn sie es gewollt hätte. Johannes keuchte und zitterte unkontrolliert, und Alexandra zerschmolz in seinen Armen zu einem willenlosen Klumpen Wachs. Sein Mund und seine Hände schienen überall gleichzeitig zu sein. Sie hatte überhaupt nicht gewusst, dass an ihrem Körper so viele erogene Zonen existierten.

»Du schmeckst und riechst genauso, wie du aussiehst!«

Während sie noch dumpf überlegte, ob das gut oder schlecht sei, zwängte er seinen harten Schenkel zwischen ihre Knie, und ihr ohnehin schon enges Kleid platzte vom Saum bis zur Hüfte auf.

Alexandra hatte noch nie im Leben ein derartig erotisches Geräusch gehört. Johannes auch nicht.

»Du machst mich wahnsinnig«, flüsterte er.

»Du mich auch.«

»Ich wollte dich sofort, als ich dich zum ersten Mal gesehen hab!«

»Ich dich auch«, gab Alexandra schwer atmend zu. »Ist das normal?«

»Mir kommt es normal vor«, stöhnte er zwischen ihren Brüsten.

Bei *normal* fiel ihr etwas ein. »Sag mal, du bist doch nicht irgendwie pervers oder so?«

Er hob verdutzt den Kopf. »Wie meinst du das?«

»Na … ich meine, du brauchst keine Spielchen, oder?«

»Äh … Spielchen?«

»Mit Peitschen und so«, sagte sie verlegen.

Er runzelte zweifelnd die Stirn. »Normalerweise nicht«, meinte er vorsichtig. »Aber wenn es dich anmacht …«

Sie war gerührt von so viel Rücksichtnahme.

»Küss mich lieber noch mal«, sagte sie hastig.

Johannes senkte seine Lippen auf ihren Mund und erstickte sie förmlich mit einem atemberaubenden Kuss. Zwischendurch holte er Luft und keuchte: »Soll ich Musik anmachen?«

»Nicht nötig«, stieß Alexandra hervor, halb bewusstlos vor Begierde.

»Sollen wir ins Schlafzimmer gehen?«

»Nicht nötig.«

Nichts war mehr nötig, nur noch sein Körper, der den ihren in die Polsterung des Sofas presste. Es gab nur noch sie beide, ungefähr fünf Minuten lang. Dann waren sie mit der ersten Runde fertig, aber sie betrachteten es beide nur als Vorspeise. Daher taumelten sie eng umschlungen hinüber ins Schlafzimmer, wo sie sich ihrer restlichen Kleidung entledigten und zu den Klängen von Ravels *Bolero* auf dem Bett weitermachten.

Katzenjammer

Alexandra erwachte im Morgengrauen und brauchte eine Weile, um die Lage zu peilen. Johannes, der neben ihr im Bett lag und schlief, war ein formloser grauer Umriss unter der Decke, die sich im Takt seines Atems hob und senkte. Er strahlte Hitze ab wie ein Backofen. Alexandra erinnerte sich, dass sie im Laufe der Nacht immer wieder zu ihm hingekrochen war, um sich an seinem Rücken – oder wo immer sie gerade landete – zu wärmen.

Das hatte dann irgendwann zwischen zwei und drei Uhr zu seinem Aufwachen und damit zu weiteren Bolerotakten geführt, die in völliger Erschöpfung und anschließendem Tiefschlaf endeten. Er war, daran gab es keinen Zweifel, nicht nur mit kulinarischer Finesse gesegnet, sondern auch ein begabter Liebhaber mit einer erfreulichen oralen Fixierung. Alexandra hatte den Eindruck, mindestens ebenso oft zum Höhepunkt gekommen zu sein wie er. Wenn nicht öfter. Irgendwann hatte sie aufgehört zu zählen.

Die genussvolle Mattigkeit wich allmählich aus ihren Gliedern und machte einer anderen Regung Platz, die in Wellen über sie hereinzufluten begann: Eine scheußliche Mischung aus Reue, Scham, Selbsthass und einem handfesten Muskelkater in Körperregionen, von denen sie gar nicht geahnt hatte, dass sie dort Muskeln besaß.

Sie rutschte aus dem Bett, vorsichtig, um ihn nicht zu wecken, und suchte ihre überall in der Wohnung herumliegenden Kleidungsstücke zusammen. Das Kleid war restlos zerfetzt. Zusammen mit den unbrauchbaren Schuhen kam ein regelrechtes Schlampenoutfit heraus, nachdem sie sich endlich, so gut es ging, angezogen hatte. Eine äußerst passende Gewandung, fand Alexandra in bitterer Selbsterkenntnis, als sie auf leisen Sohlen vom Ort ihrer Schande floh.

An diesem Morgen kam sie wie immer ins Büro. Pünktlich, nüchtern, ohne eine Spur des in letzter Zeit üblichen Katers. Ihr Kostüm wies nicht das kleinste Fältchen auf, ihr Make-up war makellos, ihr Haar im Nacken zu einem perfekten Zopf geflochten. Nicht mit der kleinsten Geste verriet sie, wie erbärmlich sie sich fühlte. Nach außen hin war sie die coole, toughe Geschäftsfrau, die alles im Griff und die Dinge voll unter Kontrolle hatte. Selbst bei genauem Hinsehen würde niemand ahnen, wie ihr in Wahrheit zumute war.

Sie begrüßte Irene vielleicht eine Spur zu herzlich, doch die schöpfte keinen Verdacht, weil sie gerade telefonierte, als Alexandra hereinkam.

Möglicherweise war es auch ein wenig verdächtig, dass sie an diesem Morgen ihren Schreibtisch aufräumte, doch sie würde es Irene gegenüber mit einem seltenen Anfall von Arbeitswut entschuldigen.

Um fünf vor elf kam es dann zu der Begegnung, vor der sie sich den ganzen Morgen gefürchtet hatte. Es klopfte an der Tür, und Irene schaute herein.

»Frau Nickel wäre dann da.«

»Ich lasse bitten«, erklärte Alexandra hölzern.

Elvira kam an Irene vorbeigestürmt, ließ sich auf einen der Besucherstühle fallen und umklammerte verbissen ihre Handtasche, ohne ein Wort zu sagen.

Alexandra wartete, bis Irene die Tür zum Vorzimmer geschlossen hatte, dann suchte sie verzweifelt auf ihrem Schreibtisch nach irgendwelchen Dingen, in denen sie herumwühlen und damit den Eindruck von Geschäftigkeit erwecken konnte, doch sie hatte alles in die umliegenden Schränke und Regale gepackt und den Rest in den Papierkorb geworfen. Ihr Schreibtisch war leer bis auf das Telefon und die Schreibunterlage. Und ihren Füllfederhalter und einen kleinen Notizblock. Alexandra nahm beides und begann, komplizierte Hieroglyphen auf den Post-it-Block zu kritzeln.

»Und?«, stieß Elvira schließlich hervor, als das Schweigen unerträglich wurde.

»Und was?«

»Was soll das Getue?«, fauchte Elvira. »Sie haben ihn doch gestern abgeschleppt. Was ist dabei rausgekommen? Hat er …?«

»Nein«, sagte Alexandra ernst, unterm Schreibtisch zwei Finger gekreuzt und zur Sicherheit die Fußknöchel übereinander geschlagen.

»Wirklich nicht?« Elvira machte keinen Versuch, ihr Misstrauen zu verhehlen.

»Wenn ich nein sage, heißt das nein. Sie können ganz beruhigt sein. Herr Schlumberger ist ein wahrer Ausbund an Treue.«

Elvira sah nicht so aus, als sei sie restlos überzeugt, und Alexandra beeilte sich, mit weiteren glaubhaften Einzelheiten aufzuwarten.

»Er war absolut standfest. Selbst auf massivste Versuche hat er nicht reagiert.«

»Was meinen Sie mit massiv?«

»Nichts Körperliches«, sagte Alexandra schnell. »Bloß … ähm, Blickkontakt und so.«

»Wieso ist er überhaupt mit Ihnen mitgefahren?«, fragte Elvira anklagend. »Er hatte doch gesagt … Als ich in die Küche ging, hat er doch …«

»Ich weiß. Er hat sich's halt anders überlegt. Er musste doch an seine Public Relations denken!«

»Wie bitte?«

»Nun, ich hatte mich ihm gegenüber als Journalistin ausgegeben – hatten Sie das nicht noch mitgekriegt, bevor Sie in der Küche verschwunden sind?«

Elvira starrte sie nur abwartend an. Alexandra räusperte sich.

»Na ja, und er wollte natürlich was für seine PR tun.

Wir sind also zu seiner Wohnung gefahren. Dort hat er mir Kaffee angeboten, und dann habe ich ihn … ähm, interviewt.«

»Und das war alles?«

»Das war alles.«

Elvira erhob sich zögernd, und Alexandra stellte erleichtert fest, dass sie ihr zu glauben schien. Sie wurde sogar geradezu leutselig. »Er ist ein wahnsinnig netter Mann, oder?«

»So könnte man sagen«, erklärte Alexandra fromm. *Du ahnst ja gar nicht, wie nett!*

»Ich hab ihn erst vor ein paar Monaten kennen gelernt«, vertraute Elvira ihr an. »Als ich meinen Job in der *Schildkröte* anfing. Aber ich hatte von Anfang an dieses Gefühl …« Zarte Röte färbte ihre Wangen. »Eine Frau spürt es, wenn ein Mann der Richtige ist. Finden Sie nicht?«

»Äh … ja, durchaus.«

»So ging es mir auch. Wir sind noch nicht … ich meine, wir haben noch nicht … Ich habe ihm noch nicht gestattet … Ähm, ich bin nämlich der Meinung, Mann und Frau sollten erst dann … ähm, na ja, erst … wenn sie wirklich beide ganz genau wissen …«

Du lieber Himmel, dachte Alexandra fassungslos. Eine Jungfrau! Deren Mann fürs Leben Johannes war! Und sie, Alexandra, hatte ihm, Elviras Mister Wonderful und Mister Right, nicht nur gestattet, sondern ihn förmlich dazu animiert, ihre Schildkröte und auch sonst alles zu küssen! Was hatte sie getan!

»Ich will demnächst zu ihm ziehen. Aber erst, nachdem er und ich …« Elvira stockte, dann sagte sie stolz: »In ein paar Wochen soll die Verlobung sein.«

»Dann steht ja Ihrem Glück nichts mehr im Wege«,

brachte Alexandra mühsam hervor. Irgendwie bekam sie es hin, Elvira mit geschäftsmäßigem Lächeln die Hand zu schütteln und sie zur Tür zu führen.

Irene begleitete sie hinaus, dann kam sie zurück in Alexandras Zimmer und baute sich vor ihrem Schreibtisch auf. »Also, was ist los?«

»Was soll los sein?«

»Das frage ich dich ja gerade. Raus damit!«

»Keine Ahnung, was du meinst.«

»Tu nicht so. Ich will alles hören.«

Alexandra schwieg.

Irene nickte langsam. »Du willst nicht darüber sprechen. Okay.«

Sie wandte sich zum Gehen, hielt dann aber inne, als Alexandra tonlos sagte: »Warte.«

»Ja?«

»Irene, ab sofort ist der Spezialservice gestrichen. In Zukunft übernehmen wir nur noch Personenschutz, private Ermittlungen und Observierungen. Ich sitze lieber fünf Stunden mit meinem Fotoapparat in einem Baum als fünf Minuten mit einem Mann auf der Couch.«

Spannen und Spucken

An diese Worte musste sie sechs Wochen später denken, als sie zufällig tatsächlich in einem Baum saß. Verschwitzt hockte sie in der Gabelung zweier wenig vertrauenerweckender Äste, den Ellbogen auf einen weiteren Ast gestützt und mit beiden Händen die Nikon umklammernd. Die Augusthitze war unerträglich, und Mücken umsummten in Wolken ihre nackten Arme und Beine, zu Abertausenden, wie es Alexandra schien.

Das Schlafzimmerfenster im ersten Stock, das sich in etwa zehn Metern Entfernung schräg gegenüber von ihrem Spähposten befand, hatte sich im Laufe der letzten Stunde von einem einfachen Rechteck im Mauerwerk in eine Art Bildschirm verwandelt, und alles, was sich innerhalb dieses kleinen Ausschnitts abspielte, war nur für Alexandras Auge sichtbar, beziehungsweise für das Teleobjektiv ihrer Hochleistungskamera. Und natürlich für die Akteure da drin auf dem Bett, die sich völlig unbeobachtet wähnten und entsprechend zur Sache gingen. Alexandra hatte bereits den ersten Film für das Vorspiel verknipst.

Diesmal hatte der schnelle Porsche der Zielperson nichts genützt. Alexandras Golf stand säuberlich geparkt hinter dem mitternachtsblauen Boxter unten am Straßenrand, keine zehn Meter von der dicht belaubten Kastanie entfernt, die sie sich für ihre Fotosession ausgesucht hatte.

Die Villa gehörte einem verreisten Freund der Zielperson, wie ihre Nachfragen bei der Klientin ergeben hatten, und Alexandra stand nun endlich kurz vor dem Abschluss dieses Auftrags. Die schwerbetuchte Klientin hatte die Scheidungsklage bereits vorbereiten lassen und wartete nur noch auf die entscheidenden Beweise, mit denen ihr Anwalt belegen konnte, warum es absolut unzumutbar für seine Mandantin sei, diesem Mann Trennungsunterhalt zu zahlen.

Der Porschefahrer und die Frau auf dem Bett nahmen eine exotische Stellung ein, die Alexandra völlig unbekannt war. Verblüfft starrte sie auf das ineinander und miteinander verknotete Paar und vergaß um ein Haar, das Inflagranti-Foto zu schießen.

Diesmal würde die Klientin wirklich eine Menge Material für ihr Geld kriegen! Und vielleicht ein paar Anregungen gratis dazu, für den nächsten Mann.

»Wahnsinn«, murmelte Alexandra, während sie ein ums andere Mal abdrückte.

Dann waren die beiden fertig, und der Film war voll.

Alexandra ließ die Nikon auf die Brust baumeln und streckte sich, bis ihre Gelenke fast so laut knackten wie die Äste. Mit schmerzenden Beinen kletterte sie anschließend vom Baum, vertrieb mit ein paar klatschenden Hieben die Mücken, fischte ihr Handy aus ihrer Umhängetasche und rief im Büro an. »Irene? Ich bin jetzt hier fertig. Zielperson wurde intim, Bingo, Schluss und aus. Mach schon die Schlussrechnung fertig und such mir die Akten für die nächsten Fälle raus.«

Als sie zehn Minuten später in der Detektei eintraf, reichte Irene Alexandra die Dossiers für die nächsten Fälle. »Noch eine Observierung, Beginn morgen sieben Uhr dreißig, Ende voraussichtlich siebzehn Uhr. Dann ein Fall von interner Betriebsspionage, kurzfristig angesetzt für Donnerstag. Wegen der Uhrzeit müssen wir uns noch mal mit dem Klienten kurzschließen. Ach ja, außerdem hat schon zweimal dieser sympathische Hubert angerufen, den du angeblich nicht kennst. Er wollte unbedingt heute noch einen Termin. Er sagte, diesmal wäre es wirklich ungeheuer dringend.« Sie unterbrach sich, um Alexandra eine Tasse Kaffee einzuschenken. »Hier, der ist frisch. Du siehst echt fertig aus, Alex.«

Alexandra nahm den Kaffee, nippte daran und fing unvermittelt an zu würgen. Sie stellte die Tasse auf den Tresen und schaffte es gerade noch bis zum Papierkorb.

»Das ist schon das zweite Mal in den letzten Tagen, dass dir von meinem Kaffee schlecht wird«, stellte Irene sachlich fest, nachdem Alexandra in mehreren Anläufen auch noch die allerletzten Reste ihres Frühstücks in den Papierkorb entsorgt hatte.

»Da ich kein Strychnin reintue, kann es nicht am Kaffee liegen. Also hat es was mit dir zu tun. Ist es das, was ich vermute? Bist du schwanger?«

Alexandra nickte mit abgewandtem Gesicht und wischte sich den Mund mit einem Blatt Papier aus dem Drucker ab.

»Gratuliere«, sagte Irene. »Nachdem ich in den letzten Monaten keinen Mann an deiner Seite gesehen habe, darf man wohl annehmen, dass du dich einer künstlichen Befruchtung unterzogen hast.«

»Mach dich nur lustig.«

»Ich mach mir Sorgen, Alex.«

»Wozu?«, meinte Alexandra trotzig. »Viele Frauen kriegen heutzutage Kinder, ganz ohne Männer.«

»Weiß er es? Ich meine, der Vater?«

Alexandra schüttelte den Kopf. »Es war nur eine Sache für eine Nacht.«

»Warte mal ... Dann war es der Koch! Nach diesem Fall wolltest du keine Treuetests mehr übernehmen. Du hast also diesmal ernst gemacht mit der Verführung! Alex!«

Alexandra wich Irenes vorwurfsvollen Blicken aus. »Ich wollte es gar nicht. Jedenfalls anfangs nicht. Aber dann war er so ...« Sie brach ab und suchte nach dem passenden Wort.

»Leidenschaftlich?«, schlug Irene vor.

»Ja, natürlich. Aber das war es nicht allein. Er war auch irgendwie so ...« Wieder fiel ihr nicht der treffende Ausdruck ein. Ihr Blick verlor sich träumerisch in der Ferne. »Er war so ...«

»Männlich?«, meinte Irene.

»Ach, vergiss es.«

Ein komischer Kunde

Doch natürlich war das keine Sache, die man einfach vergaß. Nicht, wenn man davon ein Kind bekam. Und Alexandra erinnerte sich nur zu gut an alle Einzelheiten jener Nacht.

Sie hatte sich den *Bolero* von Maurice Ravel als CD gekauft und hörte ihn jeden Abend vor dem Einschlafen. Sie suchte täglich in der Zeitung unter der Rubrik Familieninserate nach einer Verlobungsanzeige, die mit den vernichtenden Worten: *Johannes Schlumberger und Elvira Nickel freuen sich* ... begann.

Sie fand nichts dergleichen, doch dafür stieß sie auf einen Artikel im *Gourmetkönig*, den sie sich aus unerfindlichen Gründen seit neuestem regelmäßig kaufte. Carl von Sprengls Menükritik war geradezu hymnisch ausgefallen und beschrieb Johannes Schlumberger als absoluten Star unter den Newcomern.

Ein anderes Mal fand Alexandra eine Annonce, in der die *Schildkröte* (neben einer Abbildung des Restaurants, mit Johannes unter dem Neon-Emblem) mit einer *Fischwoche für Feinschmecker* warb. Sie wäre zu gern hingegangen, um nochmals den köstlichen Lachs zu probieren und hinterher eine Tasse von dem Spezialkaffee zu trinken, doch das musste selbstverständlich reines Wunschdenken bleiben. Außerdem wurde ihr in jüngster Zeit von Kaffee immer schlecht, ein Umstand, der ihr nicht nur von Anfang an stark zu denken gegeben, sondern ihr auch zugleich bewusst gemacht hatte, dass sie Sex ohne Kondom gehabt hatte, und zwar eine Menge davon.

Als dann ihre Periode tatsächlich das erste Mal ausblieb, war sie in einer Mischung aus Panik und Freude in die nächstbeste Apotheke geeilt, um sich einen Schwangerschaftstest zu besorgen. Das Ergebnis hatte sie in einen Strudel von Gefühlen gestürzt, deren Skala von tiefster Depression bis hin zu hoffnungsfroher Erwartung reichte, einschließlich ängstlicher Sorge, wie sie die Zukunft meistern sollte. Mit einem dicken Bauch – geschweige denn einem Säugling im Arm – konnte sie schlecht auf Bäume klettern oder Verfolgungsjagden absolvieren. Bestenfalls konnte sie gegen Ende der Schwangerschaft noch ein paar Kaufhausobservierungen durchführen, doch die waren miserabel bezahlt und würden niemals das Geld einbringen, das sie brauchte, um die Detektei – und Irene – dauerhaft kostendeckend über die Runden zu bringen und zusätzlich ihren eigenen Lebensunterhalt zu bestreiten. Im Juli hatte sie zwar bei zwei größeren Firmen feste Beraterposten als Sicherheitsinstrukteurin ergattert, doch auch die Einkünfte hieraus reichten höchstens für ein Viertel aller laufenden Kosten.

Vor zwei, drei Wochen etwa war sie in eine Phase eingetreten, in der ihr alles gleichgültig war. Nein, das traf es im Grunde nicht: Sie *zwang* sich zur Gleichgültigkeit. Sie hatte es sich zur Strategie erkoren, ihren Zustand vor sich selbst und der Welt zu leugnen. Noch sah man nichts, und sie selbst merkte auch nicht viel davon, sah man von dem anschwellenden Busen und der in Intervallen auftretenden Übelkeit einmal ab. Wozu sich jetzt schon den Kopf zerbrechen? Noch klappte alles bestens; ihre Arbeit funktionierte wie immer, die Aufträge kamen in wachsender Anzahl herein – wider Erwarten lief der Laden auch ohne den Spezialservice einigermaßen –, es gab also genau genommen keinen Grund, sich den Kopf zu zerbrechen. Noch nicht, zumindest. Sie hatte beschlossen, so weiterzumachen wie immer und alles auf sich zukommen zu lassen. Wenn das Baby erst da war, konnte sie sich immer noch überlegen, wie sie es dann schaffen sollte, Arbeit und Kind unter einen Hut zu bringen. Irgendetwas würde sich schon ergeben. Auf ihre Eltern konnte sie zwar dabei nicht unbedingt zählen – die lebten fünfhundert Kilometer weit weg –, doch schließlich gab es Tagesmütter. Und Erziehungsgeld. Und Irene. Sie würde es schaffen, egal wie. Und bis es soweit war, wollte sie ihr Leben so gestalten wie immer.

Sie ging zum Beispiel, so wie auch an diesem Mittag, weiterhin in ihren Fitnessklub. Nirgends stand geschrieben, dass werdende Mütter sich nicht sportlich betätigen durften. Im Gegenteil. Die einschlägigen Informationszeitschriften, die Alexandra sich besorgt hatte, wussten sämtlich zu berichten, dass eine Schwangerschaft kein Grund sei, lieb gewordene Sportgewohnheiten zu ändern. Alles war erlaubt, bloß bei Bungee-Jumping, Fallschirmspringen, Buckelpisten-Skifahren und Galopprennen wurde Zurückhaltung empfohlen.

Gegen Krafttraining hatten die Ratgeber nichts einzuwenden.

Alexandra ging am liebsten mittags für eine oder zwei Stunden ins Studio, wenn ihre laufenden Jobs es zuließen, da um diese Zeit an den Geräten nicht so ein Andrang herrschte wie nach Büroschluss.

Da sie Mister Porsche heute Vormittag abgeschossen hatte, blieb ihr Zeit für ein paar Trainingseinheiten. Im Studio war nicht viel los; die meisten Maschinen waren frei. An zwei oder drei Geräten quälten sich Leute herum, doch der Expander war nicht besetzt.

Sie schlüpfte in der Umkleidekabine in ihren Sportdress, wärmte sich anschließend in der Halle durch ein paar Lauf- und Streckübungen auf und klemmte sich dann in den Expander. Sie schnaufte und stöhnte nach Herzenslust und spürte förmlich, wie Kraft in ihren Körper gepumpt wurde, deshalb bemerkte sie den Mann erst, als er direkt vor ihr stand. Er kam ihr vage bekannt vor, doch sie konnte unmöglich sagen, wo sie ihn schon gesehen hatte.

Sein frettchenartiges Gesicht drückte Erleichterung aus. »Gott sei Dank, dass ich Sie hier treffe!«

»Kennen wir uns?«, fragte Alexandra, ohne ihre Übungen zu unterbrechen.

»Ich bin Hubert. Ihre Sekretärin hat gesagt, dass Sie vielleicht hier sein könnten.«

»Warum?«

»Weil ich dringend mit Ihnen sprechen muss!«

»Worüber?«, fragte Alexandra mit wachsender Ungeduld. »Und wer sind Sie überhaupt?«

»Hubert. Aus der Bar. Erinnern Sie sich? Hubert, einfach nur Hubert?«

»Nein«, erklärte Alexandra wahrheitsgemäß. Sie gab ein bisschen mehr Widerstand auf den Expander und stöhnte ein paar Takte lauter, um die größere Anstrengung zu kompensieren.

»Ich bezahl Sie auch!«, rief Hubert verzweifelt aus.

Von den umliegenden Maschinen her wurde er sofort neugierig beäugt. Alexandra überlegte, ob sie den Typ durch schlichte Missachtung dazu bewegen konnte, wieder zu verschwinden, doch er machte nicht den Eindruck, als wollte er einfach aufgeben.

»Ich zahle das Doppelte!«

»Tut mir Leid«, meinte Alexandra schnaufend. »So eine bin ich nicht. Wenn wir uns mal in 'ner Kneipe getroffen haben sollten, zählt das nicht. Damals hatte ich eine harte Zeit und hab ziemlich viel getrunken.«

»Nein, nein, so mein ich's gar nicht!«, versicherte Hubert. »Sie hatten mir Ihre Karte gegeben. Ich brauche Sie dringend beruflich.«

»Beruflich?«

»Als Bodyguard. Das machen Sie doch auch, oder?«

»Unter anderem. Warum? Will Ihnen jemand was?«

Hubert wand sich, dann nickte er und zog ein Foto aus seiner Brieftasche, das er Alexandra zeigte.

Überrascht hörte sie für einen Moment auf, die Arme zu bewegen. »He, den kenn ich! Das ist doch …«

»Julius«, beendete Hubert ihren Satz.

»Genau, Julius. Der Typ von dem Barmädchen, diese Barbie, wie hieß sie gleich …«

»Shanice«, sagte Hubert.

»Richtig, mit *S-h* vorne. Und der hat was gegen Sie?«

Hubert nickte nervös. »Könnten wir uns nicht lieber woanders darüber unterhalten?«

»Ich habe eigentlich keine Lust, Ihren Fall zu übernehmen«, meinte Alexandra.

Doch Hubert erwies sich hartnäckig. Als sie eine Stunde später geduscht und umgezogen aus dem Studio auf die Straße trat, löste er sich wie ein Schatten von der Hauswand und kam hinter ihr hergerannt.

»Die Sache ist die«, sagte er eifrig, als hätten sie gar nicht aufgehört, sich miteinander zu unterhalten, »ich bin sein Anlageberater. Leider kam es zu einer kleinen Schieflage, und deshalb will er mich jetzt fertig machen.«

»Hören Sie, eigentlich glaube ich nicht, dass Sie einen Bodyguard brauchen. Wie wär's mit einem Anwalt?«

»Sie kennen Julius nicht!« rief Hubert flehend. »Bitte! Ich zahl auch das Doppelte!«

»Das haben Sie schon gesagt.«

»Okay, das Dreifache!« Hubert duckte sich hinter Alexandra, die soeben ihren Wagen aufschloss. »Dann müsste es aber ab sofort sein.«

Auf der gegenüberliegenden Straßenseite stand nämlich Julius schon. Wie an dem Abend in der Bar trug er feinen, maßgeschneiderten Edelzwirn, nur diesmal in sommerlich leichtem Design. In seinen polierten Schuhen spiegelte sich die Sonne, und sein Haar war in perfekter Akkuratesse von rechts nach links über den Schädel gezogen. Oder von links nach rechts. Von ihrer Warte aus konnte Alexandra das nicht mit letzter Sicherheit beurteilen.

Er setzte sich in Bewegung und kam auf sie zu. Bei Hubert angelangt, packte er ihn bei den Jackenaufschlägen. »Okay, du Laus, wo ist es?«

»Ich schwöre, ich hab's angelegt!«, stieß Hubert weinerlich hervor. »Mit Superrenditen!«

»Würden Sie bitte meinen Klienten loslassen?«, mischte Alexandra sich höflich ein.

»Nur Geduld«, sagte Julius durch zusammengebissene Zähne. »Du bist auch gleich dran. Ich hab die Ohrfeige nicht vergessen.«

Er schüttelte Hubert und stieß ihn wie einen Punchingball wieder und wieder gegen Alexandras Wagen.

»Würden Sie bitte aufhören, mein Auto zu demolieren?«, bat Alexandra, immer noch durchaus höflich.

Julius ignorierte sie völlig. Mit einer Hand hielt er Hubert beim Kragen, mit der anderen verpasste er ihm Ohrfeigen. »Wo ist es? Spuck's aus, du Ratte!«

Hubert wehrte sich kaum; seine schlappen Handbewegungen hätten kein Kind aufgehalten. Er wimmerte lediglich abwehrend, was Julius indessen nicht davon abhielt, plötzlich ein Springmesser zu zücken, es aufschnappen zu lassen und die Spitze unter Huberts Nase zu setzen.

Alexandras Verdacht, dass Julius auf freundliche Worte nicht reagierte, erhärtete sich beim Anblick des Messers zur Gewissheit.

Sie tippte Julius auf die Schulter, und als er sich zu ihr umdrehte, verpasste sie ihm einen klassischen Kniestoß ins Gemächt. Seine Augen verdrehten sich, bis nur noch das Weiße zu sehen war, und er sackte wie in Zeitlupe zusammen. Unterwegs machte auch seine Nase noch nähere Bekanntschaft mit Alexandras Knie, und dann lag er gekrümmt am Boden und konnte sich nicht entscheiden, ob er würgen, ächzen oder sich an dem Blut in seiner Nase verschlucken sollte. Schließlich tat er alles gleichzeitig.

»Vorsicht!«, schrie Hubert.

Alexandra hörte etwas an ihrem Ohr vorbeizischen und fuhr erstaunt herum. Man hatte auf sie geschossen!

Eine tiefschwarze Stretchlimousine kam um die Straßenecke gerollt und näherte sich ihnen langsam. Ein weiteres Geschoss zog eine Funken sprühende Spur über das Dach ihres Golf, und jetzt sah Alexandra auch die Pistole. Mit einem Schalldämpfer versehen, lugte sie aus dem offenen Rückfenster der Limousine.

Alexandra duckte sich, riss die Fahrertür ihres Wagens auf und brüllte Hubert ins Ohr: »Worauf warten Sie noch? Los, steigen Sie ein!«

Hubert hechtete an ihr vorbei auf den Beifahrersitz, und Alexandra warf sich hinter ihm in den Wagen, rammte den Schlüssel ins Zündschloss, startete den Motor und gab Gas.

Julius richtete sich auf, hielt sich die blutende Nase und schaute dem davonbrausenden Golf hinterher.

Laus im Pelz

Alexandra fuhr grimmig und in hohem Tempo, den Blick häufig im Rückspiegel. »Nichts zu sehen«, meinte sie schließlich. »Wir haben sie wohl abgehängt.«

»Julius operiert gern aus dem Hinterhalt«, gab Hubert ungefragt Auskunft. »Er versucht Sie dann zu erwischen, wenn Sie am wenigsten damit rechnen.«

Alexandra musterte ihn von der Seite. »So langsam kriege ich eine Vorstellung davon, in welchem Gebiet von An- und Verkauf dieser Julius ein Experte ist. Und was für eine Sorte Anlageberater Sie sind. Was ist passiert? Was haben Sie mit seinem Geld angestellt?«

»Nichts«, beteuerte er. »Ich hab's bloß ins Schließfach gelegt.«

»Und das macht Julius so wütend?«, fragte Alexandra sarkastisch. Sie hielt bereits nach einer günstigen Stelle Ausschau, wo sie diesen Kerl aus ihrem Wagen scheuchen konnte.

»Oh, ja«, antwortete Hubert auf ihre Frage, »denn ich hab ihm bestimmt tausend Mal erzählt, dass ich es gewinnbringend angelegt habe. Er hat 'ne echte Macke in dieser Beziehung. Ständig studiert er Wirtschaftsblätter und Aktienkurse, hat aber null Ahnung von der Materie.«

»Sie dafür aber umso mehr«, spottete Alexandra. »Deshalb haben Sie das Geld wohl auch ins Schließfach getan statt auf die Bank, was?«

»Natürlich«, sagte Hubert würdevoll. »Schließlich war es heiß.«

»Heiß?«, fragte Alexandra. Die Frage war eher rhetorisch, sie wusste ebenso gut wie Hubert, was das bedeutete, doch sie bekam trotzdem eine Antwort.

»Schwarzgeld, Schutzgeld, Beutegeld. Schmutziges Geld eben. Ein Großteil waren außerdem registrierte Scheine aus Brüchen, ein Teil einfach Blüten. Wie soll man das anlegen, frage ich Sie?«

»Woher soll ich das wissen?«

»Eben. Also verwahrte ich es im Schließfach.«

»Und zweigten ab und zu was für sich selbst ab, stimmt's?«, fragte Alexandra aufs Geratewohl. Dieser Bursche war alles andere als sauber. Moment, gleich konnte er aussteigen. Da vorn war eine rote Ampel ...

»Na ja«, sagte Hubert ausweichend. »Alles ging gut, bis Julius auf einmal Auszüge und Orderbelege sehen wollte. Mit Zinsen und Renditen. Am liebsten hundert Prozent.

Ich verfluche den Tag, an dem das Schicksal mir diesen Choleriker zugeteilt hat! Sie ahnen ja nicht, wie viel Dreck der wirklich am Stecken hat! Ich will bloß noch weg von diesem Kerl!«

Bei diesen Worten schaute er so verzweifelt und hoffnungslos drein, dass Alexandra ganz vergaß, ihn bei der roten Ampel vor die Tür zu setzen.

»Wieso sind Sie nicht schon längst zur Polizei gegangen? Als Kronzeuge würden Sie bestimmt mit Bewährung wegkommen!«

»Das könnte ich meiner Mutter niemals antun«, sagte Hubert traurig.

Alexandra wandte sich ihm verblüfft zu. »Ihre Mutter? Was hat die damit zu tun?«

»Nicht viel. Nur, dass sie gleichzeitig auch Julius' Mutter ist. Er ist mein kleiner Bruder.«

Alexandra wusste später nicht zu sagen, wie es geschehen konnte, dass Hubert immer noch wie ein alter Kaugummi an ihr klebte, als sie vor dem Haus, in dem sie wohnte, aus dem Wagen stieg. Auf dem Weg zur Tür sagte sie energisch: »Hören Sie, mit solchen Bandenquerelen will ich nichts zu tun haben. Ich werde mir keinesfalls mit derartigen Geschichten die Lizenz verscherzen.«

»Ich versteh Sie ja«, behauptete Hubert.

»Wunderbar. Dann tschüs, und viel Glück auch noch.« Sie schloss die Haustür auf und ging hinein – gefolgt von Hubert.

»Sie müssen mich aber auch verstehen!«, erklärte er beharrlich. »Glauben Sie mir, ich hab schon oft versucht, abzuhauen. Leider hat er mich jedes Mal aufgestöbert.«

Alexandra stieg die Treppe hoch. »Dann müssen Sie sich besser verstecken.«

»Er hat für meine Verstecke eine Art siebten Sinn.«

»Es heißt sechster Sinn.«

»Oh? Na, dann hat er den eben auch.«

Alexandra blieb vor ihrer Wohnungstür im ersten Stock stehen und schloss auf. »Wiedersehen, Hubert. Lassen Sie sich nicht unterkriegen.«

»Wenn Sie mich nicht beschützen, schlitzt er mir die Nase auf!«, rief Hubert verängstigt. »Vorhin hat nur so viel …« – er zeigte mit Daumen und Zeigefinger eine Spanne von etwa zwei Millimetern an – »… gefehlt. Sie haben es doch selbst gesehen!«

»Unsinn. Der wollte Ihnen doch eben nur Angst einjagen, genau wie der Typ im Wagen, der geschossen hat. Auf die Entfernung hätte er mich immer treffen können.«

»Da ist was dran«, räumte Hubert ein. »Der Kerl schießt eigentlich nie daneben.«

»Na, da sehen Sie's«, sagte Alexandra und machte Anstalten, Hubert die Tür vor der Nase zuzumachen.

Er stellte einen Fuß in den Spalt. »Julius wird mich fertig machen, glauben Sie mir.«

»Blödsinn«, sagte Alexandra verärgert. »Er ist Ihr Bruder! Er wird Ihnen schon nichts tun!«

»Oh, aber das hat er schon«, rief Hubert beschwörend. »Sehen Sie das?«

Ohne den Fuß aus dem Türspalt zu nehmen, knöpfte er in Windeseile sein Hemd auf und zeigte seine magere Brust, über die sich eine große, gezackte Narbe zog. Dann riss er die Hemdzipfel aus der Hose und deutete auf seinen Bauch, der außer dem Nabel noch eine Vielzahl weiterer kleinerer Löcher aufwies, die aussahen, als stammten sie von einer Schrotladung.

»Das da oben ist von einem Elektromesser, vor sechs Jahren. Das da unten war Hasenschrot, zehn Jahre her. Beide Male hat er natürlich behauptet, es wäre bloß ein Unfall gewesen.« Er machte den Knopf an seiner Hose auf. »Und für das hier …« – mit einem Ruck zerrte er sich die Hose herunter – »… hat er einen Eispickel benutzt.«

Alexandra betrachtete schaudernd die gefährlich aussehende Narbe auf seinem Hintern.

»Das war voriges Jahr«, meinte Hubert erklärend über die Schulter hinweg. »Ich stand zufällig neben dem Eisfach. Zu Mama hat er gesagt, er wäre aus Versehen beim Eishacken abgerutscht, aber mir hat er hinterher im Vertrauen gestanden, dass er mich eigentlich genau zwischen die Backen treffen wollte und mich bloß deswegen nicht exakt erwischt hätte, weil er was getrunken hatte. Beim nächsten Mal wird er bestimmt besser treffen! Und dieses nächste Mal wird heute noch sein, wenn Sie es nicht verhindern!«

In seiner Aufregung wurde er immer lauter, was Frau Helmerich, Alexandras von ständiger Neugier geplagte Etagen-Nachbarin, dazu veranlasste, ihre Wohnungstür zu öffnen und nach dem Rechten zu sehen. Als sie ins Treppenhaus hinausschaute, fiel ihr Blick auf Huberts nackten, eispickelgezeichneten Hintern. Sie erstarrte, dann wich sie rasch zurück und verriegelte ihre Tür von innen.

Hubert zog peinlich berührt die Hose wieder hoch. Trotz seiner Sorgenfalten sah er dabei so sehr aus wie ein verprügelter kleiner Junge, dass Alexandra in einer Aufwallung von Mitleid ihre Tür öffnete, worauf er sofort in die Diele eilte und dort mit demütig gesenktem Kopf stehen blieb. »Das sind nur die Sachen, die man sieht«, erläuterte er niedergeschlagen. »Sie ahnen ja nicht, was er mir sonst noch alles angetan hat. Wir hatten da früher zum Beispiel so eine Pferdepeitsche …«

Alexandra schluckte. Anscheinend gab es mehr Leute, die Gefallen an Peitschen fanden, als sie es sich in ihrer Unbedarftheit je hatte vorstellen können.

Zögernd machte Alexandra die Tür hinter Hubert zu. »Und Sie haben sich das alles gefallen lassen?«

Hubert nickte stumm.

»Sie müssen Ihre Mutter wirklich lieben!«

Wieder nickte er.

Alexandra hängte ihre Sporttasche an die Garderobe, dann schüttelte sie den Kopf. »Sie können aber nicht hier bleiben.«

»Ich zahle bar!«

»Nein, das meine ich nicht. Ich will Ihren Auftrag gar nicht erst annehmen, Hubert.«

»Es wäre ja nicht mal für eine Woche«, sagte er bittend. »Und glauben Sie mir, Sie würden dadurch auf keinen Fall irgendwie mit dem Gesetz in Konflikt kommen. Ich habe noch nie jemandem was angetan, und ich hatte noch nie mit der Polizei zu tun. Sie müssen nichts weiter tun, als mich für ein paar Tage vor Julius zu verstecken. Ich habe für kommenden Mittwoch einen Flug nach Übersee gebucht. Sie könnten sich in kurzer Zeit eine Menge Geld verdienen. Ich kenne die Sätze. Zweitausend pro Tag, plus Spesen. Ich zahle das Dreifache, wie versprochen. Im Voraus.«

»Nein. Und das ist mein letztes Wort.«

Doch vor ihrem inneren Auge erschien unversehens

eine fünfstellige Zahl, die wie eine bunte Leuchtreklame anfing zu blinken und nicht mehr damit aufhörte.

Ein halbes Jahr, dachte Alexandra. Solange konnte sie mit diesem Geld locker leben. Mindestens!

Sie begann, kreuz und quer durch die Diele zu marschieren.

»Das wäre einfach Wahnsinn!«, sagte Alexandra zu sich selbst. »Kerle mit Messern und Pistolen! Ich kann das nicht machen! Schon gar nicht in meinem Zustand!«

»Aber Sie sind doch topfit!«, protestierte Hubert. »Ich habe Ihnen beim Training zugesehen! Und hinterher erst, als Sie Julius fertiggemacht haben! Und wie schnell Sie dann ins Auto gesprungen sind! Marius hatte überhaupt keine Chance, Sie zu erwischen!«

»Der Kerl mit der Pistole war also Marius? Gut zu wissen.« Alexandra nickte geistesabwesend. »Man sollte die Namen seiner Feinde kennen. Julius. Marius. Julius. Marius. Fehlt nur noch Brutus.«

Es läutete an der Tür. Alexandra und Hubert erstarrten, und dann verdrückte Hubert sich ohne besondere Aufforderung mit einem gewaltigen Satz in die Küche.

Alexandra huschte zur Wohnungstür und blickte durch den Spion. »Wenn man vom Teufel spricht«, sagte sie in abfälligem Ton, während sie öffnete. »Was willst du, Brutus? Hast du deine Socken vergessen?«

»Hallo, Alex«, sagte Klaus.

Wie sie nicht ohne Genugtuung feststellte, tat es kein bisschen weh, ihn wiederzusehen. War sie wirklich wegen diesem Trottel wochenlang auf Zechtour gegangen? Hatte sie sich allen Ernstes seinetwegen einsam, niedergeschlagen und ausgelaugt gefühlt? Nun, diese Zeiten waren zum Glück vorbei. Ein für alle Mal.

»Darf ich reinkommen?«, fragte Klaus, wobei ihm anscheinend nicht auffiel, dass er schon mitten in der Diele stand. »Guck mal«, sagte er mit nostalgisch verklärtem Blick auf ihren Sportbeutel an der Garderobe, »es sieht hier noch genauso aus wie früher!«

Unaufgefordert ging er weiter ins Wohnzimmer, wo er mit sentimentaler Miene die Regalwände abschritt und dort Fotos, Bücher und CDs betrachtete. Dann setzte er sich aufs Sofa, wippte federnd auf und ab und meinte wehmütig: »Tut gut, wieder nach Hause zu kommen.«

»Soll das ein Witz sein oder was? Das ist zufällig meine Wohnung, für die ich seit über acht Jahren allein die Miete zahle.«

»Ich hab schließlich auch ein paar Monate hier gelebt«, verteidigte Klaus sich.

»Das haben andere vor dir auch«, meinte Alexandra wegwerfend. »Was ist los? Hat Mausi dich rausgeworfen? Oder gar die Peitsche verlegt?«

»Müssen wir jetzt über sie sprechen?«, fragte Klaus leidend. »Willst du deinen Triumph auskosten? Na gut, es ist vorbei mit ihr. Es war schon vorbei, bevor es richtig angefangen hatte. Bist du jetzt zufrieden?« Er schluckte und senkte den Kopf. »Ich bin echt einsam, verstehst du?«

»Wieso habe ich auf einmal das Gefühl, dass du mir die Schuld dafür in die Schuhe schieben willst?«, fragte Alexandra verärgert.

Dabei sah er wirklich nicht besonders glücklich aus. Alexandra schien es, als hätte er ein paar Kilo abgenommen. Möglicherweise waren ihm auch reichlich Haare ausgefallen; beim letzten Mal war er ihr noch nicht so kahl um die Stirn herum vorgekommen. Seine Jeans hätte dringend eine Wäsche (mit Vorwäsche) vertragen, und er hatte zwei verschiedenfarbige Socken an, was definitiv als Beweis dafür gelten konnte, dass er wirklich einsam war; anderenfalls hätte ja irgendein weibliches Wesen für saubere Hosen und zueinander passende Socken gesorgt – Klaus umgab sich nur mit solchen Frauen, die für derlei Dienste hinreichend qualifiziert waren.

Nachdem sie sich eine endlose Weile angeschwiegen hatten, verschränkte Alexandra die Arme und klopfte mit dem Fuß auf den Boden. »Würdest du mir vielleicht erzählen, was du überhaupt noch hier willst?«

»Ich dachte, wir könnten einfach nur mal reden, Alex.«

»Wir könnten auch Kaffee trinken«, kam Huberts Stimme von der Wohnzimmertür her. »Ich hab mir erlaubt, rasch welchen zu machen!«

Alexandra sah überrascht, wie er mit einem Tablett näher kam, auf dem er Kaffeekanne, Tassen, Untertassen, Löffel, Milchkännchen und Zuckerdose balancierte. Er stellte alles auf dem Couchtisch ab und goss Kaffee ein.

Alexandra fand, dass Hubert diese Situation sehr geschickt eingefädelt hatte, und fasste augenblicklich einen, wie sie meinte, genialen Entschluss, wie sie Klaus dazu bringen konnte, binnen einer Minute zu verschwinden.

Mitten in das einsetzende Schweigen hinein rief sie fröhlich: »Oh, Kaffee! Das ist aber eine Superidee von dir, Huby!«

Sie trat zu ihm und küsste ihn schmatzend auf den Mund. Er ließ erschrocken den Zuckerlöffel fallen.

»Ach, Klaus«, sagte Alexandra, »du kennst ja Hubert noch gar nicht. Er ist der Neue. Hubert, das ist Klaus, mein perverser Ex.«

»Angenehm«, sagte Hubert.

Klaus starrte ihn ungläubig an. »Hubert?«

Hubert nickte. »Einfach nur Hubert.«

»Und das soll ich glauben?«, meinte Klaus skeptisch.

»Dir wird wohl nichts anderes übrig bleiben«, versetzte Alexandra. »Ich bin nämlich schwanger.«

Huberts verdutzte Blicke flogen zwischen ihr und Klaus hin und her. Klaus sprang auf und zeigte mit dem ausgestreckten Zeigefinger auf ihn. »Doch nicht etwa von diesem … diesem …«

»Beleidige bitte nicht den Vater meines Kindes!«, herrschte Alexandra ihn wütend an.

Hubert schluckte. »Äh … ich … also …«

Alexandra brachte ihn zum Schweigen, indem sie ihm die Kaffeetasse entriss und sie in einer Art Kurzschlussreaktion in großen Schlucken leertrank. Das hätte sie besser nicht getan. Der Würgereiz setzte unvermittelt und so heftig ein, dass sie es nicht mehr bis zur Toilette schaffte, zumal Klaus im Weg stand und sie schon nach zwei Schritten gegen ihn prallte. Sie musste sich an Ort und Stelle übergeben, und das war, nach Lage der Dinge, leider auf Klaus' Jeans, die nun außer Vor- und Hauptwäsche noch ein leistungsstarkes Fleckensalz benötigte.

Er trat wütend gegen den Tisch; Kaffee schwappte aus den Tassen, und auch etwas von dem Sputum, das in Bröckchen an seiner Hose pappte, flog durch die Gegend. Ohne ein Wort wandte er sich ab, ging zur Balkontür, öffnete sie und trat hinaus. Mit einem Fausthieb versetzte er die dort angebrachte Hängematte in Schwingung.

Hubert rang die Hände. »Ich … ich kann mich gar nicht erinnern, dass … Wahrscheinlich war ich zu betrunken … Aber ich stehe dazu, keine Sorge!«

»Häh?«, fragte Alexandra ebenso ungnädig wie verständnislos.

Er nahm ihre Hand. »Ich bin ein Mann, der Familienpflichten sehr ernst nimmt …«

Sie stieß ihn zur Seite, wischte sich den Mund ab und stapfte hinaus auf den Balkon. Sie musste handeln, bevor sich die Dinge weiter so unerfreulich entwickelten. Ein lästiger Kerl in der Wohnung war genug.

»Willst du hier festwachsen?«, fuhr sie Klaus an, dessen Wut anscheinend verraucht war. Er lag wie ein Häufchen Elend in der Hängematte und blickte elegisch über die sonnenbeschienene Straße.

»Weißt du noch?«, fragte er und fuhr mit der Fingerspitze über die Nylonmaschen. »Die hab ich im April selber angemacht.«

»Und zwar so, dass sofort der Dübel aus der Wand geflogen ist, als du dich das erste Mal reingelegt hast, sodass ich sie hinterher erst mal richtig befestigen musste.«

»Mußt du immer alles so runterziehen?«

»Nein, nur wenn es nicht anders geht.« Alexandra atmete durch. »Ich gebe dir drei Minuten, um dich vom Acker zu machen. Wir beide haben nichts mehr zu bereden. Und wenn ich *nichts* sage, meine ich *absolut* nichts.«

Mit düsteren Blicken vergewisserte er sich, dass sie es ernst meinte.

»Kriegst du wirklich ein Kind?«

»Ja«, antwortete sie unfreundlich. »Meinst du, ich sage so was zum Spaß?«

Niedergeschlagen hievte er sich aus der Matte und deutete auf seine bekotzten Hosenbeine. »Darf ich wenigstens noch ein letztes Mal dein Badezimmer benutzen?«

Alexandra zuckte die Achseln. Als Klaus an ihr vorbei ins Wohnzimmer ging, erstarrte sie. Unten auf der Straße fuhr soeben Julius' Limousine vor.

Dritte und Beteiligte

Julius, der sich die Nase von Hugo, dem Chauffeur, hatte verpflastern lassen, ging zusammen mit Marius über die Straße zum Haus. Mit Hilfe der Autonummer war es kein Problem für ihn gewesen, die Adresse des schwarzen Biestes rauszufinden. Heutzutage musste man nur zum Ortstarif die Nummer des Zentralrufs aller Autoversicherer anwählen, behaupten, dass man in einen Unfall mit einem Fahrzeug dieser Nummer verwickelt gewesen sei und Ansprüche stellen wolle. Angaben über den Halter erhielt man dann spätestens über die genannte Fahrzeugversicherung.

Wahllos drückte er nacheinander alle Klingelknöpfe.

»Ja, wer ist da?«, fragte schließlich eine Frauenstimme.

»Die Avonberaterin«, antwortete Julius mit Falsettstimme. Aus den Augenwinkeln sah er, wie Marius grinste, und sofort fühlte er wieder das wohltuende Gefühl besonderer Zusammengehörigkeit. Wie angenehm es doch war, mit einem Mann zu arbeiten, der denselben Sinn für Humor hatte wie er selbst! Was hätte er darum gegeben, Marius zum Bruder zu haben statt Hubert, diese kleine, schleimige Ratte.

Der Türsummer ertönte, und Julius und Marius betraten das Haus. Als sie die Treppe zum ersten Stock hochstiegen, öffnete sich dort eine Wohnungstür. Frau Helmerich lugte heraus, und Marius zeigte seine besondere Spezialität: Er fletschte bedrohlich die Zähne in ihre Richtung, was Julius ein Kichern entlockte und Frau Helmerich dazu brachte, ihre Tür auf der Stelle erneut von innen zu verriegeln.

Julius zeigte auf das Türschild an Alexandras Wohnung. »Alexandra Klette«, sagte Julius, wegen des Pflasters mit extrem nasaler Stimme. »Hier sind wir richtig. Gehen wir rein.«

Marius zückte seine Pistole und legte auf das Schloss an Alexandras Wohnungstür an. »Soll ich?«

»Jetzt nicht.« Julius zog einen Schlüsselbund hervor, an dem unter anderem auch ein handlicher kleiner Dietrich hing, mit dem er in Sekundenschnelle das Schloss geöffnet hatte.

Er gab Marius einen Wink, worauf dieser zuerst in die Diele spähte und dann mit einem martialischen Satz hineinsprang, die Pistole im Anschlag. Julius folgte ihm. Nacheinander schauten sie in alle Zimmer hinein, sahen aber keine Menschenseele. Schließlich blieben sie vor der geschlossenen Badezimmertür stehen. Marius bewegte geräuschlos die Klinke. »Zugesperrt«, flüsterte er.

Julius nickte ihm zu, und Marius trat die Tür mit einem einzigen wuchtigen Tritt ein. Sie flog nach innen und krachte gegen die geflieste Wand. Vor dem Toilettenbecken stand Klaus mit herabgelassener Hose und urinierte. Als er in die Pistolenmündung blickte, erstarb das Plätschern zu ein paar kläglichen Tröpfchen, die zudem in der Hose landeten, denn er konnte nicht mehr zielen, weil er beide Hände zur Decke streckte.

»Wo sind sie?«, fragte Julius.

»Wer?«, krächzte der geschockte Klaus.

»Hubert und die Frau.«

»Im Wohnzimmer.«

Julius warf erneut einen Blick ins Wohnzimmer, und diesmal fiel ihm die offene Balkontür auf. Er ging hinaus und fand die Hängematte, von der ein Ende losgeschnitten war und bis zum Rasen hinabhing. Während er das Netz Meter um Meter heraufholte, zog er den richtigen Schluss im selben Moment, als unten mit quietschenden Reifen der Golf losbrauste, keine dreißig Meter von Hugo entfernt, der soeben mit verdutztem Gesichtsausdruck aus der Limousine stieg und dem davonrasenden Wagen hinterherschaute. Julius hieb zornerfüllt mit der Faust aufs Geländer, dann ging er zurück ins Wohnzimmer, wo gerade Klaus auf der Bildfläche erschien, die Hose um die Fußknöchel und die Hände hoch erhoben. Marius schubste ihn mit dem Pistolenlauf vor sich her.

»Und was bist du für einer?«, fragte Julius, während Klaus auf ihn zugetrippelt kam.

»Niemand«, behauptete Klaus.

»Niemand? Ist das ein Name?«

»Äh … nein, ich meine, niemand Wichtiges. Nur ein entfernter Freund. Sehr, sehr weit entfernt. Ich hab nichts gesehen und gehört. Überhaupt nichts. Äh … Ich *konnte* auch gar nichts sehen und nicht hören.« Klaus schluckte, dann schloss er mit unwiderlegbarer Logik: »Ich war ja auf dem Klo!«

Klaus war nicht sicher, ob die zwei Typen seine Argumentation ebenso plausibel fanden wie er. Verängstigt verfolgte er, wie die beiden Blicke tauschten.

Blicke, die nichts Gutes verhießen.

Alexandra haute wütend auf das Lenkrad. »Scheiße!«

»Wieso?« Hubert spähte durch die Rückscheibe. »Ich seh sie nicht. Wir haben sie bestimmt abgehängt.«

»Spinne ich oder was?«

»Keine Ahnung«, sagte Hubert betroffen. »Wieso?«

»Wieso?«, schrie Alexandra. »Weil ich mich von diesen

Blödmännern aus meiner eigenen Wohnung vertreiben lasse! Das kann nicht wahr sein!« Sie krauste die Stirn. »Warum fahre ich eigentlich nicht auf der Stelle zur Polizei?«

»Sie glauben doch nicht, dass er in Ihrer Wohnung bleibt und da auf die Bullen wartet! Außerdem – was wollen Sie ihm denn vorwerfen?«

»Hausfriedensbruch«, sagte sie nach kurzem Überlegen.

»Haben Sie ihn dabei gesehen?«

»Nein«, sagte Alexandra wütend, »denn wir waren ja viel zu sehr damit beschäftigt, in Panik vom Balkon runterzuklettern, weil Sie es so wollten!« Sie dachte nach. »Aber ich habe gesehen, wie dieser Marius mit seiner Pistole geschossen hat. Auf meinem Autodach ist sogar eine Schramme. Damit kriege ich ihn und Ihren Bruder dran.«

»Das haben schon andere versucht. Sie werden alles abstreiten.«

»Nicht, wenn Sie es bestätigen. Und überhaupt. Wenn Sie endlich bei der Polizei gegen ihn auspacken würden, könnte er Ihnen nichts mehr tun.«

»Das geht nicht«, sagte Hubert traurig. »Ich muss an Mama denken. Für mich gibt es nur eine Lösung. Ich muss weit weg von ihm ein neues Leben anfangen.«

Sie wusste selbst nicht, warum sie diese blöde Tour gelten ließ. Wenn sie nur einen winzigen Rest gesunden Menschenverstandes besessen hätte, wäre sie jetzt schon bei der Polizei und würde ihre Aussage machen. Es gab überhaupt keinen Grund, dieses dämliche Spiel auch nur einen Moment mitzuspielen.

Doch, den gab es, erkannte Alexandra gleich darauf resigniert. Sie hatte sogar einen ziemlich guten Grund, Hubert wie verlangt fünf Tage lang vor Julius zu beschützen, und zwar zu seinen Vorstellungen. Genau genommen waren es dreißigtausend Gründe, und die hatten immer noch nicht aufgehört zu blinken.

Alexandra bremste abrupt. »Mist! Klaus ist ja noch in der Wohnung! Ich hab ihn total vergessen!« Sie nahm ihr Handy und wählte ihre Nummer zu Hause. »Verdammt, da geht niemand dran!«

»Julius wird ihm schon nichts tun.«

»Soll das ein Witz sein? Vorhin haben Sie mir noch erzählt, was für ein Monster er ist!«

»Oh, das ist er. Aber er unterscheidet streng zwischen Beteiligten und Dritten.«

»Was soll das jetzt schon wieder heißen?«

»Für Julius gibt es Beteiligte und Dritte. Ich bin zum Beispiel Beteiligter. Sie auch, wegen der Ohrfeige in der Bar und weil Sie ihm das Knie gegen die Nase gedonnert haben.«

»Und in die Eier«, warf Alexandra beiläufig ein. Es klang drohend, und Hubert zuckte ein wenig zusammen.

»Uh … ähm, ja. Na ja, solche Leute wie Sie und ich sind also Beteiligte. Schläge vergisst Julius nämlich niemals. Dann gibt … eh, gab es noch ein paar Beteiligte, die ihn bei Geschäften übers Ohr hauen wollten. Da ist Julius gnadenlos.«

Alexandra schwieg ein paar Sekunden, dann meinte sie: »Was meinen Sie mit gnadenlos?«

»Äh … nun ja, gnadenlos halt.«

»Wie zum Beispiel die Sache mit dem Elektromesser und der Schrotflinte?«

»Und mit dem Eispickel«, ergänzte Hubert rasch. Dass dies noch die eher harmlosen Auswüchse von Julius' Gnadenlosigkeit waren, behielt er wohlweislich für sich.

»Und was ist mit den Dritten?«

»Denen tut er nichts.«

»Aber?«

»Wie bitte?«

»Es klang gerade so, als wollten Sie noch ein *Aber* dranhängen«, sagte Alexandra ungeduldig.

Hubert wand sich. »Nun, es könnte sein, dass er Ihren Freund ...«

»Exfreund«, verbesserte Alexandra.

»Dass er Ihren Exfreund mit Nachdruck darum bittet, nicht zur Polizei zu gehen.«

»Mit Nachdruck? Was darf man bei Julius denn darunter verstehen?«

Diese Frage hätte ihr Klaus zu diesem Zeitpunkt bereits beantworten können, wenn er dazu in der Lage gewesen wäre. Sprechen konnte er nämlich nicht, denn über seinem Mund klebte ein breiter Streifen Leukoplast aus Alexandras Badezimmerapotheke. Er stand in der Duschwanne, und seine Hände waren hoch über Kopf gefesselt, ebenfalls mit Leukoplast. Marius hatte den Rest der Rolle dafür verbraucht, seine Handgelenke zu umwickeln und anschließend an der Vorhangstange festzubinden. Als das Telefon klingelte, stöhnte er und zerrte an den Fesseln, zusätzlich behindert durch die inzwischen völlig unbrauchbare Hose, die immer noch um seine Knöchel hing. Keine Chance, sich loszureißen. Das Telefon verstummte nach einer Weile wieder.

Plötzlich erstarrte er, denn die Badezimmertür schwang mit einem grässlichen Knarren nach innen auf. Zentimeter um Zentimeter. Ganz langsam. Klaus glotzte mit überquellenden Augen auf den Türspalt. Sie hatten es sich anders überlegt und waren zurückgekommen, um ihm den Rest zu geben …

»Frau Klette? Ist die Avonberaterin vielleicht bei Ihnen?«

Frau Helmerich erschien im Türrahmen und riss die Augen auf, als sie Klaus in der Dusche an der Vorhangstange hängen sah.

Der hob ungelenk ein Bein und versuchte irgendwie, damit seine entblößte Männlichkeit zu verbergen, doch er kam sofort ins Straucheln.

»Ich kenn Sie irgendwoher«, sagte Frau Helmerich.

Er wollte sie anbrüllen, dass er, zum Teufel noch mal, drei Monate hier gewohnt hatte, und warum sie ihn nicht einfach losbinden konnte, doch das widerwärtig schmeckende Pflaster auf seinem Mund erlaubte ihm nur ein unartikuliertes Stöhnen. Merkwürdigerweise überlief ihn trotz der alles andere als angenehmen Situation ein seltsam wohliger Schauder. Zu seiner Beschämung konnte er sich just in diesem Moment nicht der Vorstellung erwehren, was er wohl tun würde, wenn diese alte Scharteke eine kurzstielige Peitsche hinterm Rücken hervorholte …

Doch Frau Herberich machte keine Anstalten, dergleichen zu tun. Stattdessen starrte sie fasziniert nach oben, zu den Fesseln an der Vorhangstange, und dann auf seinen Schritt. Wieder hob er verzweifelt sein Bein – diesmal das andere –, um seine besten Teile ihren Blicken zu entziehen, doch damit lenkte er ihre Aufmerksamkeit erst recht dorthin.

»Haben Sie hier irgendwelche perversen Spielchen veranstaltet? Ich habe davon gehört. Das nennt man *Bondage*, stimmt's? Und jetzt finden Sie es wahrscheinlich total anregend, dass ich Sie angucke, was?«

Der gekränkte Koch

Irene goss im Vorzimmer die Blumen, eine reine Verlegenheitslösung, um die restliche Zeit bis zum Heimgehen zu überbrücken. Den Computer hatte sie bereits ausgeschaltet, die Tastatur abgedeckt und die Rollschränke verschlossen. Es war sechzehn Uhr dreißig, und sie machte normalerweise pünktlich um halb fünf Feierabend, um die Jungs vom Hort abzuholen. Vor fünf Minuten hatte sich jedoch ein unangemeldeter Besucher eingefunden, weshalb sie ebenfalls noch hier war. Wie es der Zufall wollte, hatte Alexandra nur eine Minute später von ihrem Handy aus angerufen, im selben Moment, als Irene schon die Hand auf dem Telefon hatte, um Alexandras Mobilfunknummer anzuwählen.

»Gut, dass du anrufst«, hatte Irene gesagt, »ich wollte dich auch gerade anrufen, weil …«

»Alles in Ordnung?«

Alexandras Frage hatte seltsam drängend geklungen.

»Ja, sicher, hier ist bloß …«

»Schon gut. Ich bin sowieso in drei Minuten da. Rühr dich nicht von der Stelle. Lass niemanden rein.«

Und damit hatte sie aufgelegt.

Nun ging die Tür auf, und Alexandra stürmte herein, gefolgt von Hubert, der sich interessiert umschaute. Als sein Blick auf Irene fiel, hellte sich sein Gesicht auf.

»Hallo. Ich bin Hubert.«

»Hallo«, sagte sie ein wenig schüchtern. »Ich hab Sie gleich an der Stimme erkannt. Nett, Sie endlich mal persönlich kennen zu lernen.«

»Das finde ich auch nett«, sagte Hubert albern grinsend.

Normalerweise wäre Alexandra sofort aufgefallen, dass die beiden einander sympathisch fanden, doch sie hatte dringendere Dinge im Sinn.

Sie riss die Aktenschränke auf und zog ein paar wichtige Ordner heraus, die sie im Laufe der kommenden Woche wahrscheinlich brauchte. »Irene, wir schließen für ein paar Tage. Pack die Akten ein, leg dir eine Rufumleitung aufs Handy und mach den Laden dicht.«

»Hör mal, gut, dass du da bist«, hob Irene an.

»Und noch was«, fiel Alexandra ihr ins Wort, »fahr am besten für ein paar Tage zu deiner Mutter.«

Sie nahm den Hörer vom Telefon und wählte. »Komm schon, geh dran!«

»Was ist eigentlich los?«, wollte Irene beunruhigt wissen.

»Ich erzähl's dir später. Sobald ich deinen Status abgeklärt habe.« Sie atmete erleichtert auf, als Klaus sich meldete. »Gott sei Dank! Bist du okay?« Sie lauschte ein paar Sekunden. »Sie haben *WAS*?!« Pause. »Ja, verstehe. Wir reden später. Mach's gut.«

»Status?«, fragte Irene. »Was für ein Status? Ich bin geschieden. Zweimal sogar. Was gibt's da noch abzuklären?«

»Ob du eine Beteiligte oder Dritte bist«, sagte Alexandra. »Bei Beteiligten ist Julius nämlich gnadenlos. Dritte bittet er nur nachdrücklich.«

An Hubert gewandt, meinte sie: »Sie hatten übrigens Recht mit dem Nachdruck. Meine Nachbarin musste gerade meinen Ex von der Duschstange losschneiden. Besser, wir beeilen uns, bevor Julius hier auch noch aufkreuzt.«

»Wer ist das?«, fragte Irene. »Ein Killer, vor dem wir abhauen müssen?«

»Nur mein Bruder«, erklärte Hubert bescheiden.

»Was hat er gegen Sie?«

»Oh, er will mir die Nase abschneiden.«

»Das nenne ich wahre Geschwisterliebe«, meinte Irene. Als Alexandra mit einem Stapel Akten aus dem Büro stürmen wollte, trat sie ihr in den Weg und deutete auf das Besprechungszimmer. »Sekunde, Alex. Du hast da drin noch Besuch.«

»Ich hab jetzt keine Zeit für Klienten.«

»Für diesen vielleicht doch. Lass mich die Akten einpacken, ich weiß besser, was wir in den kommenden Tagen brauchen. Ich beeil mich auch. Hubert kann mir ja helfen. Oder, Hubert?«

»Selbstverständlich«, sagte Hubert mit sanft erglühenden Ohren.

»Nun mach schon, Alex«, sagte Irene. »Geh rein.« Sie schob Alexandra zum Besprechungszimmer. Alexandra riss ungeduldig die Tür auf. Und erstarrte.

Der Mann, der dort drüben auf dem Besucherstuhl saß, war niemand anderer als Johannes Schlumberger.

Als er sie sah, sprang er auf und kam auf sie zu. Sie wich ihm nervös aus und setzte sich hinter ihren Schreibtisch, um ein Bollwerk gegen seine beunruhigende Nähe zu schaffen.

»Was soll das, Alexandra?«

»Was soll was?«, fragte sie zurück. In einer Mischung aus Gereiztheit und Schuldbewusstsein starrte sie ihn an. Himmel, der hatte ihr gerade noch gefehlt! So, wie es aussah, würde jetzt die Stunde der Wahrheit schlagen. Die grimmige Falte auf seiner Stirn verhieß nichts Gutes. Er hatte offenbar alles rausgekriegt.

»Das fragst du noch?«, fuhr er sie an. »Weißt du, wie

viele Zeitungsredaktionen ich abgeklappert habe? Ich kannte ja nur deinen Vornamen! Bis ich heute endlich auf die glorreiche Idee kam, bei meinem Personal nachzufragen, ob du damals möglicherweise unter deinem vollen Namen in der *Schildkröte* reserviert hattest.«

Das hatte sie getan. Ein Fehler, eindeutig. Aber nicht rückgängig zu machen. Von ihrem Namen bis zu ihrem richtigen Beruf war es kein großer Schritt. Die Anzeige im Telefonbuch ging immerhin über zwei Spalten.

»Und dann musste ich zur Kenntnis nehmen, dass du überhaupt keine Journalistin bist!«

Sie öffnete den Mund, um etwas zu sagen, doch er hatte nur Luft geholt und donnerte nun: »Sondern eine Privatdetektivin mit einem besonderen Spezialservice!«

»Jetzt weißt du's also«, sagte sie trotzig.

»Mehr hast du dazu nicht zu sagen?«

Er kam um den Schreibtisch herum, packte an beiden Armlehnen ihren Drehsessel und schwang ihn zu sich herum. Eindringlich blickte er ihr in die Augen. »Ich dachte, das zwischen uns wäre etwas Besonderes gewesen. Habe ich mich wirklich so getäuscht?«

Alexandra konnte ihn nur stumm anstarren.

»Bin ich nur ein … ein Auftrag für dich gewesen? War diese Nacht nur das Ergebnis eines Komplotts?«

Sie konnte immer noch nichts sagen. Ihr Herz trommelte bis zum Hals, und wenn sie nicht schon gesessen hätte, wäre sie vor Schwäche in den Knien eingeknickt.

»Ich hab Elvira natürlich erzählt, dass wir zusammen im Bett waren«, meinte Johannes plötzlich nüchtern.

»Ach. Und was hat sie gesagt?«

»Dass es ihr egal ist. Sie meinte, jeder Mann müsse sich vor der Hochzeit die Hörner abstoßen. Und außerdem sei es ohnehin ihre Schuld, sie hätte mir eben vertrauen sollen, anstatt meine Treue auf die Probe zu stellen.«

»Wie nobel von ihr«, sagte Alexandra bissig.

»Morgen Abend will sie mich ihrer Großmutter und der restlichen Verwandtschaft vorstellen. Die ganze Sache offiziell machen. Ich glaube, sie hat eine Menge Leute eingeladen. Sie will bei ihrer Oma wohl so eine Art Verlobungsfeier veranstalten.«

»Meinen Glückwunsch auch«, flüsterte Alexandra. Ein scharfer Schmerz breitete sich in ihrer Brust aus. Sie würde nicht viel länger in diesem Zimmer mit ihm allein sein können, ohne in Tränen auszubrechen.

»Alexandra, mir ist klar, dass wir zwei nicht viel geredet haben in dieser einen Nacht. Und wir wissen praktisch kaum etwas voneinander. Trotzdem … Ich weiß nicht, wie es dir ging, aber bei mir war es … Es war ein Gefühl, als würde ich dich schon mein Leben lang kennen, als hätte ich immer auf dich gewartet. Es hat mir sehr viel bedeutet. Vielleicht, wenn wir uns ein bisschen besser kennen lernen … Lass es uns versuchen. Ein Wort von dir genügt.«

JA!!!, schrie ihre innere Stimme.

»Nein«, sagte sie kühl.

Johannes wandte sich brüsk ab und verließ den Raum.

Alexandra stützte die Ellbogen auf den Schreibtisch und verbarg ihr Gesicht in den Händen.

Irene kam herein. »Ich hoffe, du weißt, was du tust.« Anscheinend hatte sie mehr mitbekommen, als sie sollte.

»Wer kann das schon von sich behaupten.« Alexandra riss sich zusammen und wurde geschäftsmäßig. »Bist du fertig?«

»Ja, dank der Hilfe von diesem netten Hubert Müller.«

»Nett?«, fragte Alexandra, nicht sicher, ob sie richtig gehört hatte.

»Ja, das ist er doch, oder? Wieso?«

»Wieso? Wie er schon aussieht … Wie ein Frettchen!«

»Julius behauptet immer, wie eine Ratte«, mischte Hubert sich von der Tür her ein.

»Na gut, da will ich nicht kleinlich sein«, meinte Alexandra wegwerfend.

»Alex!«, rief Irene tadelnd, und Alexandra bemerkte mit Zeitverzögerung das Fettnäpfchen, in das sie getreten war.

»Oh, tut mir Leid.«

Sie ging voraus ins Vorzimmer, und Hubert beeilte sich, ihr zu folgen.

»Wir sind dann weg«, sagte Alexandra über die Schulter zu Irene. »Ich melde mich von unterwegs.«

Tücken und Lücken

In ihrer Eile musste sie vorhin vergessen haben, den Wagen abzuschließen, denn Johannes saß auf der Beifahrerseite und wartete auf sie.

Sie kämpfte das Schwächegefühl nieder, das in ihr aufwallte. Ruckartig klappte sie den Fahrersitz nach vorn und ließ Hubert hinten einsteigen, dann setzte sie sich hinters Steuer und schaute Johannes ablehnend an.

»Was soll das jetzt schon wieder?«

»Ich kann dich nicht so gehen lassen«, erklärte er freundlich.

»Dir wird wohl nichts anderes übrig bleiben.«

»Ich bleibe hier sitzen. Bis morgen früh, wenn es sein muss.«

»Das wäre bestimmt nicht klug«, mischte Hubert sich ein. Durch die Heckscheibe behielt er die Straße hinter ihnen im Auge. »Sie könnten damit zum Beteiligten werden, wissen Sie.«

Johannes beachtete ihn nicht. »Wir müssen über alles reden«, sagte er zu Alexandra, wild entschlossen, ihr nicht von der Seite zu weichen, bis die Dinge sich zu seiner Zufriedenheit entwickelten.

»Da gibt's aber nichts zu reden«, sagte Alexandra abweisend. »Zwischen uns ist alles gesagt.«

Er glaubte ihr kein Wort. Kurz bevor er vorhin aus ihrem Büro gestürmt war – verfrüht, wie er jetzt meinte –, hatte er gesehen, wie ihre Unterlippe zitterte. Sie hatte dicht davor gestanden, zu heulen, dessen war er sich inzwischen sicher. Er maßte sich nicht an, viel von Frauen zu verstehen – dazu reichte ein ganzes Männerleben nicht aus –, doch er war der Meinung, dass eine Frau nicht den Tränen nahe sein konnte, wenn alles in Butter wäre.

Er hätte auch vor dem Haus auf sie gewartet, doch da sie anscheinend so versessen darauf war, wegzufahren, hätte sie ihn bestimmt nicht angehört. Hier im Wagen blieb ihr nichts anderes übrig.

Hubert schaute durch die Heckscheibe. Wie ein langer schwarzer Sarg kam die Limousine um die Ecke gerollt. »Wir sollten lieber fahren. Ich habe kein gutes Gefühl.«

»Könnten Sie mal für einen Moment die Klappe halten?« fuhr Alexandra ihn an.

Zu Johannes sagte sie erzürnt: »Musst du mir nachlaufen? Warum lässt du mich nicht einfach in Ruhe?«

»Weil sie schon da sind«, meinte Hubert ängstlich. »Ähm … und jetzt haben sie uns auch gesehen, glaube ich.«

Alexandra blickte in den Rückspiegel, dann ließ sie rasch den Wagen an und gab Gas. Mit klassischem Kavaliersstart fuhr sie los. Johannes rief gegen die quietschenden Reifen an: »Was ist los? Werden wir verfolgt?«

»Ja«, sagte Hubert. »Von meinem Bruder.«

»Was will der Kerl?«

»Mir die Nase abschneiden.«

»Im Ernst?«, fragte Johannes zweifelnd.

»Anschnallen«, fauchte Alexandra ihn an.

Er gehorchte eilig und blickte über die Schulter nach hinten, wo die dunkle Limousine rasch aufholte.

»Festhalten!«, schrie Alexandra. Mit kreischenden Pneus zog sie um eine Ecke. Hinter ihnen schoss die Limousine vorbei; sie hatte buchstäblich die Kurve nicht gekriegt, doch sie war trotz des überraschenden Abbiegemanövers noch nicht endgültig abgehängt. Alexandra bog abermals ab und fuhr erst dann langsamer, behielt aber nach wie vor wachsam den Rückspiegel im Blick.

Johannes musterte Alexandra mit neuer Aufmerksamkeit, dann richtete er sein Augenmerk auf Hubert, der sich wie eine Maus in den Fond geduckt hatte.

»Woher wollen Sie das mit der Nase wissen?«, fragte Johannes.

»Weil er's gesagt hat.«

»Glauben Sie immer alles, was er Ihnen erzählt?«

»Nein, aber in diesen Dingen hat er mich noch nie angelogen«, meinte Hubert bekümmert. »Außerdem hat er's nicht nur gesagt, sondern auch probiert.«

»Wenn Sie mich fragen, hat er einen an der Waffel«, kommentierte Alexandra.

»He, da hinten kommen sie wieder«, sagte Johannes.

Alexandra gab Vollgas und schoss um die nächste Ecke, doch diesmal war Hugo darauf vorbereitet. Es gelang ihm, die Limousine dicht hinter den Golf zu setzen.

Die Jagd ging weiter, um drei Ecken, über eine Kreuzung hinweg und dann über eine rote Ampel, an der Alexandra nur um Haaresbreite dem Zusammenprall mit einem von rechts kommenden Bus entging.

»Achtung!«, schrie Johannes entsetzt, doch Alexandra hatte das Lenkrad schon herumgerissen und war rechtzeitig nach links ausgewichen.

Ein Knall ertönte, dann gab es einen plötzlichen Ruck, der sie nach vorn schleuderte und in die Gurte presste.

»Das Schwein ist aufgefahren!«, sagte Alexandra wutentbrannt. »Und ich hab erst im Februar eine neue Stoßstange dranmachen lassen!«

»Wir sollten auf dem schnellsten Wege zur Polizei!«, schrie Johannes.

»Nein!«, widersprach Hubert sofort.

»Achtung!«, rief Alexandra. Dicht vor ihnen setzte gerade ein Laster rückwärts aus einer Baustelleneinfahrt, herausgewinkt von einem Mann im Maureranzug.

»Das schaffen wir nicht!«, brüllte Johannes entsetzt. Die verbleibende Lücke zwischen Laster und gegenüberliegender Hauswand betrug höchstens zwei Meter. Nein, einsachtzig … Johannes dachte, dass er eigentlich beten müsste, doch dazu blieb ihm keine Zeit. Er überlegte, ob im allerletzten Augenblick vor dem Aufprall noch sein ganzes Leben an ihm vorbeiziehen würde, jedenfalls hatte er oft gehört, dass es so funktionierte, wenn man den sicheren Tod vor Augen sah. Doch auch dafür blieb keine Zeit.

Die Hauswand auf der einen und der rollende Laster auf der anderen Seite und beides raste ihnen ungefähr mit Tempo hundert entgegen …

Alexandra schaffte es. Gerade noch. Es war eine Sache von Millimetern. Und einem wegfliegenden Außenspiegel, der nicht mit durchpaßte.

Johannes und Hubert stöhnten wie aus einem Mund.

Alexandra gab einen wilden Triumphschrei von sich. »Wow! Wir haben's gepackt! Wir sind da echt durchgefahren! Wahnsinn! Es hat gepasst! Ist das nicht irre?«

Johannes versuchte, dem Zittern seiner Hände Einhalt zu gebieten, während er Alexandra ungläubig anstarrte. »Bist du etwa auf gut Glück da durchgeheizt?«

»Was hast du denn gedacht?«

Ein rascher Blick in den Rückspiegel zeigte ihr, dass Julius nicht so viel Dusel hatte wie sie. Vielleicht lag es auch daran, dass seine Angeberkutsche ein gutes Stück breiter war als der Golf. Der Sechshunderter Daimler war sauber zwischen Mauer und Laster stecken geblieben.

Hugo blickte bedauernd nach hinten, wo Julius zusammengekauert auf dem Rücksitz hockte und sich jammernd den Nacken massierte. Er war zuerst nach vorn und dann nach hinten geschleudert worden, mit einer Wucht, die trotz Sicherheitsgurt und Kopfstütze zwangsläufig ein mittelschweres Halswirbeltrauma zur Folge haben würde. Als berufsmäßiger Fahrer kannte Hugo sich in diesen Dingen aus.

Er selbst und Marius hatten praktischerweise von den

vorn angebrachten Airbags profitiert; außerdem waren die Kopfstützen an den Vordersitzen ein paar entscheidende Zentimeter höher als bei der Rückbank.

»Tut mir echt Leid!«, sagte er. »Hat nicht gepasst.«

Julius sammelte seine Kräfte, holte aus und knallte Hugo eine. Es tat nicht besonders weh, es sei denn Julius selbst, der sich dabei die Schulter verrenkte.

Er fluchte gotteslästerlich in allen Tonlagen und rieb sich den gezerrten Schultermuskel. Hugo und Marius warteten ergeben, bis er fertig war.

»Mach schon!«, schnaubte er dann Hugo an, während er sich mit beiden Händen durch die aus der Fasson geratenen Haarflusen fuhr. »Steig aus und sag dem Kerl im Laster, er soll seinen Arsch wegbewegen!«

»Wir sind links und rechts eingeklemmt«, wagte Hugo einzuwenden. »Direkt zwischen der Scheißmauer und dem Scheißbrummi.«

»Hast du ein Rad ab oder was? Deshalb sollst du dem Kerl ja auch sagen, dass er wegfahren soll, du Volltrottel!«

Hugo nickte langsam und überlegte, wie er Julius beibringen sollte, dass die Tür nicht aufging.

Hubert schaute voller Begeisterung durch die Heckscheibe, bis die Unfallstelle ihren Blicken entzogen war.

»Ist sie nicht großartig?«, sagte er dann stolz zu Johannes. »Sie ist mein Bodyguard!«

An Alexandra gewandt, meinte er: »Sie waren einsame Spitze! Sie sind die Beste! Aber das habe ich ja gleich gewusst!«

»Danke«, sagte sie geschmeichelt.

»Und wohin fahren wir jetzt?«

»Wir bleiben in Bewegung.«

»Das hört sich gut an«, äußerte Hubert mit leuchtenden Augen.

»Vorher regeln wir aber das Finanzielle«, sagte Alexandra schnell.

»Dann müssen wir zu meiner Bank.«

»Können wir machen. Aber zuerst setzen wir Herrn Schlumberger ab.«

»Kommt nicht infrage«, sagte Johannes. »Außerdem heiße ich Johannes.«

»Angenehm«, sagte Hubert. »Ich bin Hubert. Einfach nur Hubert.«

»Du kannst nicht mitfahren, Johannes«, erklärte Alexandra.

»Warum nicht?«

»Das fragst du noch? Du hast doch gerade eben mitgekriegt, wozu dieser Typ fähig ist!«

»Ich habe nur gesehen, wozu *du* fähig bist. Und das habe ich überlebt. Viel schlimmer kann es nicht kommen.«

»Du hast ja keine Ahnung. Du weißt nicht, was dieser Julius für ein Mensch ist!« Alexandra deutete mit dem Kinn über die Schulter nach hinten. »Frag ihn! Hubert, zeigen Sie ihm Ihre Narben!«

Hubert entblößte sofort eifrig seine Brust und zeigte auch die Schrotlöcher auf seinem Bauch. Er wollte gerade unter Verrenkungen seinen Allerwertesten präsentieren, als Johannes abwinkte. »Schon gut, ich glaub's ja. Ihr Bruder muss ein echtes Monster sein.« Zu Alexandra sagte er: »Der hat wirklich einen an der Waffel. Jetzt wirst du mich erst recht nicht los. Glaubst du ernsthaft, ich lasse dich ohne Schutz? Übrigens – warum geht ihr nicht einfach zur Polizei?«

Alexandra hätte ihm von ihrem fünfstelligen Grund erzählen können, doch das fand sie nach Lage der Dinge nicht angebracht. Stattdessen schob sie Hubert den schwarzen Peter zu. »Wegen diesem Sturkopf da. Ohne seine Aussage kann man seinem Bruder nichts beweisen. Jedenfalls nichts, was ihn länger als drei Tage hinter Gitter bringen würde.«

»Ich kann's nicht tun«, setzte Hubert bereitwillig hinzu. »Wegen Mama. Seit Papas Tod ist sie ein bisschen komisch. Außerdem hat sie Alzheimer. Julius ist ihr absoluter Liebling. Er ist der Einzige aus der ganzen Verwandtschaft, den sie jedes Mal wiedererkennt. Wenn er weg wäre, würde sie das nie verkraften.«

Alexandra verdrehte die Augen, dann sagte sie zu Hubert: »Jetzt müssen wir leider zum Geschäftlichen kommen.«

»Selbstverständlich«, meinte er sofort beflissen. »Aber ich hab natürlich nicht so viel dabei. Können wir rasch bei meiner Bank vorbeifahren? Wir sollten uns beeilen, die machen gleich zu.«

Hirsche und Kröten

Julius, Hugo und Marius vertrieben sich die ersten fünf Minuten ihrer Wartezeit damit, sich gegenseitig anzuöden. Der Polier hatte ihnen durchs Seitenfenster zugerufen, dass dem Lasterfahrer leider schon dreimal beim Starten der Motor abgesoffen sei, doch das hätten sie gleich, und die Polizei sei auch bereits informiert.

Letzteres bedeutete für Julius keinen Grund zur Beunruhigung, denn gegen ihn und seine Männer lag nichts vor. Was den Unfall anging, so würde er die Schuld einfach auf den Fahrer des Lasters schieben. Damit würde es bei einer zivilrechtlichen Geschichte bleiben.

Und was seine anderen Aktivitäten betraf – nun, Hubert würde nicht zur Polizei gehen, denn damit würde er seinen eigenen Interessen stark zuwiderhandeln. Ganz offensichtlich hatte er auch das Schwarze Biest davon überzeugt, dass es besser sei, die Bullen draußen zu lassen – anderenfalls wäre sie bereits hingerannt, anstatt Hubert beim Abhauen zu helfen. Stolz auf seine zwingende Logik, lehnte Julius sich entspannt zurück und hörte Marius zu, der Hugo gerade irgendetwas erzählte.

Marius hatte nicht nur eine Statur wie ein Kleiderschrank, er war auch in etwa ebenso gesprächig. Es kam nicht häufig vor, dass er mehr als drei Sätze hintereinander sagte, so wie jetzt. Grund genug, ihm mit erhöhter Aufmerksamkeit zu folgen.

»Nein, vorletztes Jahr war ich Zweiter. Letztes Jahr war ich Erster.«

»Du willst damit sagen, du hast dich vor die Leute hingestellt und wie ein Hirsch geröhrt?«, fragte Hugo ungläubig.

»Natürlich«, sagte Marius, anscheinend erstaunt über die blöde Frage. »Wie hätte ich sonst Erster werden sollen?«

»Worin?«, wollte Julius wissen.

»In den Deutschen Hirschrufmeisterschaften«, sagte Hugo. Seine Stimme zitterte, und er biss die Zähne zusammen, bis ein lautes Knirschgeräusch ertönte. Falls er lachte, konnte es gut sein, dass dies der letzte Lacher für sehr lange Zeit sein würde. Vielleicht sogar für immer.

»Wirklich?«, fragte Julius interessiert. »Ich wusste ja gar nicht, dass du das kannst!«

Marius nickte stolz. »In der letzten *Pferd und Jagd* war ein großer Artikel. Mit Bild.«

»Vom Hirsch?«, würgte Hugo heraus.

»Nein, von mir natürlich«, meinte Marius.

»Wie kommst du dazu?«, fragte Julius wissbegierig. »Ich meine, wie ein Hirsch zu rufen?«

»Ich bin Hobbyjäger.«

»Mein Vater war auch Jäger«, sagte Julius erfreut. »Und bei uns zu Hause hängen wahnsinnig viele Hirschgeweihe!« Schon wieder eine Gemeinsamkeit! Marius war ja so ein Glücksgriff!

»Am besten bin ich in der Disziplin *Knödeln in der Brunst.*«

Hugo biss sich auf die Finger, bis das Blut kam.

»Aber die Jury war der Ansicht, dass ich auch sehr naturgetreu war in *Suchender junger Hirsch ohne Rivale.*«

»Scheiße, ist das echt wahr?«, keuchte Hugo.

»Ist dir schlecht oder was?«, fragte Marius misstrauisch.

»Nein«, fiepte Hugo. »Das ist bloß mein Heuschnupfen.«

»Ich wusste gar nicht, dass du welchen hast.«

»Mach doch mal 'nen Hirsch«, sagte Julius.

»Wirklich?«, fragte Marius verschämt.

»Ja doch.«

»Welchen denn?«

»Wie wär's mit Hirsch auf der Pirsch«, stieß Hugo mühsam hervor.

»Den gibt's nicht. Hirsche pirschen nicht.«

»Was tun sie denn?«, fragte Julius.

»Äsen.«

Julius nickte wissbegierig. »Kommt mir bekannt vor. Wie hört sich das an?«

Marius kratzte sich ratlos am Kopf.

Hugo schob sich die Faust in den Mund.

»Mach doch mal 'nen Hirsch, der gerade ganz brutal einen anderen Hirsch zur Minna macht«, folgte Julius einem Geistesblitz.

Marius räusperte sich. »Na gut. Dann mach ich mal den *Kampfruf des Rudelführers.*«

Hugo verschluckte so viel Luft, dass er fast eine Embolie bekam.

Marius legte den Kopf in den Nacken, formte mit den Händen vor dem Mund eine Art Schalltrichter und röhrte los.

Er war gerade mittendrin, als der Polier besorgt gegen die Heckscheibe klopfte. »Ist Ihnen nicht gut? Brauchen Sie eine Ambulanz?«

Hubert war kaum ausgestiegen und in der Bank verschwunden, als Johannes auch schon fragte: »Wie bist du bloß an diesen Fall geraten?«

»Man kann sich seine Fälle nicht immer aussuchen.«

An dieser lapidaren Antwort hatte er schwer zu schlucken.

»Alexandra«, fing er nach einer Weile an, nur um sofort wieder zu verstummen. Ihre ganze Körperhaltung signalisierte Abwehr, und er überlegte verzweifelt, wie er es anstellen sollte, ihr begreiflich zu machen, dass er, seitdem er sie das erste Mal gesehen hatte, verrückt nach ihr war. Ihm war klar, dass Elvira zwischen ihnen stand wie ein personifiziertes Kainsmal, ein hingeschlachtetes Opferlamm, von ihnen beiden gleichzeitig gemeuchelt, ein junges, verwaistes Geschöpf in der Blüte seiner Unschuld, grausam hintergangen und getäuscht …

Johannes spann im Geiste die unerfreulichen Vergleiche fort und fühlte sich immer mehr wie ein skrupelloser, betrügerischer Schuft, weshalb er beinahe erleichtert war, als endlich dieser frettchengesichtige Hubert zurückkam. Unter seinem Arm klemmte eine extravagante Aktenmappe aus teurem Krokoleder.

Alexandra ließ ihn einsteigen und musterte die Tasche. »Gab's die gratis dazu?«

Hubert schaute betreten zur Seite.

»Es ist das Schließfachgeld, stimmt's?«

Hubert zuckte schuldbewusst die Achseln, sagte aber nichts.

Alexandra musterte ihn drohend, und Johannes schaute erstaunt von ihr zu Hubert.

»Im Grunde geht es mich nichts an.« Ihr Tonfall war schneidend. »Ich bin nur Ihr Bodyguard. Sie können von mir aus Ihrem Bruder so viel Geld mopsen, wie Sie wollen. Aber erzählen Sie mir nicht mehr solchen Scheiß, von wegen, dass Sie wegen Ihrer Mutter nicht zur Polizei gehen können!«

»Es ist aber so«, protestierte Hubert mit dünner Stimme.

»Ja, klar. Und zufällig können Sie auch deswegen nicht hin, weil Sie dann die Tasche loswürden, stimmt's?«

Hubert wurde rot und senkte den Kopf.

»Ich will nicht drumrumreden«, sagte Alexandra. »Ich brauche das Geld. Sehr dringend sogar. Ich bin Ihr Bodyguard, das ist völlig legal, solange Sie nicht polizeilich gesucht werden. Und dass Sie mich dafür bezahlen, ist folglich genauso legal. Aber nur, wenn die

Kröten sauber sind. Sonst wäre es Hehlerei oder so was in der Art.«

Hubert nickte erleichtert, dann zog er ein dickes Bündel Banknoten aus der Innentasche seines Sakkos, zusammen mit einem Abhebungsbeleg der Bank, der ihn als Kontoinhaber auswies. »Bitte sehr. Dreißigtausend. Gerade abgehoben. Sauber wie ein Babypopo. Mit einem Beleg für Ihre Bücher.« Und für die Polizei, falls es hart auf hart kommt, lautete der unausgesprochene Zusatz.

Johannes beäugte konsterniert die druckfrischen Banknoten.

»Apropos Baby – ich bin inzwischen sicher, dass es nicht von mir ist.« Hubert dämpfte vertraulich die Stimme. »So betrunken kann ich nämlich gar nicht sein, dass ich eine Nacht mit Ihnen vergessen würde.« Er zeigte auf Johannes. »Das Baby ist von ihm, stimmt's?«

»Äh … Baby?« Johannes stierte zuerst Hubert an, dann Alexandra. »Hat er eben was von einem Baby gesagt? Welches Baby? Was meint er damit?«

Alexandra blieb die Antwort schuldig. Sie schob das Geld in ihre Gürteltasche, ließ den Motor an und reihte sich in den fließenden Verkehr ein.

Unterdessen meinte Hubert: »Wenn Sie in Schwierigkeiten sind – ich meine als ledige Mutter oder so … Sagen Sie es nur dem guten alten Huby, ja?«

»Sekunde mal«, sagte Johannes täuschend ruhig. »Soll das heißen, du bekommst ein Kind? Von mir?« Er holte Luft, dann brüllte er zornig los: »Und du hast es nicht für nötig befunden, mich davon in Kenntnis zu setzen? Das ist stark. Das ist wirklich stark! Das ist der Hammer! Könntest du mir vielleicht mal sagen, was du dir dabei gedacht hast?« Er donnerte mit der Faust vor sich auf die

Frontablage. Das Handschuhfach krachte auf, und eine Pistole fiel heraus und landete zwischen seinen Füßen auf dem Boden. Johannes bückte sich automatisch, hob sie auf und betrachtete sie angewidert einen Augenblick, bevor er sie wie eine giftige Natter zurück ins Handschuhfach warf und die Klappe zudrückte.

Johannes hörte ein tierisch klingendes Geräusch und glaubte zuerst, Alexandra hätte ihn angeknurrt, doch dann wurde ihm klar, dass es ihr Magen gewesen war.

»Was guckst du so?«, verteidigte Alexandra sich. »Ich muss jetzt für zwei essen. Außerdem hab ich seit dem Mittagessen noch nichts zwischen die Zähne gekriegt. Und das habe ich auch noch ausgespuckt.«

Schlemmerträume

In stillschweigender Übereinkunft beschlossen sie, die Erörterung dieses Themas auf später zu verschieben. Zum einen hätte Hubert sich kein Wort ihrer Unterhaltung entgehen lassen – was sich auch gar nicht vermeiden ließ, solange er hinter ihnen saß –, und zum anderen wussten weder Alexandra noch Johannes genau, wie sie an die Sache herangehen sollten. Johannes hätte ihr am liebsten den Hintern versohlt, ahnte aber, dass er damit keine Punkte machen würde. Davon abgesehen würde sie es sich vermutlich nicht gefallen lassen. Die Verfolgungsjagd und die Pistole im Handschuhfach legten zwingend den Schluss nahe, dass er ihre Fähigkeiten bisher weit unterschätzt hatte.

Außerdem musste er eine Weile über dieses seltsame Gefühl nachdenken, das ihn plötzlich mit Macht durchströmte, eine Mischung aus Freude, Stolz und Neugier. Sie bekam *sein* Kind! Dann gesellte sich Sorge dazu: Wollte sie es überhaupt haben, oder zog sie vielleicht gar in Erwägung …? Nur nicht darüber nachdenken! Dann schon besser über die Frage, ob er als Vater willkommen war. Oder war er bereits jetzt ausschließlich auf die Rolle des Samenspenders und Zahlvaters festgelegt?

Alexandra für ihren Teil fühlte sich eigenartig erleichtert, nachdem das Geheimnis gelüftet war, und sie war überrascht, was für eine besänftigende Wirkung es auf sie ausübte, dass sie – oder besser, Hubert –, die Wahrheit ausgesprochen hatte. Sie befand sich sogar in ausgesprochen friedfertiger Stimmung, als sie zusammen mit Hubert bei einem Glas Orangensaft in Johannes' Wohnzimmer an dem großen runden Esstisch saß und darauf wartete, dass er mit ein paar Häppchen, wie er es nannte, aus der Küche zurückkam.

»Netter Bursche«, sagte Hubert und betrachtete die Urkunden an den Wänden. »Lauter Kochauszeichnungen. Macht er das beruflich?«

»Ihm gehört die *Schildkröte*«, sagte Alexandra und ärgerte sich gleich darauf, weil alberner Stolz aus ihrer Stimme geklungen hatte.

»Das Restaurant? Donnerwetter.« Hubert war beeindruckt. Er zeigte auf das Regal hinter dem Esstisch, wo vor und zwischen allerlei historischen und exotischen Kochbüchern weitere Trophäen, etwa in Form von Pokalen mit aufgeprägtem Gemüse oder versilberten Tellern mit eingravierten Kochmützen und Rührlöffeln aufgereiht waren.

»Der hat wohl echt Erfolg, oder?«

Nachdenklich schaute er sich im Zimmer um. »Obwohl es hier nicht gerade so aussieht, als würde er mit dem Kochen endlos Geld scheffeln.«

»Tut er auch nicht«, sagte Johannes, der mit einem Tablett ins Zimmer kam. »Er hat zu viele Schulden, und was übrig bleibt, steckt er ins Restaurant.« Er stellte das Tablett ab, das mit dampfenden Tellern beladen war. »Bis ich schwarze Zahlen schreibe, wird es ungefähr noch zwei Jahre dauern, vielleicht sogar drei.«

Diese Erfahrung war Alexandra nicht fremd. »So geht's am Anfang vielen Selbstständigen.« Sie sog schnuppernd den Duft ein, der von den Tellern aufstieg. Johannes eilte in die Küche, um noch mehr Teller und Platten zu holen. Kurz darauf war der Tisch bis an den Rand bepackt mit Suppe, Salaten, Gemüse, Gratins, diversen Fleisch- und Fischtellern, verschiedenen Brotsorten und einer Flasche Wein.

Wenig später herrschte genießerische Stille, die nur durch Kau- und Schluckgeräusche und ein gelegentliches verzücktes Stöhnen von Alexandra unterbrochen wurde. Ihr war nicht bewusst, was sie damit bei Johannes anrichtete. Es war für ihn die reinste Folter, sie langsam in sein Poulardenbrüstchen beißen und es andächtig klein kauen zu sehen. Mehr denn je erschien sie ihm als Inbegriff köstlicher Versuchung, als Konglomerat der gaumenfreundlichsten aller nur vorstellbaren Speisen, und er saß davor und schmachtete sie an wie ein Verhungernder. Er bekam eine völlig neue Vorstellung von der Bedeutung des Wortes *vernaschen.*

Ihr Teint war wie frisch gerührte Vanillemousse, die Sommersprossen wie darübergetupfte winzige Kakaostäubchen; ihre Augen leuchteten wie in der Sonne gereifte Brombeeren, und ihre Brauen hatten den zarten Schimmer aromatischer Vanillestangen. Ihr Haar … Nein, heute sah es nicht aus wie Mokka, sondern es leuchtete im schräg einfallenden Licht der Abendsonne in einem geheimnisvollen, tiefdunklen Rotton, ganz wie der uralte spanische Wein aus Perelada, der in seinem Weinkeller einen Ehrenplatz einnahm. Und ihr Mund … Nein, den ließ er besser aus, sonst bekäme er bestimmt eine Erektion. Er verglich gerade ihren Hals mit dem unvergleichlich cremigen Sellerieschnee, den er letzte Woche als neue Beigabe zu einem Rinderschmorbraten kreiert hatte, als sie unvermittelt ausrief: »Wahnsinn!«

Er zuckte zusammen. »Was?«

»Das hier.« Sie zeigte mit der Gabel auf die Poularde auf ihrem Teller. »Was ist das grüne Zeug da drauf?«

»Eine besondere Kräuterkruste.«

»Schmeckt klasse«, befand Hubert mit vollen Backen.

»Das Geheimnis ist die Prise Salbei.«

Sie nahm sich von der Ente und probierte. »Gott, ist das lecker«, stöhnte sie.

»O ja«, sagte Johannes schwach. Ihm war eben ein Vergleich für ihren Mund eingefallen, ebenso überzeugend wie bestechend in seiner sinnlichen Schlichtheit: Götterspeise.

»Schmeckt echt toll«, pflichtete Hubert ihr bei.

»Das Geheimnis ist die Honigglasur«, sagte Johannes heiser.

Alexandra kostete von der Lachsmousse. »Oh«, seufzte sie und fuhr sich mit der Zunge über die Lippen.

Johannes' Hose spannte schmerzhaft im Schritt. Er schlug die Beine übereinander und fragte sich, ob er an einer Krankheit litt, vielleicht einer Art Doktor-Jekyll-und-

Mr.-Hyde-Syndrom, das ihn beim Anblick der essenden und trinkenden Alexandra zu einem wollüstigen Monster mutieren ließ.

»Und was ist das Geheimnis an diesem Lachsschaum?«, fragte sie.

Er starrte auf ihren Mund. »Der Lachs.«

»Aber wie konnten Sie das alles so schnell kochen?«, fragte Hubert.

»Ich bin halt Profi«, antwortete Johannes bescheiden.

Alexandra verkniff sich ein Lächeln. »Und du bringst bestimmt jeden Tag eine Menge Essen von der Arbeit mit nach Hause.« Sie seufzte. »Egal. Ich hab noch nie so gut gegessen. Das heißt, bis auf das eine Mal in der *Schildkröte.*« Sie errötete, als sie daran dachte, was damals nach dem Essen passiert war.

Johannes ließ sie nicht aus den Augen. »Das könntest du jeden Tag haben.«

»Äh … ich weiß nicht. Das wird bestimmt auf die Dauer ziemlich langweilig.«

»Niemals!« Johannes sprang auf, verschwand in der Küche und kam ein paar Augenblicke später abermals mit einem schwer beladenen Tablett zurück. Er servierte Nachtisch und Kaffee. »Hier, probier mal von der Zabaione. So was hast du noch nie gegessen, wetten?«

Gespannt betrachtete er ihren Gesichtsausdruck, der sich beim ersten Löffel von Skepsis über Verblüffung bis hin zu absoluter Hingerissenheit verwandelte.

»Johannes, das ist unglaublich«, hauchte sie.

Er musste heftig schlucken. »Und jetzt mein Spezialkaffee. Den kennst du ja schon.«

Ja, den kannte sie. Ihre Blicke senkten sich tief in seine, während sie langsam die Tasse zum Mund führte.

Sie sah wieder die goldenen Fünkchen in seiner Iris, das Grübchen in seinem Kinn. Ein paar blonde Stoppeln schimmerten auf seinen Wangen, anscheinend hatte er sich heute noch nicht rasiert …

Sie räusperte sich. »Ich denke, wir sollten uns um den Abwasch kümmern und dann weiterziehen, Hubert.«

»Du kannst mir beim Abräumen helfen«, schlug Johannes rasch vor, »und Hubert ruht sich ein bisschen aus.«

»Ich bin nicht müde«, widersprach Hubert.

»Aber es war doch bestimmt ein furchtbarer Stress für Sie, von Ihrem Bruder verfolgt zu werden. Das müssen Sie erst mal verarbeiten!«

Endlich schien Hubert es zu kapieren. »Ähm … oh, ich könnte mich tatsächlich ein bisschen entspannen, solange Sie beide in der Küche zu tun haben. Auf dem Sofa vielleicht?«

»Warum nicht. Es ist schön weich.«

Alexandra verschluckte sich am Rest ihres Kaffees, weil sie sich erinnerte, *wie* weich es war. Dann, als Johannes ihr fürsorglich auf den Rücken klopfte, ging ihr auf, dass ihr zum ersten Mal seit Wochen nicht von Kaffee übel geworden war. Es kam vielleicht wirklich auf die Mischung an.

Krach in der Küche

Endlich können wir uns mal ungestört unterhalten.«

»Ich hab nicht gesagt, dass ich mich mit dir unterhalten will.« Alexandra sah sich neugierig in der Küche um. Hier kündete jeder Quadratzentimeter vom Profikoch. Die Einrichtung war bis ins Detail durchdacht und von schlichter Funktionalität. Der Herd besaß zwei Platten mehr als üblich, und von zahlreichen Haken hingen kupferne Töpfe, Pfannen und Kasserollen in allen Größen herab. Beim Fenster gab es eigens ein Bord mit Pflanzkästen für frische Kräuter wie Dill, Schnittlauch und Kresse. In der Mitte des Raums stand ein hoher hölzerner Arbeitsblock mit Schneidebrettern und Messern in diversen Größen.

Johannes fing an, schmutziges Geschirr und Besteck in die Spülmaschine zu räumen. »Na gut, wenn du dich nicht unterhalten willst, kann ich dir das Wichtigste auch gleich zuerst sagen: Du wirst dich nicht länger in solche Gefahr wie heute Nachmittag begeben. Ich kann dir auf keinen Fall erlauben, noch länger mit diesem dubiosen Typ durch die Gegend zu fahren.«

Alexandra lachte schallend. »Wie willst du das verhindern?«

Er klappte die Spülmaschine zu und kam näher. »Alexandra«, begann er ernst, doch sie hob die Hand, um ihn zum Schweigen zu bringen. »Sag jetzt nichts. Es geht dich schlicht und ergreifend nichts an. Ich tue nur, was ich tun muss. Das ist mein Job, und ich dulde keine Einmischung, klar? Das würdest du bei deiner Arbeit auch nicht zulassen.« Sie nahm ein Messer vom Arbeitsblock und spielte damit herum. »Apropos deine Arbeit – herzlichen Glückwunsch auch noch. Ich habe den letzten Artikel von Carl von Sprengl im *Gourmetkönig* gelesen. Du bist nominiert für den Koch des Jahres, hm?«

Johannes zuckte die Achseln, doch man sah ihm an, wie stolz er darauf war.

»*Gault Millaut* und *Michelin* kommen wohl nicht mehr an dir vorbei. Du wirst deinen zweiten Stern kriegen, oder?«

»Sieht ganz danach aus.«

»Und? Freust du dich denn nicht darüber?«

»Noch vor ein paar Monaten dachte ich, das wäre die Erfüllung all meiner Träume.«

»Ist es das denn nicht?«

Johannes kam noch näher. »Nicht mehr«, sagte er. »Nicht, seit ich entdeckt habe, dass es noch andere Schildkröten auf der Welt gibt.«

Alexandra berührte in einer Geste der Verlegenheit ihre Schulter.

Johannes blieb ihr gegenüber stehen, auf der anderen Seite des Arbeitsblocks, und nahm ihr das Messer aus der Hand. »Pass auf, das Ding ist wahnsinnig scharf.« Er legte das Messer weg und kam um den Holzblock herum, dann zog er ihre Hand von der Schulter und schob den Kragen ihrer Bluse zur Seite, bis er vorsichtig mit den Fingerspitzen das kleine grüne Tattoo berühren konnte.

»Wie bist du eigentlich dazu gekommen?«, fragte er, bemüht, seiner Stimme einen Anstrich von Sachlichkeit zu verleihen, während er mit unsicheren Händen nacheinander ihren Hintern und ihren Bauch berührte, überall dort, wo sich die anderen Tätowierungen befanden. »Und an das hier? Und das hier? Und das hier?«

Alexandra entzog sich ihm, doch dabei verhielt sie sich weniger brüsk, als er erwartet hatte.

»Keine Ahnung«, sagte sie. »Hab ich vergessen.«

»Ist ja auch egal. Du trägst das Zeichen. Mehr muss ich nicht wissen. Wir sind füreinander bestimmt.«

»Du spinnst.«

Er schüttelte den Kopf. »Das meinst du nicht wirklich. Wir wissen beide, dass ich Recht habe. Es ist eine Frage der Vorsehung. Manchmal geht das Schicksal eben seltsame und verschlungene Wege. Es mischt die Karten für uns, und wir spielen.«

Alexandra lächelte milde abfällig. »Es ist naiv, alles aufs Schicksal zu schieben. Wir mischen unsere Karten selbst.«

»Oh, das stammt nicht von mir. Schopenhauer hat das gesagt.«

»Na ja, der wird's wohl wissen«, meinte Alexandra mit leichtem Spott. Sie wandte sich zur Tür. »Okay, dann will ich mal los. Zeit für einen Standortwechsel.«

»Was hast du vor? Willst du den Kerl in einem Hotel verstecken?«

»Mal sehen. Je weniger du weißt, umso besser.«

»Das finde ich nicht. Warum bleibt ihr nicht einfach hier?«

»Zu gefährlich. Dieser Julius könnte dich beispielsweise bei der Verfolgung erkannt haben.«

»Ausgeschlossen«, sagte Johannes sofort.

»Vergiss es.« Alexandra machte Anstalten, die Küche zu verlassen, doch er hielt sie am Arm fest.

»Alexandra, bitte, wir müssen über das Kind reden. Und über uns beide!«

Ihr Gesicht verschloß sich. »Es gibt kein *uns beide.*«

»Aber warum denn nicht?«, rief er.

»Du weißt genau, warum.«

»Meinst du Elvira? Du glaubst doch nicht ernsthaft, dass ich mit ihr zusammenbleiben kann, wenn du ein Kind …«

»Du Mistkerl! Bloß weil ich schwanger bin, brauchst du auf keinen Fall Schluss mit ihr zu machen«, fauchte Alexandra. »Du hast es schließlich auch die ganze Zeit vorher nicht getan! Du willst dich ja sogar mit ihr *VERLOBEN*!!!«

Das war, so erkannten sie beide im selben Augenblick, genau der Punkt, an dem sie sich die ganze Zeit gestoßen hatte. Weshalb sonst hätte sie so wütend auf ihn sein sollen?

Logik spielte hierbei keine Rolle. Dass sie sich selbst mit Vorwürfen herumquälte, weil sie gegen ihre Berufsehre verstoßen, eine Klientin hintergangen und, *last but not least*, Sex ohne Gummi gehabt hatte, war die eine Sache. Die andere war, dass Johannes Elvira schon vor Wochen zum Teufel hätte jagen können, vorzugsweise, weil sein Herz nach der Nacht mit Alexandra für immer gebrochen war! Dass er stattdessen mit seiner alten, aber immer noch aktuellen Flamme eine *VERLOBUNG* plante, war der schlagende Beweis dafür, was für ein widerliches, typisch männliches Scheusal er war!

Johannes ahnte, was in ihr vorging. Ihre Gedanken standen ihr ja förmlich auf der Stirn geschrieben.

Im Gegensatz zu ihr war ihm jedoch die Unangemessenheit ihrer Reaktion sehr wohl bewusst; von Rechts wegen hätte nicht sie, sondern er derjenige sein müssen, der vor Wut schäumte. Er zermarterte sich das Hirn, wieso dann sie hier stand und ihn anschrie, während er selbst Männchen machte, doch ihm wollte keine triftige Erklärung dafür einfallen.

»Ich will mich doch gar nicht mit ihr verloben!«, rief er verzweifelt aus.

»Warum tust du es dann?«

Er hatte den Eindruck, dass ihm zusehends die Kontrolle über das Gespräch entglitt. Konzentriert massierte er sich die Schläfen. »Sekunde mal. Wer hat dir gesagt, dass ich mich mit ihr verloben will?«

»Du selber!«, schrie sie erbost. »Heute Nachmittag erst! In meinem Büro! Du hast vor mir auf dem Stuhl gesessen und mir erzählt, dass du dich morgen mit ihr verloben willst!«

»Das ist nicht wahr! Ich habe gesagt, *sie* will sich mit mir verloben!«

»Wo ist denn da der Unterschied? Und überhaupt – wer verlobt sich denn heutzutage noch? Leben wir im letzten Jahrhundert, oder was?«

»Elvira ist halt altmodisch«, antwortete er bedrückt.

»Ja, klar doch«, versetzte Alexandra, die immer wütender wurde. »Mit altmodischen *Jungfrauen* verlobt man sich natürlich erst mal, bevor man sie flachlegt, stimmt's?«

Sie packte das Messer, holte damit aus und spießte es dicht vor Johannes in den Arbeitsblock, wo es zitternd stecken blieb; dann stürmte sie türenknallend aus der Küche, um sich gleich darauf – abermals türenknallend – im Bad einzuschließen.

Johannes zog das immer noch hin- und herwippende Messer aus dem Brett und legte es behutsam zurück auf die Arbeitsplatte.

Wie sollte er Alexandra bloß die genaue Art seiner Beziehung zu Elvira erklären? Er konnte wohl schlecht erzählen, dass Elvira ihm von Anfang an wie ein zuckersüßes kleines Biskuittörtchen vorgekommen war, mit ihrem feinen blonden Haar und der zarten Porzellanhaut. Bei seinen Annäherungsversuchen hatte sie sich als erschreckend unerfahren herausgestellt, doch sein eigentliches Problem hatte darin bestanden, dass Elvira beim zweiten Kuss schon wieder wie Biskuit ausgesehen hatte.

Und beim dritten auch. Johannes mochte Biskuit ganz gern, aber nicht jeden Tag.

Alexandra dagegen sah jedes Mal anders aus. Vorhin, als sie mit ihm am Arbeitsblock gestanden hatte, war ihm ihre Haut wie Marzipan erschienen, gesprenkelt mit einem Hauch von Krokant. Ihre Lippen hatten den satten, roten Farbton von Herzkirschen gehabt. Und er wusste in seinem tiefsten Inneren, dass bei ihr die Variationenvielfalt aller lukullisch-erotischen Köstlichkeiten gegen unendlich ging.

Ihm war natürlich völlig klar, dass er sich, was Elvira betraf, selbst in diese missliche Lage manövriert hatte, und das nur, weil er zu bequem gewesen war, ihre Beziehung frühzeitig zu beenden. Er hatte es nicht einmal fertig gebracht, als sie ihm letzte Woche den Termin für die Familienfeier genannt hatte, die morgen in irgendeinem verschlafenen Kaff auf dem Lande stattfinden sollte – bei ihrer ihm bisher noch nicht bekannten Großmutter, die ihre einzige noch lebende nahe Verwandte war. Zu erfahren, dass Elvira praktisch allein auf der Welt stand und nur noch eine bereits in Verkalkung begriffene Oma hatte, machte die Sache für Johannes nicht einfacher.

Obwohl sie ihm bisher außer ein paar eher keuschen Küssen keinerlei Vertraulichkeiten gestattet hatte und selbst dabei noch stocksteif geblieben war, hatte Elvira von Anfang an klargestellt, dass sie nun die Seine sei, und auch ihrer Umwelt gegenüber, vor allem in der *Schildkröte*, hatte sie sich so verhalten, als gebe es in diesem Punkt nicht den geringsten Zweifel. Johannes hingegen hatte rasch begonnen, sich wie ihr großer Bruder zu fühlen. Oder eher wie ein väterlicher Onkel; schließlich war er fast zwölf Jahre älter als sie, auch nicht gerade ein Umstand, der für seine Besonnenheit sprach.

Er würde es ihr natürlich sagen müssen. Von Angesicht zu Angesicht, wie es sich gehörte. Am besten noch heute, damit sie wenigstens vor der geplanten Feier den Caterer abbestellen konnte. Für den materiellen Schaden würde er selbstredend aufkommen. Das Ausmaß des übrigen Schadens konnte er allerdings nur ahnen.

Johannes atmete durch, dann ging er wieder ins Wohnzimmer, um ein paar ernste Worte mit Hubert zu reden.

Zoff mit Beteiligten

Als Alexandra fünf Minuten später aus dem Badezimmer kam, hatte Hubert einen überraschenden Entschluss gefasst. Er werde die nächsten Tage bis zu seiner Abreise bei einer alten Bekannten verbringen, erklärte er. Bei dieser Bekannten habe er sich gerade eben bereits telefonisch angemeldet, und alles, was Alexandra noch zu tun habe, sei, ihn heute Abend noch dorthin zu fahren. Danach sei ihr Begleitschutzauftrag beendet.

Alexandra schaute ihn mit großen Augen an. »Das verstehe ich nicht. Wir hatten doch ausgemacht …« Sie griff schützend an ihre Gürteltasche, was Hubert nicht entging. »Oh, das mit dem Geld bleibt, wie es ist«, meinte er launig. »Schließlich haben Sie sich mindestens dreimal für mich in schlimme Gefahr begeben. Und nicht nur das: Sie haben mir das Leben gerettet. Auf jeden Fall meine Nase. Nein, nein, ich will keine müde Mark zurück. Im Gegenteil. Ich bestehe sogar darauf, dass Sie alles behalten. Wenn nicht für sich, dann für das Baby.«

Er überhörte geflissentlich Johannes' Schnauben und mied auch seinen Blick, um nicht Alexandras Argwohn zu wecken. Die Frau hatte nicht nur einen wachen Verstand, sondern auch scharfe Augen. Wenn er nicht aufpasste, hörte sie vielleicht sogar den Scheck in seiner Brusttasche knistern, den Johannes vorhin ausgestellt hatte – über die stattliche Summe von dreißigtausend Mark.

»Ich betrachte das als sinnvolle Investition in meine Zukunft«, hatte Johannes gemeint.

»Aber ich will viel lieber von ihr beschützt werden«, hatte Hubert sich aufs Jammern verlegt, worauf Johannes ihm kalt versichert hatte, dass er sich unverzüglich zur Polizei begeben werde – mitsamt der Krokotasche –, falls Hubert nicht die Einsicht aufbringe, sich freiwillig von seinem schwangeren Bodyguard zu trennen, und zwar sofort.

Nach einigem Hin und Her hatten sie sich schließlich darauf geeinigt, dass Hubert immerhin noch eine Begleitfahrt zu einem Unterschlupf seiner Wahl zustehen sollte, der jedoch ohne größere Umstände erreichbar sein musste. Hubert hatte kurz nachgedacht, dann war ihm besagte Bekannte eingefallen, bei der er sich dann auch sofort – unter Johannes' Aufsicht – telefonisch angekündigt hatte.

»Am besten fahren wir gleich los«, schlug Hubert eilig vor, als ihn Johannes' drohender Blick von der Seite traf.

»Na gut«, meinte Alexandra zögernd. »Sie sind der Boss.«

Als Johannes seine Jacke überzog, runzelte sie die Stirn. »Was hast du vor?«

»Mitfahren natürlich.«

»Das ist doch nicht nötig!«, behauptete Hubert.

»Er hat Recht. Weshalb willst du dir solche Umstände machen?«

Damit dieses Frettchen unsere Vereinbarung einhält, dachte Johannes. Laut sagte er: »Ich möchte halt gern dabei sein. Damit ich fahren kann, wenn du müde wirst.«

»Müde? Es ist nicht mal neun Uhr!«

»Spät genug.«

»Wofür? Auf keinen Fall, um müde zu sein!«

»Dann meinetwegen für einen Streit, wenn du es darauf anlegst«, erklärte Johannes ungeduldig. »Ich fahre mit und damit basta.«

»Musst du nicht arbeiten?«

»Im Restaurant ist heute Ruhetag.«

»Das stimmt doch gar nicht«, platzte sie heraus. »Der ist in der *Schildkröte* immer montags!«

Er grinste, weil sie sich ganz offensichtlich in allen wichtigen Punkten über ihn informiert hatte. »Und wenn schon. Dann habe ich heute eben Urlaub. So oder so, ich fahre mit. Widerspruch ist zwecklos. Und das ist mein letztes Wort.«

Nach ihrem Aufbruch wurde es rasch dunkel. Huberts Bekannte wohnte etwa fünfzig Kilometer entfernt, was unter normalen Umständen eine Fahrt von höchstens vierzig Minuten gewesen wäre. Doch die Umstände waren alles andere als normal, wie Alexandra bald feststellte. Ihr Bedürfnis, zu gähnen, wurde übermächtig. Erschöpfung senkte sich über sie wie eine bleierne Decke.

Ihr Tag war nicht nur über alle Maßen anstrengend gewesen, sondern auch extrem hektisch, angefangen von ihrer Fotoaktion im Baum über die wilde Flucht vor Julius bis hin zu dem aufwühlenden Gespräch mit Johannes. Sie sehnte sich nach einem ruhigen Plätzchen, wo sie allein sein und über alles nachdenken konnte.

Und vielleicht ein paar Takte schlafen.

Jetzt gähnte sie doch.

»Soll ich fahren?«, fragte Johannes, der neben ihr saß.

»Nein, nein, es geht schon.« Sie wandte sich zu Hubert um. »Ist es noch weit?«

Er schüttelte den Kopf. »Höchstens noch fünf Minuten.«

»Und Ihre Bekannte hat wirklich nichts dagegen, dass Sie ein paar Tage bei ihr wohnen wollen?«

»Nein, keine Spur. Im Gegenteil. Sie freut sich.«

»Fein.« Alexandra dachte einen Moment lang nach. »Hoffentlich hält diese Freude vor.«

»Wie meinen Sie das?«

»Na ja, ich weiß nicht, ob die Idee, schon wieder einen Dritten da reinzuziehen, so gut ist.«

»Oh, keine Sorge«, beruhigte sie Hubert, »sie ist keine Dritte, sondern Beteiligte.«

Er streckte die Hand aus. »Die nächste rechts rein und dann das dritte Haus auf der linken Seite.«

Alexandra bog ab und hielt vor dem Haus an, das Hubert ihr genannt hatte. Es handelte sich um ein altes Siedlungshaus aus den Dreißigern, mit schmalen Fenstern, spitzem Giebel, efeubewachsener Fassade und einem verschnörkelten, schmiedeeisernen Zaun. Hubert stieg aus und wandte sich dann Alexandra zu, um sich zu verabschieden und für alles zu bedanken, doch zu seiner Überraschung ging sie mit ihm durch die Dunkelheit des kleinen Vorgartens bis zur Haustür, um ihn, wie sie es nannte, sicher abzuliefern. Sein Herz schnürte sich vor

Rührung zusammen, doch er bekam keine Gelegenheit zu einer bewegten Abschiedsszene, denn Johannes war ihnen dicht auf dem Fuße gefolgt, um die Aktion bis zum Ende zu überwachen.

Er drückte sogar eigenhändig auf den Klingelknopf, woraufhin fast augenblicklich die Tür aufgerissen wurde.

»Shanice«, sagte Alexandra verblüfft. »Mit *S-h* vorne!«

Shanice nickte und strahlte. »Genau! Hi, ihr drei! Je später der Abend, desto lieber die Gäste!«

»Gäste? Äh … nein, wir wollen uns gar nicht aufhalten …«

Shanice schnitt Alexandra mit einer Handbewegung das Wort ab. »Wenigstens auf einen Drink. Darauf bestehe ich. Moment … Huby mach ich einen Daiquiri. Und für Sie einen *Pink Elephant*. Ich hab seit Wochen nicht mehr hinter der Bar gestanden, und Sie können sich nicht vorstellen, wie mir das fehlt. Ich meine, dieses glatte, feuchte Gefühl des Shakers in den Händen!« Zu Johannes meinte sie: »Ach übrigens, ich bin Shanice. Shanice Delacorte.«

Er gab ihr die Hand. »Angenehm. Johannes Schlumberger.«

Ihr Blick fiel auf die glänzende Krokotasche, die Hubert an die Brust gedrückt hielt.

»Oh!«, quietschte sie entzückt. »Ein Geschenk! Für mich? Das wäre doch nicht nötig gewesen, Huby!« Sie küsste Hubert auf die Wange, dann nahm sie ihm zu seinem sichtlichen Missfallen die Tasche aus den Händen und legte sie auf ein Dielentischchen. »Kommt rein, ihr Süßen!«

Sie folgten Shanice durch einen engen Flur in ein puppenhaft kleines Wohnzimmer. Während Alexandra sich in einem der schmalen dunkelrosa Fauteuils niederließ, überlegte sie, warum ihr der Raum so bekannt vorkam. Die Rosentapete, der zierlich gedrechselte Tisch, das Porzellannippes auf dem Kaminsims und das gigantische rosa Blumenbukett auf der Fensterbank ergaben zusammen mit Shanice, die in ihrem eng taillierten rosa Hauskleid an einem sanft beleuchteten Barschrank stand und dort mit professioneller Geschicklichkeit Getränke ausschenkte, ein Gesamtbild, das in Alexandra ein heftiges Déjà-vu-Gefühl erzeugte. Als Shanice ihr einen rosafarbigen Drink überreichte, fiel es ihr wie Schuppen von den Augen: Als Kind hatte sie sich schon oft in diesem Zimmer aufgehalten, oder besser, in einer miniaturisierten Variante davon. Sie befand sich zweifellos in Barbies Salon.

Johannes, der recht unbeholfen in einem der beiden anderen fragilen Sessel saß und seine langen Beine von sich streckte, hatte sogar ein bisschen von Ken. Der war Alexandra schon früher immer fehl am Platze vorgekommen, wenn er bei Barbie zu Besuch war. Stets durfte er nur Barbies hübschen Salon und ihr hübsches Kleid bewundern, aber nie etwas anfassen. Vor allem nicht Barbie.

Alexandra nippte von ihrem *Pink Elephant*, der überraschend gut schmeckte. »Geht es Ihnen eigentlich wieder besser?«, fragte sie, nur um etwas Konversation zu machen. »Ich hatte gehört, dass Sie ein Problem mit den Nerven hatten und deswegen sogar im Krankenhaus waren.«

»Ja, das stimmt. Julius war wirklich unheimlich sauer auf mich.«

Während Alexandra sich fragte, was Julius mit Shanice's Krankenhausaufenthalt zu tun hatte, erzählte Shanice bereits weiter. »Immerhin hatte ich Sie ja auf ihn gehetzt, bloß wegen diesem blöden Treuetest. Das war nicht okay von mir.«

»Stimmt«, warf Johannes ein. Alexandra bedachte ihn mit strafenden Blicken.

Shanice ging zum Fenster und roch an den Blumen. »Außerdem habe ich ihm eine runtergehauen. So was kann Julius nun mal nicht leiden.«

»Stimmt«, meldete sich diesmal Hubert, was ihm einen indignierten Blick von Alexandra eintrug.

»Na ja«, meinte Shanice, »da war es wohl irgendwie klar, dass er mir auch eine Tracht Prügel verpasst. Es wär ganz bestimmt auch alles nur halb so schlimm gewesen, wenn nicht zufällig dieser blöde Brieföffner in der Nähe gewesen wäre.«

Sie schob einen ihrer Ärmel hoch und zeigte einen Verband.

»Um Gottes willen!«, rief Alexandra bestürzt aus. »Sie meinen, er hat ... mit dem Brieföffner?«

Shanice nickte. »Musste mit dreizehn Stichen genäht werden. Ist aber schon wieder gut verheilt. Sie haben mich sogar ein paar Tage eher aus dem Krankenhaus entlassen.« Mit einem breiten Lächeln entblößte sie alle Schneidezähne. »Und die hier sehen doch aus wie echt, oder?«

»Wollen Sie damit sagen, er hat ... hat Ihnen die Zähne ausgeschlagen?«, fragte Alexandra entsetzt.

»Nur zwei.«

»O Gott!«

»Ja, es ist schwer, ihn zum Feind zu haben.« Sie ordnete mit liebevoller Hand das Bukett. »Die Blumen hier habe ich von Julius gekriegt. Als kleine Wiedergutmachung.«

Johannes runzelte die Stirn. »Die sind frisch.«

»Natürlich«, sagte Shanice. »Sind sie nicht wunderschön?«

Alexandra traute ihren Ohren nicht. »Sie haben doch nicht etwa nach allem, was er Ihnen angetan hat, noch Kontakt zu diesem Kerl?«

»Doch. Er liebt mich halt.«

Hubert schaute äußerst besorgt drein. »Davon hast du mir vorhin am Telefon gar nichts erzählt. Vielleicht ist dann die Idee, dass ich mich bei dir verstecke, doch nicht so gut.«

»Wieso denn nicht? Du würdest mich nicht stören. Außerdem hab ich doch oben dieses süße kleine Gästezimmer.« Sie strahlte ihn an. »Übrigens – weißt du, was wirklich ein irrer Zufall ist? Julius hat mir erzählt, dass du vielleicht kommst und eventuell sogar deine Freundin mitbringst.« Sie zeigte auf Johannes. »Von dem da hat er nichts gesagt, doch das macht überhaupt nichts, ich hab ja genug zu trinken hier. Er hat mich nämlich gebeten, euch zu unterhalten, bis er selber da ist. Kann nicht mehr lange dauern, ich hab ihn sofort angerufen, nachdem Huby sich hier angemeldet hatte.«

Alexandra stellte abrupt ihr Glas auf den Tisch und stand auf.

»Sitzen bleiben«, sagte Shanice plötzlich mit scharfer Stimme. Von irgendwoher zauberte sie eine großkalibrige Pistole, die sie auf ihre Gäste richtete. Sie kam näher und blieb beim Tisch stehen. »Ich sagte doch, ich möchte ihn nicht gern zum Feind haben.«

»Shanice!«, rief Hubert empört. »Wie kannst du nur! Ich dachte …«

»Da hast du eben falsch gedacht«, schnitt sie ihm das Wort ab. »Julius liebt mich, und ich liebe ihn. Was sind da schon ein paar Ohrfeigen! Los, setz dich hin und halt die Klappe.«

Sie winkte Hubert mit der Pistole zum letzten freien Sessel, und ohne zu zögern nutzte Alexandra diesen Moment der Ablenkung. Sie stieß mit dem ausgestreckten Fuß gegen den Tisch, der gegen Shanice flog und sie aus dem Gleichgewicht brachte. Das Glas mit dem *Pink Elephant* verspritzte seinen rosa Inhalt über Shanice's Teppichboden und ihr Kleid. Aus der Pistole löste sich mit lautem Knall ein Schuss, der ein paar Mörtelbrocken von der Decke regnen ließ. Alexandra hechtete aus ihrem Sessel, warf sich gegen Shanice und bekam ihr Handgelenk zu fassen. Erbittert rang sie mit ihr um die Pistole. Shanice wehrte sich mit Zähnen und Klauen, und abermals knallte ein Schuss, der diesmal dicht über Johannes' Kopf hinwegzischte. Johannes widerstand heldenhaft der Versuchung, hinter seinem Sessel in Deckung zu gehen. Stattdessen sprang er auf, um Alexandra zu Hilfe zu eilen. Dabei fiel sein Blick zufällig aus dem Fenster, und zu seinem Schrecken sah er dort Julius' Wagen heranrollen. Durch den Unfall war er stark verbeult; alle vier Kotflügel waren bis zur Unkenntlichkeit lädiert, die Außenspiegel fehlten, und die Radkappen waren eingedellt, doch der Wagen schien immer noch fahrtüchtig zu sein. Während Johannes all das im Bruchteil einer Sekunde registrierte, fiel der linke hintere Kotflügel ab und landete mit gedämpftem Geschepper auf dem Asphalt.

»Alexandra«, sagte er nervös, »wir sollten besser sofort verschwinden.«

Doch die hatte gerade alle Hände voll zu tun, Shanice daran zu hindern, ihr eine Hand voll Haare auszureißen. Wieder ertönte ein ohrenbetäubend lauter Schuss, der die Hausbar in einem Schauer von Glassplittern explodieren ließ.

Johannes beobachtete, wie der Fahrer der Limousine ausstieg, um sich den abgefallenen Kotflügel zu besehen. Dann öffnete er die Tür zum Fond und ließ einen kleinen dicken Kerl mit verpflasterter Nase aussteigen, der zu seinem Maßanzug eine orthopädische Halsstütze trug. Das war wohl Julius. Die Beifahrertür ging ebenfalls auf, und ein Mann mit der Statur eines Preisboxers stieg aus. Nach allem, was Johannes gehört hatte, hieß der Bursche Marius. Sein grob geschnittenes Gesicht wirkte im Licht der Straßenlaterne ein wenig debil, doch das wurde durch die große Ausbuchtung unter seiner Achsel mehr als wettgemacht.

»Alexandra«, drängte Johannes. »Mir gefällt das nicht! Lass uns von hier abhauen!«

»Mir gefällt das auch nicht!«, stieß Alexandra erstickt hervor. Es war ihr gelungen, Shanice die Hand mit der Pistole auf den Rücken zu drehen.

Hubert näherte sich zaghaft, um zu helfen. Johannes beobachtete voller Panik, wie Julius und Marius aufs Haus zukamen. »Alexandra, jetzt mach schon! Wenn wir nicht sofort …«

»Kannst du nicht mal für einen Moment die Klappe halten!«, fuhr sie ihn an. Mit hartem Griff entwand sie Shanice die Pistole und schob sie in ihre Jackentasche, doch Shanice gab nicht auf. Mit gebogenen Krallen warf sie sich abermals auf Alexandra. Hubert trat todesmutig dazwischen, sah er doch endlich seine Chance, sich für Alexandras Hilfe zu revanchieren. Doch er kam nicht dazu, sich als Retter in der Not zu bewähren, denn Alexandra hatte bereits zu einem perfekten Karatetritt ausgeholt, der leider Hubert anstelle von Shanice erwischte und ihn in hohem Bogen in die Ecke segeln ließ. Während er sich mit schmerzvollem Ächzen hochrappelte, legte Alexandra Shanice mit einem entschlossenen Handkantenschlag flach. Benommen blieb die Blondine auf dem Fußboden liegen.

Alexandra rieb sich die Hand. »Ich glaube nicht, dass ich das hier wirklich erlebe! Das kann nur ein Albtraum sein, aus dem ich gleich erwache! Was tue ich hier eigentlich, um Himmels willen! Verdammt noch mal, ich bin *schwanger*!!!«

Johannes konnte die beiden Männer nicht mehr durchs Fenster sehen. Kein gutes Zeichen, wie er fand.

Er deutete hinaus auf den verschrammten Wagen. »Alexandra, wir müssen …«

»Das habe ich nur dir zu verdanken!«, schleuderte sie ihm ins Gesicht. »Und Ihnen auch!«, fuhr sie Hubert an, der den Wagen ebenfalls gesehen hatte und eben zu einer Warnung ansetzen wollte.

Er entschied sich, zu handeln, rannte in den Flur und kam mit seiner Krokotasche wieder zurück. »Ich hab die Haustür abgeschlossen«, stieß er hervor.

»Warum?«, fragte Alexandra.

Ihre Frage wurde umgehend beantwortet durch das dröhnende Hämmern, das von der Haustür her ertönte und gleich darauf von einem gefährlich klingenden Krachen abgelöst wurde.

»Wir verabschieden uns wohl besser«, sagte Alexandra, und im selben Moment ging das Krachen in ein Splittern über.

Mit drei weiteren Tritten gelang es Marius, die Haustür vollends einzutreten, und in einer wahren Explosion von davonfliegenden Holzfragmenten barst sie nach innen. Julius, der sich wegen seiner Halskrause schlecht bücken konnte, hatte diesmal auf den Einsatz seines Werkzeugs verzichtet und Marius den Vortritt überlassen. Es war die reine Freude, dem Mann bei der Arbeit zuzusehen. Julius drängte sich förmlich das Bild von Marius in einer Uniform auf, einer dunkelgrünen Tracht mit Tressen, Biesen und goldenen Knöpfen, wie sein Vater sie getragen hatte, wenn er auf die Pirsch ging oder zur Fuchsjagd ausrückte.

Er folgte Marius durch den schmalen Flur ins Wohnzimmer und erkannte auf den ersten Blick, dass Shanice es versiebt hatte. Überall auf dem Teppich lagen Glasscherben und zertretene Blumen herum. Das Fenster stand weit offen, und die rosengemusterten Vorhänge blähten sich im Nachtwind.

Shanice hockte mit verheulten Augen und blutender Lippe auf einem umgekippten Sessel. Julius holte aus und sorgte dafür, dass sie einen richtigen Grund zum Heulen und Bluten hatte.

Marius, der zum Fenster weitergeeilt war, sah gerade noch die Rücklichter von Alexandras Golf um die nächste Ecke verschwinden.

Mitternachtsintermezzo

Diesmal hatte Johannes das Steuer übernommen. Alexandra nahm mit dem Beifahrersitz vorlieb. Sie hatte auf Widerspruch verzichtet; der Vorfall hatte sie mehr mitgenommen, als sie zugeben wollte. Nachdem das Adrenalin verpufft war, hatte sie nur noch den Wunsch, irgendwo unter eine Decke zu kriechen und eine Woche lang zu schlafen.

Johannes stellte sich den Rückspiegel neu ein.

»Haben wir sie abgehängt?«, fragte Alexandra müde.

»Ich glaube, sie sind uns gar nicht hinterhergefahren.«

Alexandra blickte über die Schulter nach hinten. »Okay, Hubert. Das mit Shanice war ja wohl nichts. Damit kommt wohl unsere alte Abmachung wieder zum Tragen, oder?«

Hubert schaute in den Innenspiegel, wo Johannes' wütend geschlitzte Augen überdeutlich zu sehen waren.

Wag es ja nicht, sagte sein Blick.

»Ich … äh, nein, ich denke nicht, dass das eine gute Idee wäre«, stammelte Hubert. »Ich will lieber woanders hin, äh … warten Sie, ich hab's gleich … Ja! Zu Mama!«

»Sie wollen zu Ihrer Mutter?« Alexandra wandte sich zweifelnd zu ihm um. »Aber da kann Julius Sie doch ohne weiteres aufspüren!«

»Ach wo, er hat sich da schon seit Monaten nicht blicken lassen«, behauptete Hubert mit gespielter Zuversicht. »Ich könnte mich auch im Keller verstecken. Oder auf dem Dachboden.«

»Prima Idee«, meinte Johannes.

»Scheißidee«, widersprach Alexandra. Sie hatte kein gutes Gefühl dabei, Hubert zu seiner Mutter zu bringen. Schon gar nicht, wenn Hubert dabei ein Szenario einkalkulierte, bei dem er sich auf dem Dachboden verstecken musste. Sie hatte die Verantwortung für ihn übernommen, als sie sein Geld eingesteckt hatte, und es war nicht korrekt, sich dieser Verpflichtung zu entziehen.

»Ich finde, wir gehen in ein Hotel«, sagte sie. »Da ist es viel sicherer.«

Im Innenspiegel gefroren Johannes' Blicke zu blauem

Eis, und Hubert rief schnell: »Nein, auf keinen Fall! Ich hasse Hotels! Ich kriege da immer Platzangst und … uh … ja, Allergien! Ich vertrage die Hotelhandtücher nicht, und von den Kissenbezügen bekomme ich … ähm, Herpes. Und Akne. Bitte, ich möchte zu meiner Mutter! Selbst, wenn Julius mich da findet, würde er nie wagen, mir was zu tun, solange Mama dabei ist!«

»Ich weiß nicht …«

»Doch, es ist die beste Lösung«, sagte Hubert eifrig.

»Na ja«, meinte Alexandra nachdenklich. »Vielleicht haben Sie Recht. »Ich kann Sie ja sowieso nicht bis in alle Ewigkeit beschützen …«

»Das würde ich auch gar nicht erlauben«, ließ sich Johannes vernehmen.

»Deine Erlaubnis brauche ich dazu nicht«, wies sie ihn barsch zurecht.

»Nein, die braucht sie nicht«, pflichtete Hubert ihr aufsässig bei. »Wenn sie mich beschützen will – ich meine, wenn sie wirklich so wild darauf ist –, dann kann sie das tun. Jederzeit und überall. Solange sie will. Jawohl, das kann sie.«

Johannes sagte in zuvorkommendem Tonfall über die Schulter: »Ich glaube, ich halte mal kurz an und unterhalte mich draußen ein bisschen mit Ihnen, Hubert. Dann können wir gemeinsam das Für und Wider Ihrer Entscheidung überdenken.«

Hubert sackte in sich zusammen. »Nicht nötig. Meine Entscheidung ist gefallen. Ich will zu Mama.«

»Na schön«, gab Alexandra nach. »Sie sind ein freier Mensch.«

Hubert musterte sie mit trüben Augen. »Freiheit ist ein relativer Begriff.«

»Wie wahr. Aber ab nächste Woche sind Sie dann richtig frei. Wohin soll's überhaupt gehen?«

»Darüber möchte ich nicht sprechen.«

»Kein Problem«, sagte Alexandra reserviert.

»Nicht doch!« Hubert beugte sich erschrocken vor. »Damit wollte ich nicht sagen, dass Sie das nichts anginge! Ich will bloß nicht, dass Sie in Gefahr geraten! Wenn Sie wissen, wo ich bin, könnte Julius versuchen, dieses Wissen mit Gewalt aus Ihnen rauszuquetschen!«

»Das soll er nur probieren.«

»Beschreien Sie es bloß nicht! Ich mache mir Sorgen um Sie. Sie sind schließlich Beteiligte!«

»Vielleicht sollte ich auch zu Mama gehen«, sagte Alexandra sarkastisch.

Hubert war spontan begeistert von dieser Idee. »Ja, warum nicht? Das ist ein großartiger Vorschlag! Mama hat ein großes Haus!«

»Und wo steht Mamas Haus?«

Hubert nannte ihr den Ort.

»Aber das ist mindestens noch eine Stunde Fahrt!«, sagte Alexandra entnervt.

»Ja, und wir fahren in die falsche Richtung«, gab Hubert schüchtern in Johannes' Richtung zu bedenken.

Alexandra wandte sich zu Johannes. »Hast du gehört? Wir fahren in die falsche Richtung. Willst du nicht wenden?«

»Hast du schon auf die Uhr geschaut?«, fragte er anstelle einer Antwort.

Alexandra tat es. »Fast elf.«

»Oh-oh!« machte Hubert. »Da schläft Mama schon!«

»Und genau das werden wir auch gleich tun«, sagte Johannes. »Morgen ist schließlich auch noch ein Tag, und

Mama läuft uns über Nacht garantiert nicht weg. Wir fahren zu mir, pennen ein paar Stunden, und dann werden wir Hubert morgen in aller Frühe zu seiner Mama bringen und uns für immer von ihm trennen.«

Während Johannes im Schlafzimmer das Bett frisch bezog, führten Alexandra und Hubert sich am großen Esstisch im Wohnzimmer einen Mitternachtsimbiss zu Gemüte, den Johannes ihnen rasch zubereitet hatte. Die Reste vom Abendessen schmeckten vorzüglich, fand Alexandra. Die Lachsmousse war kalt ebenso gut wie warm, und auch die Poulardenbrüstchen mundeten hervorragend.

Hubert nahm einen Apfel aus der Obstschale, biss hinein, kaute lustlos und gähnte anschließend mehrmals hintereinander.

»War ein harter Tag«, sagte er.

Alexandra nickte mit vollem Mund. Sie zog eins der alten Kochbücher aus dem Regal, ein zerfleddertes Werk aus dem Jahre achtzehnhundertvierzehn, wie sie feststellte. Beim Blättern fand sie eine Reihe altertümlicher, ihr unverständlicher Begriffe aus der Küchensprache wie *Schock, Gran* und *Unze*, doch Johannes schien sich damit gut auszukennen. Zwischen etliche der brüchigen, vergilbten Seiten hatte er als Orientierungshilfe dünne Papierstreifen geklemmt, und manche der Rezepte waren mit handschriftlichen Anmerkungen versehen wie: *Gut zu Lamm.* Oder: *Besser mit Schalotten.* Oder: *Zwei Eier weniger.* Er hatte eine sehr schöne Schrift, fand Alexandra, mit großen, kühn geschwungenen Buchstaben. Eine Schrift, die von Vorstellungskraft und Einfallsreichtum zeugte.

Johannes kam mit einem Arm voll Decken und Kissen ins Zimmer und warf sie aufs Sofa.

»Möchtest du Nachtisch?«, fragte er Alexandra. »Ich hätte da noch ein paar sehr gute *Petits Fours.*«

»Nein danke. Wenn ich weiter so viel esse, werde ich dick wie ein Walross.«

Er schaute sie an, und sie wusste augenblicklich, dass sie in diesem Moment beide dasselbe dachten: dass sie sowieso bald dick werden würde. Sehr dick.

Befangen wich sie seinen Blicken aus.

Johannes klappte das Sofa mit einem Griff zum Bett auseinander und breitete ein Laken über den grünweißgestreiften Leinenbezug. Dann schüttelte er die Decken aus. »Hier werden Sie wunderbar schlafen, Hubert.«

Alexandra schob ihren Teller weg und stand auf. Sie ging zum Sofa, setzte sich und zog sich die Schuhe aus.

»Was hast du vor?«, fragte Johannes.

»Hältst du mich für blöd? *Ich* schlafe hier.«

»Aber in meinem Bett ist es doch viel bequemer!«

»Das wird Hubert sicher zu schätzen wissen. Stimmt's, Hubert?«

»Äh … was denn?«

»Alexandra …«, fing Johannes verärgert an.

»Vergiss es«, unterbrach sie ihn.

»Ich geh dann schon mal ins Bad«, sagte Hubert gewollt fröhlich.

Alexandra wartete, bis er draußen war, dann streifte sie ohne große Umstände ihr T-Shirt ab, stieg aus ihren Jeans und legte sich in Bustier und Slip aufs Sofa. Johannes stockte der Atem beim Anblick des kleinen grünen Tattoos auf ihrer Schulter – vom Rest ihres biegsamen, durchtrainierten Körpers ganz zu schweigen –, doch der

Anblick war ihm nicht lange vergönnt, denn Alexandra zog mit einem Ruck die Decke über sich.

»Gute Nacht«, sagte sie unwirsch. »Und mach bitte das Licht aus, wenn du rausgehst.«

Albträume und Traumtänzer

Der Traum begann, wie sehr viele Albträume, durchaus angenehm. Alexandra befand sich in einer mit Blumengestecken geschmückten Kirche, die bis auf den letzten Platz besetzt war mit festlich gekleideten Hochzeitsgästen. Die Trauung, die heute hier stattfinden sollte, war ihre eigene.

Unter den Gästen waren Irene, im schicken Kostüm, und ihre beiden Jungs, fesch anzuschauen in ihren dunklen Anzügen. Hubert stand auch bei ihnen; er strahlte über das ganze Gesicht, und Alexandra freute sich ehrlich, dass er die Zeit gefunden hatte, dabei zu sein, wenngleich sie es ein wenig albern fand, dass er eine Krokohandtasche umhängen hatte. Carl von Sprengl war ebenfalls gekommen. Er saß in der zweiten Reihe und aß Pommes mit Ketchup aus der Tüte. Als Alexandra ihm zuwinkte, lächelte er freundlich und winkte mit dem Plastikgäbelchen zurück.

Vorn beim Pfarrer wartete schon der Bräutigam, Johannes Schlumberger. Er trug einen altmodischen Frack, dazu ein Hemd mit Vatermörderkragen und einem gewaltigen Binder.

»Geht die Braut denn auch jungfräulich in die Ehe?«,

wollte der Pfarrer wissen. Der war, zu Alexandras Schrecken, niemand anderer als Klaus, ihr Ex.

»Ich weiß nicht«, sagte Johannes und betrachtete ratlos Alexandras riesigen Bauch, der sich unter ihrem schulterfreien Umstandshochzeitskleid wölbte.

»Das müssen wir erst klären«, forderte Klaus.

»Moment mal«, protestierte Alexandra. »Ich bin schon im achten Monat!«

»Dann hat sie Unzucht getrieben!«, empörte sich Klaus.

»Das spielt überhaupt keine Rolle«, rief Hubert aus der ersten Reihe. »Sie trägt das Zeichen!«

Und tatsächlich: Durch die edelsteinbunten Kirchenfenster flutete strahlend die Sonne und tauchte die winzige Schildkröte auf ihrer Schulter in flirrend grünes Licht.

Ein Raunen ging durch die Kirchengemeinde, und von überall her ertönten begeisterte *Ooohs* und *Aaahs*. Johannes lächelte erleichtert. Jetzt stand der Heirat nichts mehr im Wege. Sie gaben einander das Jawort, und Johannes zückte den riesigen Brillantehering – ein Klunker von mindestens drei Karat, wie Alexandra staunend feststellte –, worauf Klaus mit hallender Stimme die Worte sprach: »Und so gebe ich vor Gott zusammen, was der Mensch nicht trennen darf. Sollte einer unter euch weilen, der gegen diese Verbindung ist, so möge er jetzt vortreten und sprechen oder für immer schweigen ...«

Man hätte eine Stecknadel fallen hören können, so still war es in der Kirche. Alexandra lächelte strahlend in die Runde. Jetzt war alles gut. Niemand hatte etwas gegen ihre Hochzeit mit Johannes einzuwenden. Nun würde Klaus sie beide zu Mann und Frau erklären.

Plötzlich erstarrte sie, denn das Kirchenportal öffnete sich einen winzigen Spalt, der sich langsam verbreiterte, millimeterweise, wie es Alexandra schien. Draußen stand jemand, dessen Umrisse allerdings nur schemenhaft zu erkennen waren und erst allmählich deutlicher wurden, als die Tür immer weiter aufging.

Endlich war der Spalt breit genug, und jetzt gab es keinen Zweifel mehr: Draußen im hellen Sonnenlicht stand Elvira. Sie trug ebenfalls ein Hochzeitskleid, strahlendweiß wie das von Alexandra, doch es schmiegte sich perfekt an eine schmale Taille, und es war auch nicht schulterfrei, sondern keusch und hochgeschlossen, ganz so, wie es sich für eine Jungfrau geziemte.

»*Ich* habe was gegen diese Verbindung!«, schrie sie. »Sie hat bloß im Auftrag gehandelt! Und zwar in meinem Auftrag! Er gehört mir! Mir allein!«

Stimmengewirr setzte ein, unterbrochen von erneuten *Ooohs* und *Aaahs*, die diesmal jedoch zutiefst entsetzt klangen.

Elvira gab jemandem, der hinter ihr stand, einen herrischen Wink, und Alexandra sah mit Grausen, dass Julius und Marius neben Elvira traten.

Unter dem Geraune der Hochzeitsgäste hob Marius seine Pistole und blickte Julius fragend an. Der nickte mit wohl wollender Zustimmung, ebenso wie Elvira.

Marius legte mit ausgestrecktem Arm auf Alexandra an und schoss. Das Krachen des Schusses hallte in der Kirche wider wie Donnergetöse, und Alexandra schaute entgeistert auf ihren prall gewölbten Bauch, in dem sich plötzlich ein Loch zeigte.

Aus dem Loch entwich mit lautem Zischen Luft, wie aus einem undichten Ballon. Immer mehr Luft strömte heraus, unaufhaltsam, und der Bauch wurde zusehends flacher.

»Nein!«, schrie Alexandra verzweifelt und hielt ihn mit beiden Händen fest. Dadurch drückte sie erst recht die Luft heraus, und als sie versuchte, mit dem Daumen das Loch abzudichten, führte das nur dazu, dass die Öffnung ausfranste und immer größer wurde.

Schließlich war alle Luft draußen und der Bauch völlig flach.

Alexandra schrie gellend auf.

»Fehlt dir was, Liebling?«, fragte Johannes besorgt.

Fehlt dir was, Liebling?! Sie glaubte, ihren Ohren nicht zu trauen. Anstelle einer Antwort verpasste sie ihm einen rechten Haken.

»Oh«, stöhnte Johannes und zuckte zurück.

Alexandra fuhr keuchend hoch und blickte sich wild um. Im diffusen Licht des Laternenscheins, der durchs Fenster hereinfiel, konnte sie ein paar Augenblicke später Johannes ausmachen, der im Pyjama neben ihr auf der Sofakante saß. Er massierte sich unter Wehlauten das Gesicht.

»Tut mir Leid«, stieß sie zitternd hervor. Gleichzeitig betastete sie instinktiv mit beiden Händen ihren Bauch. Flach. Natürlich war er flach. Aber zum Glück auch ohne Luftloch.

»Ich hab dich schreien gehört. Hast du schlecht geträumt?«

Sie nickte, immer noch schlotternd unter dem Eindruck des grässlichen Albtraums.

Johannes nutzte die Gunst des Augenblicks und schlüpfte zu ihr unter die Decke. Alexandra ließ sich bereitwillig trösten, ganz das schwache Weib. Sie war viel zu erleichtert, um sich in diesem Moment widerborstig zu gebärden.

Johannes umarmte sie und küsste teilnahmsvoll ihr Ohr. »War's so schlimm?«

»Schlimm ist gar kein Ausdruck. Es war das nackte Grauen.«

»Hast du von Huberts Bruder geträumt?«

Sie nickte an seiner Brust. »Ja, und von Elvira auch. Sie wollte mich umbringen lassen. Du kannst dir nicht vorstellen, wie eifersüchtig sie war.«

»Äh … tatsächlich?«, fragte er lahm.

»Wie spät ist es?«

»Halb drei«, sagte Johannes. »Ich hab kaum ein Auge zugekriegt. Dieser Hubert schnarcht wie ein ganzes Sägewerk.«

»Tut mir Leid.«

»Du kannst ja nichts dafür.«

Er streichelte ihre Arme und Schultern, und Alexandra schmiegte sich dichter an ihn. Es tat zu gut, ihn so nah an ihrem Körper zu spüren. Nach dem schrecklichen Traum besaß sie nicht die Energie, sich diesen Genuss zu versagen.

»Weißt du schon, was es wird?«, fragte Johannes, seine Hand auf ihrem Bauch.

»Was was wird?«, fragte sie schläfrig zurück.

»Das Baby. Junge oder Mädchen?«

»Du liebe Zeit. Ich war ja noch nicht mal beim Arzt!«

»Wieso denn nicht?«

»Ich hatte keine Zeit. Außerdem hab ich erst vor ein paar Wochen den Test gemacht.«

»Du möchtest das Kind aber haben, oder?«, fragte Johannes mit schmerzlicher Sorge in der Stimme. Bei ihrer Antwort fiel ihm ein Stein vom Herzen.

»Natürlich. Was dachtest du denn?«

»Dann solltest du aber auf keinen Fall länger damit warten, zum Arzt zu gehen. Ich möchte nicht, dass da medizinisch irgendwas versäumt wird.«

»Jaja, ich geh nächste Woche«, sagte sie, halb genervt, halb belustigt.

»Und wenn's ein Junge wird, möchte ich ihn gerne nach meinem Vater nennen.«

Das fand Alexandra nicht ganz so lustig.

»Mein Vater hat mir nämlich das Kochen beigebracht. Er hieß Theodor. Der Name ist doch toll für einen Jungen, oder? Man könnte es auch abkürzen, der Rufname wäre dann Theo.«

Das wiederum fand Alexandra alles andere als lustig. Das Einzige, was ihr spontan zu Theo einfiel, war der gleichnamige, uralte Schlager von Vicky Leandros, in dem der faul herumliegende Protagonist aufgefordert wurde, endlich aufzustehen und mit nach Lodz zu fahren.

Bevor sie etwas auf diesen an Dämlichkeit kaum zu überbietenden Namensvorschlag erwidern konnte, verirrte Johannes' Hand sich auf ihren Busen. »Mmh! Da hast du aber ganz schön zugelegt, finde ich. Fühlt sich gut an. Sehr gut!«

Hier war sie ausnahmsweise mit ihm einer Meinung. Seine Hand auf ihrer Brust fühlte sich sogar mehr als nur *sehr gut* an. Eine schmelzende Schwäche begann sich in ihren Gliedern auszubreiten. Doch ihr Ärger über seine Bevormundungsversuche überwog. Ohne zu überlegen, schubste sie ihn vom Sofa. Johannes knallte mit der Schulter auf den Boden und gab einen unterdrückten Klagelaut von sich.

»Verdammt«, fluchte er, während er sich die pochende Schulter rieb. »Was sollte das schon wieder?«

»Hau ab und lass mich schlafen, ja?«

Johannes stand brummend auf, dann ging er durch das dunkle Zimmer zur Tür. Dort drehte er sich noch einmal zu Alexandra um. »Bei dir weiß man nie, woran man ist. Im einen Moment liegst du in meinen Armen, im nächsten machst du mich fertig. Das finde ich ...« Er brach ab und dachte einen Moment lang nach, dann sagte er leise: »Ich weiß auch nicht, warum. Aber irgendwie finde ich es gut. So wie alles an dir. Schlaf schön.«

Alexandra hörte, wie er durch den Flur zurück zum Schlafzimmer tappte.

Tisch oder Fisch

Als sie das nächste Mal erwachte, wusste sie sofort, dass irgendetwas nicht stimmte. Als Erstes bemerkte sie, dass es draußen noch dunkel war und dass jemand im Wohnzimmer das Licht angemacht hatte. Sie blinzelte irritiert, und was sie dann sah, ließ sie schlagartig hellwach werden. Julius saß ihr gegenüber, auf der anderen Seite des Couchtischs. Sein dünnes Haar war perfekt gescheitelt und über den Kopf gekämmt, und seine Nase zierte ein frisches Pflaster. Er saß zurückgelehnt auf einem Sessel, so bequem es ihm mit der Halskrause eben möglich war. Er hatte die Beine übereinander geschlagen und lächelte sie freundlich an.

»Guten Morgen, meine liebe Alexandra«, näselte er fröhlich. »Hast du schön geschlafen – Mutti?«

Er zwinkerte listig, als ein erschreckter Ausdruck auf

ihr Gesicht trat. Ihm gefiel, wie sie auf sein plötzliches Erscheinen reagierte. Diesmal war sein Gespür für das richtige Timing unübertroffen gewesen. Er hatte sogar daran gedacht, Hugo den Wagen um die Ecke parken zu lassen, damit niemand ihn vorfahren sah. Das Sicherheitsschloss von diesem Schlumberger hatte sich genau so problemlos knacken lassen wie das an Alexandras Wohnungstür, und er hatte erfreut festgestellt, dass sie keinerlei Vorsichtsmaßnahmen getroffen hatte, weshalb er es sich auch nicht hatte nehmen lassen, sie mit dieser kunstvollen kleinen Inszenierung zu wecken. Betont langsam zog er sein Messer hervor, ließ es aufschnappen und begann, sich die Nägel damit sauber zu machen.

Alexandra schluckte hart. Ihr war klar, dass sie einen schweren Fehler gemacht hatten. Johannes hatte Shanice seinen Namen genannt. Im Eifer des Gefechts hatte hinterher keiner von ihnen mehr daran gedacht. Und sie selbst hatte laut und deutlich herausposaunt, dass sie schwanger war. Deshalb das hämische *Mutti.*

Ihre schwache Hoffnung, dass Hubert und Johannes sich vielleicht noch rechtzeitig in Sicherheit gebracht hatten, zerstob einen Augenblick später, als sie die beiden am Esstisch sitzen sah, bewacht von Marius, der ebenfalls dort saß, die Pistole locker auf dem Unterarm, den Lauf mit dem Schalldämpfer angelegentlich auf einen imaginären Punkt zwischen Johannes und Hubert gerichtet.

Johannes wirkte zutiefst verstört. Sein blondes Haar stand verstrubbelt in alle Richtungen ab, und sein Gesicht über dem schwarzweiß-gestreiften Seidenpyjama war kreidebleich. Hubert sah nicht viel besser aus. Er war nackt bis auf ein geripptes, reichlich angegrautes Unterhemd und einen dazu passenden, völlig ausgeleierten Männerschlüpfer.

»Toll«, sagte Alexandra mit rauer Stimme. »Und was jetzt? Bringen Sie uns alle um?«

»Du sagst es, Süße«, grinste Julius. »Aber erst mal schnitze ich mir meinen missratenen Bruder ein bisschen zurecht.«

Er stand auf und zupfte die Bügelfalten an seiner maßgeschneiderten Hose gerade. »Du hast doch nichts dagegen, Huby?«

»Ähm … nein, natürlich nicht«, beteuerte Hubert, Entsetzen im Blick.

»Aber du wirst mir doch sicher gerne vorher erzählen, wo du mein Geld versteckt hast, oder?«

Hubert sagte kein Wort, sondern stierte bloß das Messer an, das Julius ihm plötzlich an die Nasenspitze setzte.

»Nein, nicht!«, rief Alexandra.

Sofort bewegte Marius' Pistole sich in ihre Richtung.

»Uuups!« Julius spielte den Erschrockenen und drückte das Messer gegen Huberts Nase, bis Blut hervorquoll. Hubert quiekte auf, blieb aber stocksteif am Tisch sitzen. Julius nahm das Messer weg, und Huberts Hände flogen hoch zu seiner Nase.

Johannes verfolgte das Geschehen mit grimmiger Verzweiflung. Seine Hände auf dem Tisch ballten sich zu Fäusten.

»Du kennst mich«, sagte Julius lässig zu Hubert. »Das war nur zur Einstimmung. Sozusagen zum Aufwärmen. Also, wo ist es?«

Hubert sagte kein Wort. Die Hände vor der blutenden Nase, starrte er Julius an. Seine Augen zeigten einen eigentümlichen Ausdruck. Alexandra sah darin Furcht, gepaart mit Hass, aber auch eine Spur von Mitleid und Bedauern.

»Er ist doch Ihr Bruder!«, schrie sie Julius an. »Wie können Sie ihm da …«

Julius trat einen Schritt auf Johannes zu und setzte ihm mit einer beiläufigen Bewegung ebenfalls das Messer an die Nase. Johannes erstarrte zur absoluten Reglosigkeit und schielte entsetzt auf die Spitze des Messers, die sich etwa einen Millimeter tief in seine Haut bohrte und einen winzigen Blutstropfen hervortreten ließ.

Alexandra stöhnte verhalten.

»Ich hatte ganz vergessen, Ihnen zu sagen, dass Sie jetzt auch Beteiligter sind«, teilte Julius Johannes mit. »Wäre doch schade um Ihre schöne Nase, oder?« Über die Schulter sagte er zu Alexandra: »Und nur für den Fall, dass Sie mir nicht glauben: Ich kenne da noch eine Menge Leute, die praktisch von heute auf morgen ebenfalls zu Beteiligten werden könnten. Da wäre einmal Ihr Exfreund, dieser Klaus. Oder Ihre Sekretärin – wie heißt sie gleich? Irene? Und ihre reizenden beiden Jungs. Nur zum Beispiel. Na?«

Alexandra spürte, wie sich in ihrem Magen ein Eisklumpen bildete. Gleichzeitig brachte ein starker Brechreiz sie zum Würgen. Sie hielt sich die Hand vor den Mund, schluckte und blieb Sieger. Tief durchatmend, beschwor sie Hubert: »Geben Sie ihm doch um Himmels willen sein Scheißgeld!«

Julius nickte beifällig und nahm endlich das Messer aus Johannes' Gesicht.

»Ja, genau. Gib es mir.«

Johannes tupfte sich vorsichtig die Nase mit einem Zipfel seines Pyjamas ab.

»Sag jetzt bloß nichts!«, herrschte Alexandra ihn an.

Johannes zuckte verdattert zusammen. Er hatte überhaupt nicht vorgehabt, etwas zu sagen. Abgesehen davon hätte er auch gar nicht gewusst, was. Erst recht nicht angesichts der erdrückenden Übermacht dieser schwerbewaffneten Mistkerle.

»Sei einfach still!«, setzte sie noch eins drauf, während sie sich vorsichtig aufsetzte, die Decke abstreifte und mit den Füßen in ihre Slipper glitt.

»Reden ist zwecklos«, fuhr sie fort.

»Völlig zwecklos«, stimmte Julius zu.

»Wir sind sowieso so gut wie tot. Wir alle. Halt also einfach die Klappe. Tu einfach nur das, was ich dir sage.«

Julius war überaus angetan von ihrer Einsicht. »Sehr richtig. Hören Sie auf die Dame.«

»Sie auch, Hubert.«

»Ja, du auch, Huby.«

»Denk an das Baby, Johannes. Dein und mein Baby. Denk an den Tisch.«

Johannes runzelte die Stirn so stark, dass seine Brauen fast den Haaransatz berührten.

»Also, jetzt wird's aber langsam Zeit, dass wir zur Sache kommen«, beschwerte sich Julius und fuchtelte mit dem Messer herum. »Huby, wo ist der Tisch … äh, die Kohle?«

Johannes zeigte immer noch deutliche Anzeichen von Begriffsstutzigkeit.

»Was für ein Tisch?«, fragte er Alexandra. »Oder meinst du Fisch? Ist dir die Lachsmousse nicht bekommen?«

Alexandra verdrehte die Augen.

Auf Marius' fliehender Stirn bildeten sich tiefe Grübelfalten. »Hat sie Tisch oder Fisch gesagt?«

Julius überlegte. »Tisch«, meinte er dann.

»Ich hab *Fisch* verstanden«, meldete sich Hubert, immer noch die Hand vor der Nase.

»Nein«, sagte Alexandra. »Ich hab *Tisch* gesagt.«

Marius beäugte sie verständnislos. »Was für ein Tisch?«

»Ja, welcher Tisch?«, wollte Johannes wissen. Ihm war anzusehen, dass er kurz vor der Erleuchtung stand. Er brauchte nur noch einen kleinen Tipp als Starthilfe.

»Der Tisch bei Shanice. Und zwar *JETZT!!!*«

Sie hatte es kaum ausgerufen, als Johannes auch schon mit voller Wucht den schweren Eichentisch umstieß, gegen Marius, dessen Stuhl daraufhin umkippte und krachend auf dem Boden landete. Gleichzeitig warf Johannes sich mit einem Hechtsprung auf ihn und packte ihn bei der Kehle. Bei dem Gerangel ging – Duplizität der Ereignisse – Marius' Pistole los, doch durch den Schalldämpfer war der Schuss nur als schwaches *Plopp* zu hören, nicht annähernd so laut wie das Splittergeräusch der Fensterscheibe, die von dem Projektil durchschlagen wurde.

Während Johannes auf Marius' Brust kniete und sich redlich abmühte, dem Kerl mit seinen Daumen den Adamsapfel in die Halswirbel zu treiben, schnappte Hubert sich alle Gegenstände aus dem Regal, deren er in der Eile habhaft werden konnte und schleuderte sie auf Julius: Ein Kochbuch, ein Pokal mit aufgeprägten Möhren, ein Familienfoto, ein Kugelschreiber mit dem Aufdruck *Schildkröte*.

Julius machte sich gar nicht erst die Mühe, den Geschossen auszuweichen. Er verschwendete keinen einzigen Blick auf seinen Bruder. Roter Nebel wallte vor seinen Augen, als er sah, was Johannes dem unter ihm auf dem Boden liegenden Marius anzutun im Begriff war.

Marius war bereits blau angelaufen, und seine Augen quollen hervor wie Riesenmurmeln. Mit stoßbereitem Messer warf Julius sich auf Johannes, doch im Bruchteil einer Sekunde, bevor er ihn erreichte, wurde er von Alexandras Knie an der Schulter erwischt und zur Seite geschleudert. Einen Augenblick später lag sie mit ihm auf dem Boden, verstrickt in einen heftigen Ringkampf um das herabgefallene Messer. Julius erwischte es einen Tick schneller als Alexandra, rollte sich über sie und versuchte, es ihr in den Hals zu stechen. Sie bekam sein Handgelenk im letzten Moment zu fassen, doch die Messerspitze zitterte bedrohlich dicht über ihrer Kehle. Unerbittlich senkte Julius die Hand tiefer und erst, als sie schon den kalten Stahl auf der Haut fühlte, gelang es ihr, dem Druck standzuhalten und das Messer langsam zurückzudrängen. Hubert warf unterdessen weiter mit allen möglichen Gegenständen – ein paar davon trafen auch Alexandra –, dann packte er Julius beim Kragen und riss ihn zurück, mit dem Erfolg, dass er mit ihm zusammen nach hinten fiel und dabei Johannes von Marius wegschubste. Erneut ging die Pistole los, und mit einem Schlag wurde es stockfinster im Raum. Die Kugel hatte die Lampe zertrümmert.

Bevor die Augen der Anwesenden sich an die Dunkelheit anpassen konnten, überschlugen sich die Ereignisse. Im ganzen Raum herrschte wildes Kampfgetümmel. Schreie, Flüche und Stöhnen tönten durcheinander.

Alexandra biss heftig in irgendeine Hand, die ihr ins Gesicht fuhr, dann trat sie mit aller Kraft in ein paar männliche Weichteile und wurde von wüstem Schmerzgebrüll belohnt. Gleich danach brachte sie mit voller Wucht ihren Ellbogen zum Einsatz, als jemand auf sie fiel.

Julius kroch auf dem Boden herum und suchte sein Messer. Um ihn drehte sich alles, denn jemand hatte ihm ungeheuer brutal aufs Auge geschlagen. Seine Hand ertastete ein menschliches Antlitz, und ehe er sich's versah, wurde ihm fast der Zeigefinger abgebissen. Sein schriller Aufschrei erstarb zu einem dumpfen *Ufff*, als mit der Wucht eines Vorschlaghammers ein großer, harter Körper gegen ihn krachte, den er am kräftigen Geruch als den von Marius identifizierte. Marius hielt ihn allerdings ganz offensichtlich für jemand anderen, denn er versuchte sehr ernsthaft, ihm das Genick zu brechen.

»Rrrchch!«, röchelte Julius, dem Tode nahe, und jetzt endlich bemerkte Marius, wen er da am Wickel hatte. Unbeholfen rückte er Julius' Halsstütze wieder gerade und zerrte ihn auf die Füße. Sekunden später flammte sein Feuerzeug auf und erhellte schwach die Dunkelheit.

Julius sog in pfeifenden Atemzügen Luft in seine brennenden Lungen. Erst dann war er so weit wiederhergestellt, dass er sich umschauen konnte. Außer ihm und Marius war niemand mehr da.

Schlafmützen und Schnarchnasen

Diesmal fuhr wieder Alexandra. Irgendwie war es Hubert gelungen, bei ihrem überstürzten Aufbruch außer seiner allgegenwärtigen Krokotasche auch Alexandras Gürteltasche an sich zu bringen, in der sich nicht nur die dreißigtausend Mark und Shanice's Pistole befanden, sondern auch die Autoschlüssel vom Golf. Alexandra selbst hatte nichts mitnehmen können, bis auf die Pistole von Marius, die ihr beim Weglaufen zufällig zwischen die Füße geraten war. Johannes hatte sich Julius' Messer geschnappt. Das erbeutete Arsenal war mittlerweile sicher im Handschuhfach verstaut, wo auch Alexandras eigene Pistole lag.

Somit waren sie zwar hervorragend bewaffnet, aber äußerst dürftig bekleidet. Sie waren geflohen, wie sie aufgestanden waren: Alexandra in Slip und Bustier, Johannes im Pyjama und Hubert in seiner abgeschabten, jetzt mit Blutflecken übersäten Feinrippunterwäsche.

Johannes hatte das Oberteil seines Pyjamas an Alexandra abgetreten, an der es wie ein zu kurz geratener Kittel wirkte. Immerhin trug sie auch noch ihre Schuhe; die Männer waren barfuß.

Hubert hatte sich fröstelnd auf dem Rücksitz zusammengekauert. Neben sich hatte er den geöffneten Erste-Hilfe-Kasten liegen; er hatte sich mit Mull und Leukoplast großzügig die Nase verpflastert. Im trüben Licht des Morgengrauens ähnelte er mit dem dicken Verband im Gesicht einem Wesen aus einem Horrorfilm. Johannes hatte in dieser Hinsicht mehr Glück gehabt. Seine Nase blutete nicht mehr; Julius hatte ihm kaum mehr als einen Kratzer verpasst.

Dafür hatte er stechende Schmerzen an anderer Stelle. Er sehnte sich danach, beide Hände in seine Leistengegend zu pressen. Jemand hatte ihm vorhin mit äußerster Härte in die Genitalien getreten. Unmittelbar darauf hatte er einen mit großer Wucht ausgeführten Ellbogenstoß ins Zwerchfell empfangen, der ihm anschaulich vermittelt hatte, wie es sich anfühlen musste, zu ersticken.

»Was jetzt?«, fragte Hubert. Wegen des Pflasters klang seine Stimme ähnlich nasal wie die von Julius. »Wohin fahren wir? Zu Mama?«

»Glauben Sie vielleicht, ich lasse mir das gefallen, was Ihr Bruder da vorhin durchgezogen hat?« Alexandras Mund war zu einer grimmigen Linie zusammengepresst. »Ich fahre auf dem schnellsten Wege zur Polizei.«

»Das ist die beste Idee seit langem«, lobte Johannes sie.

»Ohne mich«, erklärte Hubert. Doch er hatte kein Mitspracherecht.

Ängstlich starrte er auf das schmucklose graue Gebäude, vor dem Alexandra kurz darauf anhielt. »Ich geh auf keinen Fall mit da rein«, verkündete er.

»Dazu zwingt Sie kein Mensch«, erwiderte Alexandra gleichmütig.

»Sie können mich nicht dazu zwingen«, jammerte Hubert, der in seiner Aufregung nicht zugehört hatte. »Ich würde alles nur abstreiten! Und Sie dürfen auf keinen Fall vergessen, was er über Ihre Freunde gesagt hat! Julius kann es nicht leiden, wenn man ihn bei den Bullen anschwärzt! Wollen Sie die Verantwortung dafür übernehmen, dass er Amok läuft? Ihren Bekannten was antut? Zum Beispiel der reizenden jungen Dame in Ihrem Büro?«

Alexandra ignorierte sein Lamento. Sie zog den Autoschlüssel ab, schnappte sich ihre Gürteltasche von der Konsole und stieg aus. Johannes folgte ihr ohne zu zögern. Gemeinsam überquerten sie die Straße und gingen auf den Eingang der Polizeiwache zu.

Hubert starrte ihnen sprachlos hinterher, dann kurbelte er die Scheibe herab und schrie: »Sie können mich doch nicht einfach hier allein lassen! Was ist, wenn mich ein

Polizist in diesem Aufzug sieht?! Oder wenn Julius vorbeikommt! Sie dürfen nicht da reingehen! He, Moment mal! Warten Sie! Ich hab dreißigtausend Mark dafür bezahlt, dass Sie mich beschützen!«

Johannes warf ihm einen aufgebrachten Blick über die Schulter zu, und Alexandra zeigte überhaupt keine Reaktion. Dann verschwanden die beiden im Gebäude.

Hubert fühlte sich plötzlich sehr allein.

Die Polizeiwache war in typischer Manier eingerichtet, sprich, mit uraltem, sperrmüllreifem Mobiliar, durchgewetztem Linoleum und einer bis zur Unkenntlichkeit zerkratzten Holztheke beim Eingang, hinter der sich zwei Schreibtische befanden.

Der übermüdete Beamte, der Alexandras und Johannes' Anzeige aufnahm, schien ebenfalls seit Menschengedenken zum Inventar zu gehören, genau so wie die vorsintflutliche Schreibmaschine, auf der er in langwieriger Suchaktion die Sätze zusammenstellte. Es hatte ihn offenbar kaum erstaunt, dass zwei Leute im Pyjama bei Morgengrauen in die Wache kamen – die Frau im Oberteil und der Mann in der dazugehörigen Hose, nebst Unterhemd –, da derlei öfter vorzukommen schien. Auf einem Stuhl in der Ecke hockte beispielsweise ein weiterer leicht bekleideter Besucher, der nichts trug außer Shorts und Ringel-T-Shirt. Sein mit zottigen Haaren bewachsenes Haupt war auf die Brust gesunken, und von Zeit zu Zeit entwich seinem offen stehenden Mund ein ohrenbetäubend lautes Schnarchen, zusammen mit einer Wolke Fuseldunst.

Die Uhr, die neben einer Reihe von Fahndungsplakaten an der mit grüner Ölfarbe bepinselten Wand hing, zeigte halb fünf. Alexandra und Johannes, die dem Beamten an dessen Schreibtisch gegenübersaßen, machten seit einer halben Stunde Angaben zur Person und zur Sache, doch der Beamte hatte bisher höchstens drei Sätze zustande gebracht. Soeben hatte er aufgenommen, wie Johannes und Hubert von den zwei Einbrechern mittels vorgehaltener Pistole aus dem Bett gescheucht worden waren. Er las sich durch, was er geschrieben hatte, und dachte nach. »Habe ich das richtig?«

»Was?«, fragte Johannes.

»Dass Sie beide zusammen im Bett gelegen haben. Sie und dieser Herbert Müller.«

»Hubert«, sagte Johannes.

»Ach so.« Der Beamte zog ein Fläschchen Tipp-Ex aus einer der Schreibtischschubladen und korrigierte den Fehler. Dann radierte er grummelnd auf den Durchschlägen herum, von denen es mehrere gab.

»Verbindet Sie eine besondere Beziehung?«, fragte der Beamte. »Ich meine bloß, weil Sie beide zusammen im Bett waren?«

Johannes fluchte lautlos, während Alexandra eine halbwegs plausible Erklärung hervorstotterte und dann nahtlos an der Stelle weitermachte, als sie von Julius aufgeweckt worden war.

»Moment«, sagte der Beamte, hektisch nach Buchstaben suchend, »nicht ganz so schnell. Was genau sagte er, als Sie aufwachten?«

»Guten Morgen, Mutti«, antwortete Alexandra.

Der Beamte begann, es aufzuschreiben.

»Nein, das stimmt nicht ganz so«, widersprach Johannes. »Er sagte: Hast du schön geschlafen, Mutti.«

Alexandra stieß ihn mit dem Ellbogen an, doch es war

schon zu spät. Abermals traten Tipp-Ex und Radiergummi in Aktion, was weitere fünf Minuten dauerte.

Alexandra gähnte derweil heftig. Johannes blickte ungeduldig auf die Wanduhr. Die zeigte mittlerweile zwanzig vor fünf.

»Gut, machen wir weiter«, sagte der Beamte. »Ich lese nur gerade mal vor, was ich zuletzt aufgenommen habe. Dieser Julian Müller sagte also …«

»Julius«, fiel Johannes ihm ins Wort.

Der Beamte verbesserte es und goss dabei die Hälfte der Tipp-Ex-Flüssigkeit über die Anzeige. Entnervt riss er das Blatt mitsamt Durchschlägen aus der Maschine und spannte ein neues Formular ein. Murrend begann er, alles noch einmal abzuschreiben.

Alexandra fühlte, wie ihr die Augen zufielen. In der letzten Nacht hatte sie insgesamt höchstens drei Stunden geschlafen. Sie hatte das Gefühl, keine Minute länger mehr wach bleiben zu können.

Johannes wurde ebenfalls von Müdigkeit übermannt.

Hinter ihnen, auf seinem Stuhl in der Ecke, schnarchte der Penner plötzlich markerschütternd auf. Er bewegte sich im Schlaf, rutschte dabei vom Stuhl und krachte zu Boden.

Alexandra und Johannes fuhren entsetzt zusammen und drehten sich um. Der Zottige grunzte nur, dann drehte er sich auf dem Boden um und schlief weiter.

Der Beamte hörte auf zu tippen und stand auf. »Mensch, hör mal!«, sagte er zu dem Penner. »Du kannst hier nicht schon wieder bis in die Puppen knacken!« Er schüttelte den am Boden liegenden Mann an der Schulter. »Erwin! Hörst du nicht?! Du hast schon letzte Nacht hier gepennt!« Er packte den Schnarcher unter den Achseln und zerrte ihn zur Tür. Dabei sagte er zu Alexandra und Johannes: »Dauert nur 'ne halbe Minute. Bin in Nullkommanix wieder da.«

Alexandra legte den Kopf auf Johannes' Schulter und schloss die Augen. Dankbar spürte sie, wie er seine Hand auf ihre legte und sie fest drückte.

Gut, dass du bei mir bist, dachte sie.

Als sie wieder zu sich kam, fiel ihr Blick direkt auf die Uhr. Es war Viertel vor sechs. Dann wandte sie sich um zu Johannes, der neben ihr auf dem Stuhl saß und fest schlief. Sein Kopf war nach vorn gefallen, und ein dünner Speichelfaden rann aus seinem Mundwinkel. Die blonden Stoppeln auf seinen Wangen hatten sich zu einem feinen, goldenen Zweitagebart verdichtet. Obwohl er mit offenem Mund schlief und dabei ziemlich durchdringend schnarchte, fühlte Alexandra sich bei seinem Anblick von heftiger Zuneigung übermannt.

Sie blickte sich orientierungslos um. Als sie sich bewegte, merkte sie, wie taub ihr Körper sich anfühlte. Um ein Haar wäre sie vom Stuhl gefallen, wie vorhin der Penner. Von dem war nichts mehr zu sehen, ebenso wenig wie von dem Beamten. An dessen Stelle saß nun ein anderer Polizist hinter dem Schreibtisch und las Zeitung.

»Hallo«, sagte sie zu dem Beamten.

Beim Klang ihrer Stimme schrak Johannes neben ihr zusammen und rutschte vom Stuhl. Während er sich unter Flüchen hochrappelte, blickte der Polizist ärgerlich von seiner Lektüre auf. »Ich finde das total beknackt, dass ihr immer hier bei uns auf der Wache pennen müsst, bloß weil das Asyl voll ist. Wenn es nach mir ginge, würde ich euch Typen ohne weiteres zu zehnt in eine Stube stecken.«

Johannes ließ sich schwerfällig wieder auf den Stuhl sinken. »Wir wollen eine Anzeige aufgeben.«

»Ach, tatsächlich?« Der Polizist musterte ihn und Alexandra von oben bis unten.

»Wo ist denn Ihr Kollege?«, fragte Alexandra verärgert. »Der hatte doch schon was aufgenommen.«

»Der war von der Nachtschicht. Ich bin von der Frühschicht.«

Alexandra beobachtete mit wachsendem Unmut, wie er umständlich ein neues Formular in die Uralt-Schreibmaschine spannte und dann ausgiebig in den Schubladen herumkramte. »Mist«, murmelte er. »Wo ist es denn?«

»Was denn?«, fragte Alexandra, bereits am Rande ihrer Beherrschung.

»Das blöde Tipp-Ex.«

Der Beamte verschwand in der Versenkung, zog die unterste Schublade auf und wühlte dort weiter. Als er sich nach einer Weile wieder aufrichtete, war er allein.

Müll und Müller

Alexandra stürmte zurück zum Wagen und setzte sich hinters Steuer. Johannes nahm neben ihr Platz. Beide waren außer sich nach diesem Exkurs in ermittlungstaktischer Effizienz, weshalb ihnen völlig entging, dass Hubert nicht mehr im Wagen saß.

Johannes schnallte sich an und fuhr dann zusammen, als Alexandra wütend ausrief: »Diese … diese Beamten! Hast du so was schon mal erlebt? Meine Güte, wenn ich meinen Laden so führen würde, hätte ich schon nach der ersten Woche Konkurs anmelden können!«

»Da ist was dran«, stimmte Johannes ihr zu. »In der *Schildkröte* könnte ich auch nicht gerade auf diese Art arbeiten.« Er gähnte herzhaft und sehnte sich nach einem Bad, einem Bett und nach Alexandra, wenn auch nicht unbedingt in dieser Reihenfolge.

»Ich sage dir, was ich mache«, erklärte sie grimmig. »Ich nehme die Sache selbst in die Hand.« Sie langte herüber und riss das Handschuhfach auf. »Okay. Schau'n wir mal. Ich habe das hier, das hier, das hier und das hier.« Nacheinander nahm sie die Pistolen und das Messer heraus. »Damit mache ich ihn fertig, wenn er mir noch ein einziges Mal zu nahe kommen sollte!«

»Reg dich nicht auf. Das ist schlecht fürs Baby.« Johannes nahm ihr vorsichtig die Pistolen und das Messer wieder weg und schob alles zurück ins Handschuhfach. »Wenn du mich fragst, sollten wir endlich versuchen, Hubert loszuwerden, mitsamt seiner blöden Krokotasche. Er ist doch der zentrale Zankapfel, oder nicht? Wir liefern ihn so schnell wie möglich bei seiner Mutter ab. Sofort und ohne Umwege, noch vor dem Frühstück. Vielleicht hört dann der ganze Spuk von allein auf.«

»Du hast Recht. Wenn er weg ist, haben wir unsere Ruhe. Julius will ja bloß die Tasche mit dem Geld, und die hat Hubert. Kein Hubert, keine Tasche, kein Ärger. Genau, so machen wir es. Wir bringen ihn rasch weg, dann sind wir ihn los. Und danach werde ich ein wunderbares, ausgedehntes Bad nehmen, ein riesiges Frühstück verputzen, mich für ein schönes Schläfchen aufs Ohr legen …«

»Und ich leiste dir dabei Gesellschaft«, sagte er, begeistert von ihrer Wunschliste.

Sie ließ die Andeutung eines Lächelns sehen. »Bei allen drei Sachen?«

»Wenn du willst.«

Nun lächelte sie richtig. »Na ja, warum nicht. Ich fange an, mich an dich zu gewöhnen. Außerdem hast du eine echte Begabung für den Nahkampf mit bewaffneten Gegnern.«

Er nickte, allerdings nicht besonders nachdrücklich, denn er fühlte sich immer noch ein bisschen wund zwischen den Beinen.

»Worauf wartest du?«, fragte er.

Alexandra blickte sich verblüfft zur Rückbank um, wo nur noch der Verbandskasten lag. »Hubert ist gar nicht mehr da!«

Sie fanden es beide sehr rücksichtsvoll von Hubert, dass er sich auf diese diskrete Weise empfohlen hatte. Das ersparte ihnen eine zeitaufwendige Autofahrt. Doch ihre Freude über diese unerwartete Wendung war nur von kurzer Dauer. Direkt neben dem Golf öffnete sich quietschend der Deckel eines Müllcontainers. Hubert schaute heraus und winkte mit der Krokotasche.

»Oskar«, sagte Alexandra verblüfft, während Hubert überraschend gelenkig aus dem Container kletterte und zum Wagen kam.

»Wie bitte?«, fragte Johannes, nicht minder erstaunt.

»Kennst du nicht das Müllmonster aus der Sesamstraße? So sah er gerade aus. Tolles Versteck, das er sich da ausgesucht hat, oder? Wir hätten sofort losfahren sollen! Dann wäre das jetzt geklärt. Aber wie wir's auch machen, ist es wohl verkehrt.«

Resigniert öffnete sie die Tür, um Hubert einsteigen zu lassen.

Hubert fühlte sich genauso schmutzig und klebrig, wie er aussah. An seinen nackten Beinen pappten die Überreste von einem Abendessen, das jemand großzügig mit Knoblauchmayonnaise gewürzt hatte, und zwischen seinen Zehen glitschte es von irgendetwas Schleimigem, Fischigem; Hubert hielt es für mindestens drei Monate alten Rollmops. Sein Mülltonnenodeur war ihm sichtlich peinlich. Immer wieder schnupperte er kurz an sich selbst, um zu überprüfen, ob es besser wurde, doch trotz seines Nasenverbandes musste er jedes Mal angeekelt den Kopf zur Seite wenden, weil er stets zu dem Schluss kam, noch nie so übel gerochen zu haben. Der Gestank im Wagen war geradezu narkotisierend, obwohl sie mit weit aufgerissenen Fenstern fuhren.

Mittlerweile war es kurz vor halb acht; die Fahrt ging durch eine dörfliche Gegend mit Gehöften, Hecken und Viehweiden. Die Temperatur stieg unaufhaltsam; in ein paar Stunden würde es wieder genauso unerträglich heiß sein wie die ganzen letzten Tage über. Im Radio war in den Wetternachrichten sommerliche Hitze mit zunehmend schwüler Witterung vorhergesagt worden; erst für den Abend und die Nacht hatte man Gewitter und Regenfälle angekündigt.

»Wir sind gleich da«, sagte Hubert. »Die nächste Abzweigung links. Und dann das letzte Haus.«

Johannes war in den vergangenen fünf Minuten merkwürdig schweigsam geworden. Als er gehört hatte, wohin die Fahrt ging, hatte er das für einen komischen Zufall gehalten und nicht weiter darüber nachgedacht. Doch als Alexandra nun wie geheißen abbog und er das Straßenschild las, wurde er blass.

Alexandra bemerkte nichts davon. Dafür fiel ihr etwas

anderes auf. »Hier sind doch überhaupt keine Häuser. Wo soll denn das Haus von Ihrer Mutter sein, Hubert?«

»Es gibt hier weit und breit nur eins, und das liegt ganz am Ende der Straße. Da vorne, wo der Wald anfängt.«

Jetzt konnten sie es auch sehen. Dort drüben, am Rand eines Kiefernwäldchens, dräute ein wahres Ungetüm von einem Haus. Dreigeschossig, mit einem flacheren Seitenflügel, erhob es sich vor der dunklen Kulisse der Bäume, in all seiner scheußlichen Gründerzeitpracht, mit der es aus einem alten Spukfilm hätte stammen können. Aus Granitblöcken erbaut, die im Laufe von mindestens neun Jahrzehnten nachgedunkelt waren, wurde es überragt von einem steilen, bemoosten Dach, dem Erker und Schornsteine entsprossen wie Höcker und Tentakel. Die Bogenfenster im Erdgeschoss funkelten in der Sonne wie tückisch geöffnete Augen, und das Portal in der Stirnseite des wuchtigen Gebäudes gähnte wie ein schwarzes, allesverschlingendes Maul, mit der davor liegenden Freitreppe als träge ausgestreckter Zunge.

Der Eindruck, auf ein bösartiges Lebewesen zuzufahren, war frappierend stark. Alexandra spürte Johannes' Unbehagen fast wie ihr eigenes.

»Manderley«, murmelte sie. Wie gut, dass sie nicht die neue Mrs. de Winter war!

Johannes sagte nichts, doch er starrte das Haus an, als könne es tatsächlich beißen. Je näher sie ihm kamen, umso tiefer rutschte er in seinen Sitz.

Alexandra brachte den Golf in der asphaltierten Zufahrt vor der Freitreppe zum Stehen. »So, Hubert«, sagte sie mit unverhohlener Erleichterung. »Da wären wir. Hier trennen sich unsere Wege.«

Sie stieg aus, klappte den Sitz nach vorn und ließ Hubert hinaus. Er blieb beim Wagen stehen, in seiner dreckigen, blutigen, stinkenden Unterwäsche, mit dürren Armen und Beinen, die Nase dick verbunden und die Krokotasche an die Brust gedrückt, als hielte er ein Kind.

Zu Alexandras Überraschung warf er ihr in einer spontanen Gefühlsaufwallung die Arme um den Hals.

»Alexandra, Sie waren wundervoll! Ich bin … ich finde überhaupt keine Worte, die ausdrücken, was ich Ihnen schulde … Sie waren zu mir wie eine … eine …«

»Schon gut.« Alexandra unterdrückte das aufsteigende Würgen. Hubert stank buchstäblich zum Himmel. »Wiedersehen. Und schreiben Sie mir mal 'ne Karte, wo immer Sie landen, ja?«

»Das mach ich garantiert«, versprach Hubert tief bewegt. Er drückte sie ein letztes Mal an sich, dann lief er aufs Haus zu. Tränenblind rief er über die Schulter zurück: »Und grüßen Sie das Baby vom guten alten Huby, wenn es auf die Welt kommt, ja?«

»Mach ich«, versprach Alexandra und stieg zurück in den Wagen.

»Jetzt nix wie nach Hause und ab in die Wanne«, wandte sie sich frohlockend an Johannes. Doch der sprühte nicht unbedingt vor Enthusiasmus. Mit großen Augen beobachtete er, wie eine alte Frau Hubert die Tür öffnete und hinaus auf die Treppe trat, um ihn zu umarmen. Das musste Huberts Mutter sein, Frau Müller. Dann kam noch eine Frau aus dem Haus, und nach allem, was er sich in den letzten Minuten hatte zusammenreimen können, war sie wohl Huberts Nichte. Und gleichzeitig Frau Müllers Enkelin. Und außerdem war sie Elvira, die ihn heute hierher eingeladen hatte, um so eine Art Verlobungsfeier abzuhalten, anlässlich deren sie ihn ihrer gesamten Verwandtschaft vorstellen wollte. Gerade trat sie mit einem Ausdruck von Abscheu im Gesicht zur Seite, um den halbnackten Hubert zusammen mit der alten Frau ins Haus gehen zu lassen.

»Verdammt und zugenäht«, flüsterte Johannes. Es war zu spät, um einfach abzuhauen. Elvira hatte ihn bereits gesehen. Erstaunt kam sie die Treppe herunter. Johannes versuchte möglichst gelassen dreinzuschauen, was ihm jedoch nicht recht gelingen wollte, weil er spürte, wie Alexandras Blicke ihn von der Seite versengten.

»Ich glaube nicht, was ich da sehe«, sagte sie langsam, während Elvira sich näherte. »Ist das eine Fata Morgana? Oder Elvira Nickel?«

»Das habe ich nicht gewusst!«, beteuerte er eilig. Bevor er näher ausführen konnte, was genau er nicht gewusst hatte, blieb Elvira an der Beifahrertür stehen und beugte sich zum offenen Wagenfenster nieder. »Johannes! Du kommst ja schon so früh! Ich hab erst heute Mittag mit dir gerechnet! War die Adresse leicht zu finden? Ich …« Sie stockte, denn jetzt erst ging ihr auf, dass Johannes mit Unterhemd und Pyjamahose für eine Familienfeier recht unorthodox gekleidet war. Und dann fiel ihr Blick auf Alexandra, die immer noch Johannes' Oberteil trug. Ungläubig öffnete sie den Mund, um etwas zu sagen, doch sie brachte nichts heraus.

Dieses Problem hatte Alexandra nicht. »Moment, Frau Nickel, sagen Sie es nicht!«, rief sie mit gespielter Leutseligkeit. »Ich komme sofort selber darauf: Sie sind Huberts Nichte, stimmt's? Müssen Sie ja sein, wenn das da oben Huberts Mutter ist. Beziehungsweise Ihre Oma. Es ist doch Ihre Oma, oder? Und Sie wollen alle zusammen heute nett feiern. Verlobung, habe ich Recht? Oder so was

Ähnliches.« Sie nickte mit kaltem Lächeln. »Ja, das Schicksal geht manchmal seltsame und verschlungene Wege. Es mischt die Karten für uns, und wir sollen damit spielen.«

Johannes dachte fieberhaft nach, wie er diesen gordischen Knoten zerschlagen sollte. Doch da er keine Tarnkappe zur Hand hatte, war die Lage aussichtslos.

»Wie bist du denn angezogen?«, fragte Elvira missbilligend.

»Wir hatten ein kleines Missgeschick«, antwortete er ausweichend.

»Und was hast du mit Hubert zu schaffen?«, wollte sie argwöhnisch wissen.

»Wieso? Er ist doch dein Onkel, oder nicht?«

»Ja, aber er ist nicht eingeladen«, versetzte Elvira mit schmalen Lippen. »Ich hab ihn schon ewig nicht mehr gesehen. Woher kennst du ihn überhaupt? Und wieso läuft er in diesem Aufzug rum? Was ist mit seiner Nase los? An deiner Nase ist übrigens auch Blut. Hast du dich beim Rasieren geschnitten?«

»Ich hab mich gar nicht rasiert«, sagte Johannes erschöpft.

»Stimmt«, gab Elvira abfällig zurück. »Du siehst überhaupt ziemlich daneben aus.« Mit Gefrierblick auf Alexandra tat sie kund, wen sie für diesen bedauernswerten Zustand ihres Beinahe-Verlobten verantwortlich machte.

»Ich muss mit dir reden«, erklärte Johannes.

»Meinetwegen. Aber komm erst mal rein und lern Oma kennen.«

Er warf Alexandra einen Hilfe suchenden Blick zu, doch die schaute betont gleichmütig geradeaus durch die Windschutzscheibe. Von dieser Seite hatte er keinerlei Unterstützung zu erwarten.

»Das geht nicht …«, stammelte Johannes. »Ich meine … Schau doch nur, wie ich aussehe, da kann ich doch unmöglich …«

»Das ist überhaupt kein Problem. Wir finden bestimmt ein paar passende Sachen von Opa für dich. Jetzt kommst du erst mal rein.« Sie verzog schnüffelnd die Nase. »Und dann nimmst du ein Bad. Und jetzt steig endlich aus.«

Da er keine Anstalten machte, ihre Aufforderung sofort zu befolgen, wandte sie sich zögernd ab und ging die Treppe hinauf. Oben an der Tür blieb sie stehen und drehte sich zu ihm um. »Kommst du?«, rief sie. »Oma wartet schon!«

Johannes winkte ihr mit einer nichts sagenden Geste zu, und sie stemmte ungeduldig die Hände in die Hüften. Anscheinend hatte sie nicht die Absicht, ohne Johannes ins Haus zu gehen.

»Na los, mach schon, sie wartet doch auf dich«, sagte Alexandra gehässig.

»Ich verstehe nicht, wieso sie mir nicht erzählt hat, dass sie … äh, zwei Onkel …«, begann Johannes stockend, nur um irgendetwas von sich zu geben.

»Von *den* Onkeln hätte ich dir auch nichts erzählt, wenn ich dich heiraten wollte«, giftete Alexandra ihn an. »Aber zum Glück will ich dich ja nicht heiraten. Nicht in hundert Jahren. Nicht mal, wenn du der einzige Mann auf der Welt wärst und ich die einzige Frau!« Sie deutete auf Elvira, die immer noch in der offenen Haustür stand. »Wieso sitzt du hier noch rum?! Tu, was sie sagt! Oma wartet!«

Johannes holte tief Luft. »Hör zu, Alexandra, ich muss mit Elvira reden, das bin ich ihr schuldig. So was lässt sich nicht eben mal zwischen Tür und Angel besprechen. Das musst du doch einsehen!« Er machte eine kurze Pause, um seinen entscheidenden nächsten Worten nachhaltigere Wirkung zu verleihen. »*Ich werde ihr alles sagen*! Ich stelle mich vor sie hin und sage ihr, dass du – und nur du allein – die Frau bist, die ich immer wollte.« Erwartungsvoll hielt er inne, doch Alexandra schien nicht besonders beeindruckt. Ohne ihn eines Blickes zu würdigen, schaute sie immer noch stur aus dem Fenster.

»Äh ... könntest du vielleicht mit reinkommen?«, fragte er kläglich.

Sie fuhr zu ihm herum. »Hast du sie noch alle? Kommt nicht in Frage! Ich bleib keine Minute länger hier! Tu, was du willst, aber lass mich bitte aus dem Spiel. Und jetzt raus! Oder muss ich erst nachhelfen?«

Ihrer Unheil verkündenden Miene war anzusehen, dass sie es ernst meinte. Johannes machte keine weiteren Versuche, sie umzustimmen. Diese Sache musste er allein durchstehen, und er konnte von Glück sagen, wenn es ihm später überhaupt gelang, Alexandra wieder wohlgesonnen zu stimmen.

Er seufzte. »Na gut, dann muss ich eben nachher mit dem Taxi zurückfahren.«

Einen Moment lang überlegte er, ob er sie zum Abschied küssen sollte, entschied sich aber dagegen, als er ihr umwölktes Gesicht sah. Zögernd stieg er aus, dann warf er die Tür zu und beugte sich durchs Fenster.

»Wir sehen uns dann später«, sagte er hoffnungsvoll.

Ohne Erwiderung ließ Alexandra den Motor an und setzte ruckartig zurück; Johannes schaffte es gerade noch, zur Seite zu springen und seine nackten Füße in Sicherheit zu bringen. Belauert von Elvira, die immer noch oben auf der Treppe ausharrte, blieb er stumm stehen und wartete darauf, dass Alexandra wegfuhr.

Oder dass sie es sich anders überlegte und ausstieg.

Doch diese Hoffnung zerschlug sich sofort. Siedend vor Zorn wendete Alexandra den Wagen in der Zufahrt und raste in halsbrecherischem Tempo davon.

Wendemanöver

Sie fuhr wie eine Verrückte, das Gaspedal bis zur Bodenmatte durchgetreten. Ihre Wut kannte keine Grenzen. Was bildete sich dieser Widerling eigentlich ein? Erwartete er allen Ernstes von ihr, dass sie brav hinter ihm stand, während er Elvira abservierte? Was glaubte er denn, wer er war? Eine Art Casanova vielleicht, der darauf bestand, all seine Frauen um sich zu scharen, um sie ganz nach Belieben manipulieren und gegeneinander ausspielen zu können? Nein, nicht mit ihr! Sie war fertig mit ihm, ein für alle Mal! Sollte er doch mit Elvira Schluss machen! Dann hatte er eben überhaupt keine Frau mehr! Das geschah ihm nur recht! Falls er hinterher die Frechheit aufbrachte, bei ihr angekrochen zu kommen, um schönes Wetter zu machen, würde sie ihm schon den Marsch blasen! Sie schwor sich, ihm mindestens ein blaues Auge zu verpassen. Und ihn anschließend für immer zum Teufel zu schicken. Sie würde schon allein klarkommen. Heutzutage wimmelte es nur so von ledigen Müttern in der Welt. Wer brauchte schon den Kindsvater? Geschweige denn überhaupt einen Mann?

Männer waren wie Grippe: Ab und zu fing man einen ein, richtete sich mit ihm ein, hatte ihn am Hals – und wurde ihn wieder los. So war das Leben.

Alexandra hatte sich so in ihre Wut hineingesteigert, dass sie gar nicht merkte, wie sich in ihren Augen Tränen sammelten und langsam überflossen. Erst, als die Tropfen auf ihre nackten Oberschenkel fielen, begriff sie, dass sie haarscharf am Rande eines Nervenzusammenbruchs entlangschrammte. Ohne etwas dagegen tun zu können, heulte sie laut auf. Außer sich über ihre eigene Gefühlsduseligkeit hieb sie mit der Faust auf die Hupe, was einen entgegenkommenden Autofahrer um ein Haar dazu trieb, seinen Wagen in die Leitplanke zu steuern.

Um sich abzulenken, legte Alexandra eine CD ein und klopfte energisch im Takt der aufklingenden Musik aufs Lenkrad. Erst ein paar Sekunden später merkte sie, was sie da hörte. Es war Ravels *Bolero*.

Sie schaltete die Anlage aus und wischte sich mit dem Ärmel von Johannes Pyjamaoberteil die Tränen aus dem Gesicht, dann setzte sie an, einen langsam vor ihr fahrenden Laster zu überholen.

Sie hatte Gegenverkehr, weshalb sie auf die rechte Spur zurückscherte, um es gleich darauf erneut zu versuchen. Wieder kam ihr ein Fahrzeug entgegen, und entnervt ordnete sie sich abermals hinter dem Laster ein. Dann erst erkannte sie, was für einen Wagen sie da eben hatte vorbeifahren sehen: Einen angeberisch großen Daimler mit stark zerbeulten Flanken!

Ein Blick in den Rückspiegel überzeugte sie, dass ihre Augen sie nicht getrogen hatten. Julius' lädierte Nobelkarosse! Was das Ziel seiner Fahrt betraf – nun, zu dieser Tageszeit und in dieser Gegend kamen nicht viele Möglichkeiten in Betracht. Alexandra schaute abermals in den Rückspiegel. Die Limousine wurde in der Ferne immer kleiner, bis sie nur noch ein dunkler Punkt auf der Landstraße war.

Alexandra gab sich keinen Illusionen darüber hin, wie das bevorstehende Familientreffen bei Oma Müller in dem scheußlichen Pseudo-Manderley ausfallen würde. Mit Sicherheit würde nicht der Champagner in Strömen fließen, sondern das Blut. Ungebeten drängten sich Worte in ihr Gedächtnis. Worte, die Julius vergangene Nacht Johannes gegenüber geäußert hatte.

Ich hatte ganz vergessen, Ihnen zu sagen, dass Sie jetzt auch Beteiligter sind. Wäre doch schade um Ihre schöne Nase, oder?

Doch was interessierte es sie, was aus Johannes' Nase wurde? Ab sofort ging sie das alles nichts mehr an. Außerdem musste sie an sich selbst denken. Schließlich kriegte sie ein Kind, nicht wahr? Sich mit bewaffneten Schurken herumzuprügeln fiel nicht gerade unter die Rubrik *Erlaubte Sportarten.*

Sie fuhr rechts an den Straßenrand und hielt an, um eine vernünftige CD herauszusuchen, die sie während der restlichen Heimfahrt aufmuntern würde. Zufällig fiel ihr Blick dabei erneut in den Rückspiegel. Die Protzkiste von Julius war längst in der Ferne verschwunden. Vermutlich war er jetzt schon bei seiner Mutter. Und vollauf damit beschäftigt, die Verlobungsvorbereitungen aufzumischen. Indem er beispielsweise den Verlobten um eine Nase kürzer machte.

Selbstverständlich konnte ihr das völlig egal sein. Sie hatte ihre Prinzipien, und das wichtigste und oberste davon lautete, sich niemals mehr von Männern für blöd verkaufen zu lassen. Deshalb kam es auch überhaupt nicht infrage, dass sie Johannes hinterherrannte – so nämlich würde er es zwangsläufig interpretieren, wenn sie plötzlich auf Müller-Manderley auftauchte!

Alexandra atmete tief durch und horchte dann in sich hinein, ob ihre Prinzipien stärker wogen als die Aussicht, dass der Vater ihres Kindes für den Rest seines Lebens ohne Nase herumlief. Sofern er nach der bevorstehenden Begegnung mit Julius überhaupt noch Gelegenheit zum Herumlaufen hätte.

Alexandra beschloss, dass ihre Prinzipien ausnahmsweise eine großzügige Auslegung zuließen. Mit kreischenden Reifen wendete sie und raste denselben Weg zurück, den sie gekommen war.

Alzheimer und andere Gäste

Frau Müller war zutiefst beglückt, dass ihre ganze Familie sich an diesem Tag hier eingefunden hatte. Diesen Zufall fand sie umso bemerkenswerter, als ihre Söhne zu der heutigen Familienfeier überhaupt nicht eingeladen waren – jedenfalls hatte Elvira das behauptet, die aus Gründen, welche Frau Müller vollkommen unbegreiflich waren, zu ihren Onkeln kein besonders herzliches Verhältnis unterhielt. Unter diesem beklagenswerten Zustand litt Frau Müller schon von jeher, wusste sie doch, wie sehr ihre Söhne der Kleinen zugetan waren. Vor allem ihr Jüngster, Julius. Er liebte seine Nichte zärtlich, da sie ihn an seine innig geliebte große Schwester erinnerte,

Frau Müllers einzige Tochter Elsbeth, die vor zehn Jahren mit ihrem Mann, Elviras Vater, bei einem Bootsunglück ums Leben gekommen war.

Elvira hatte, sehr zu Frau Müllers Leidwesen, vorhin mit ungebührlicher Abneigung reagiert, als Hubert so unerwartet aufgetaucht war. In gewisser Weise fand Frau Müller ihre Reaktion trotzdem verständlich, denn Hubert hatte nicht besonders gepflegt ausgesehen, ja, ihr war es sogar so vorgekommen, als hätte er überhaupt nichts angehabt. Momentan war er oben, um sich ein wenig frisch zu machen und sich umzukleiden. Darauf hatte Frau Müller bestanden, schließlich erwartete man noch andere Gäste. Auch der andere junge Mann – obwohl Frau Müller ihn sehr genau angeschaut hatte, war sie sich nicht sicher, ob sie ihn kannte – hatte sich nach oben begeben müssen, wo Elvira ihn mit passender Kleidung versorgt hatte.

Julius dagegen, der gute Junge, war wie immer angemessen gekleidet, im hellen, tadellos geschnittenen Sommeranzug mit dazu passenden Schuhen. Die orthopädische Halsstütze war sogar farblich auf den Stoff seines Jacketts abgestimmt. Leider hatte er damit Elvira nicht gnädiger stimmen können, die bei seinem Anblick womöglich noch verärgerter gewirkt hatte als beim Auftauchen von Hubert.

Vielleicht, sinnierte Frau Müller, hing Elviras Groll auch damit zusammen, dass Julius so viele Leute mitgebracht hatte, die ebenfalls alle nicht eingeladen waren. Frau Müller kannte keinen davon, ließ es sich aber nicht anmerken.

In der letzten Zeit kam es häufig vor, dass Leute, die sie noch nie gesehen hatte, vorgaben, auf vertrautem

Fuße mit ihr zu stehen. Als sie sich einmal darüber bei Julius beschwert hatte, hatte er behauptet, dass das schon in Ordnung ginge, und dann hatte er ihr empfohlen, in solchen Fällen einfach so zu tun, als würde sie die betreffenden Leute tatsächlich schon ewig kennen, dann würde kein Mensch merken, dass sie Alzheimer hätte. Daraufhin hatte sie sehr intensiv nachgedacht und sogar die alten Fotos vom Dachboden geholt, doch weder in ihrer verblassenden Erinnerung noch in den Alben hatte sie jemanden entdeckt, der Alzheimer hieß. Dafür war ihr ein reizendes Foto von Hubert und Julius als Knaben in die Hände gefallen. Julius trug darauf einen entzückenden Matrosenanzug, den sie ihm selbst zum sechsten Geburtstag genäht hatte, und Hubert hatte beide Füße bis zu den Knien in Gips, weil er damals beim gemeinsamen Spiel mit Julius ein wenig unvorsichtig gewesen war. Frau Müller erinnerte sich dunkel, dass ihr verblichener Gatte den armen Hubert noch zusätzlich hatte bestrafen müssen, weil er tatsächlich behauptet hatte, dass Julius ihn vom Baum geschubst habe.

Julius würde sich freuen, wenn er hörte, dass Hubert heute ebenfalls gekommen war. Frau Müller hatte es ihm noch nicht gesagt, denn sie wollte die nette Überraschung nicht verderben. Voller Stolz betrachtete sie ihren Jüngsten, der im Lieblingssessel seines Vaters vor dem Kamin saß, direkt unter dessen schönster Trophäe, einem ausladenden Zwölfender. Neben Julius saß ein anderer Mann, der ziemlich groß und kräftig war und mit Kennermiene die Geweihe an den Wänden betrachtete. Julius hatte ihn ihr vorgestellt, doch sie hatte den Namen nicht verstanden. Dafür kannte sie den Namen des zweiten Mannes, der drüben neben der Blondine auf dem Sofa saß, weil sie früher – wann war ihr allerdings entfallen – einmal einen Dackel besessen hatte, der Hugo hieß.

Sie überlegte, ob diese großbusige blonde Person neben Hugo vielleicht ihre Schwiegertochter war, doch sie konnte sich beim besten Willen nicht an eine Hochzeit eines ihrer Söhne erinnern. Trotzdem kam ihr die Frau in dem rosa Kleid irgendwie bekannt war, was aber möglicherweise einfach nur daran lag, dass sie einige auffällige Parallelen zu Julius aufwies, etwa eine verpflasterte Nase und ein schillerndes Veilchen.

»Alle meine Lieben unter einem Dach«, sagte Frau Müller freudestrahlend. »Da macht es fast gar nichts, dass du kein Verlobungsgeschenk für deine Nichte mitgebracht hast!«

»Ich wusste gar nicht, dass sie sich überhaupt verlobt«, gab Julius stirnrunzelnd zurück. »Mit wem? Wo ist der Kerl?«

»Er ist oben und badet«, sagte Elvira patzig. »Und wehe, du machst auch nur eine blöde Bemerkung über ihn, wenn er nachher runterkommt!«

»Ja, versprich mir, dass du nett zu ihm bist!«, sagte Frau Müller besorgt. »Und dass du dich vor allen Dingen nachher bei der Feier gut benimmst!«

Sie erinnerte sich plötzlich an die erste Verlobungsfeier ihrer Tochter Elsbeth und das damalige Missgeschick beim Entkorken einer Weinflasche.

Hatte nicht damals Ansgar, Elsbeths erster Verlobter – ihren zweiten Verlobten und späteren Mann Friedhelm Nickel hatte Elsbeth erst Jahre später kennen gelernt –, Stein und Bein geschworen, es sei gar kein Unfall gewesen, sondern Julius hätte ihm den Korkenzieher absichtlich in die Hoden gebohrt?

Man hatte dem armen Ansgar operativ einen Testikel entfernen müssen, was dann auch rasch zur Auflösung der Verlobung geführt hatte, nachdem Julius Elsbeth davon überzeugt hatte, dass ein Mann ohne einen kompletten Satz Fortpflanzungsorgane wohl kaum als Ehemann die erste Wahl sei.

»Alzheimer«, wandte sich Julius mit leiser Stimme an Marius, doch seine Mutter hatte es trotzdem gehört. Ihre Ohren waren noch ausgezeichnet. Ein schwaches Triumphgefühl erfüllte sie. Jetzt hatte sie den Namen herausgefunden, ohne direkt danach fragen zu müssen! Und sie hatte auch schon einen Anknüpfungspunkt für ein nettes Gespräch, war ihr doch sofort aufgefallen, wie interessiert er die Geweihe betrachtet hatte.

»Sind Sie vielleicht auch Jäger, Herr Alzheimer?«

Silberfische

Johannes zögerte den Moment, in dem er aus der Wanne steigen musste, absichtlich hinaus. Das lag nur zum Teil daran, dass er dann die ziemlich streng riechenden Sachen von Elviras Opa würde anziehen müssen. Der eigentliche Grund seines Unbehagens war die Aussicht, anschließend die Treppe hinabsteigen und Elvira gegenübertreten zu müssen, um ihr endlich die ganze, ungeschminkte Wahrheit zu sagen. Vorhin hatte er es beim besten Willen nicht fertig gebracht, nicht, wenn die Großmutter die ganze Zeit dabei stand und ihn mit ihrem seltsam durchdringenden und dabei zugleich abwesenden Blick durchbohrte. Sie hatte ihn nicht eine Sekunde aus den Augen gelassen, weshalb Johannes beschlossen hatte, sich zunächst ein wenig herzurichten, um Elvira wenigstens in Würde gegenübertreten zu können.

Das Badewasser in der uralten, klauenfüßigen Wanne war schon fast kalt. Johannes hätte gern noch heißes Wasser nachlaufen lassen, doch dazu hätte er die richtigen Knöpfe an dem noch aus Vorkriegszeiten stammenden, abgehackt vor sich hintuckernden Boiler drücken müssen, ein Experiment, von dem er lieber die Finger ließ.

Nachdenklich betrachtete er die Silberfischchen, die aus den Ritzen zwischen den alten Steinfliesen gekrochen kamen und geschäftig über den Fußboden huschten, als hätten sie dort wichtige Aufgaben zu erledigen. Worin wohl die Aufgaben eines Silberfischchens bestehen mochten? Herumkriechen, in einer Ritze verschwinden, wieder daraus auftauchen, erneut herumkriechen und so weiter? Womit sich sogleich die Frage stellte, was die Silberfischchen zwischen den Ritzen taten und wohin sie gingen, wenn jemand auf die Idee verfiele, Mörtel in die Fugen zu schmieren?

Ob Elvira früher auch hier in der Wanne gesessen und über diese tief schürfenden philosophischen Grundfragen der Badezimmerkultur – beziehungsweise Subkultur – nachgedacht hatte? Er wusste, dass sie zwischen ihrem zwölften und achtzehnten Lebensjahr hier gelebt hatte, weil ihre Oma sie zu sich genommen hatte, nachdem ihre Eltern verunglückt waren. Arme Elvira! Die Vorstellung, dass das Mädchen in diesem düsteren Klotz von Haus bei einer senilen Alten eine freudlose Jugend verbracht hatte, erleichterte es ihm nicht gerade, ihr mitzuteilen, dass die Verlobung leider ausfiel.

Mit achtzehn Jahren hatte Elvira sich ein Zimmer in der Stadt genommen, wo sie zunächst eine Hauswirtschaftsschule besucht und später eine Ausbildung als Gastronomiefachwirtin absolviert hatte. Sie hatte ihm erzählt, dass ihr Arbeit, Pflichterfüllung und Erfolg im Beruf immer über alles gegangen seien, weshalb sie auch zu ihm, Johannes, von Anfang an diese besondere Verbundenheit gefühlt habe. Genau das waren ihre Worte gewesen. Für sich selbst hatte Johannes das so übersetzt, dass nicht seine Küsse, sondern seine Michelin-Sterne ihr Herz höher schlagen ließen.

Über Alexandra hatte er bislang längst nicht so viel in Erfahrung bringen können wie über Elvira. Mal sehen ... Was wusste er überhaupt von ihr? Einiges hatte sie ihm während der Fahrt hierher erzählt, doch das war nicht die Welt gewesen.

Sie hatte Sport studiert und mit einem Diplom abgeschlossen – daher ihre beneidenswerte körperliche Fitness –, aber in ihrem erlernten Beruf keine Stelle gefunden.

Sie betrieb eine Detektei, die sie vor zwei Jahren von einem Bekannten übernommen und später um jenen besonderen Spezialservice erweitert hatte, dem er selbst zum Opfer gefallen war.

Davor hatte sie ihre Brötchen mit diversen anderen Tätigkeiten verdient, etwa als Fahrerin für einen Kurierdienst, als Sekretärin in einem Maklerbüro und schließlich als Aushilfskraft in einer Sicherheitsfirma. Darüber war sie schließlich auch zu ihrer eigenen Firma gekommen.

Außerdem fuhr sie einen alten Golf, war dreißig Jahre alt, sprach Hochdeutsch, konnte Karate und vermutlich auch schießen (ob sie für die Pistole einen Waffenschein besaß? – er musste sie gelegentlich danach fragen!), war nett zu ihrer Angestellten, erledigte zuverlässig die ihr erteilten Aufträge.

Sie war etwa einsfünfundsiebzig groß, hatte langes brünettes Haar, perfekt gepflegte Zähne, mochte seinen Kaffee und seine Zabaione und auch sonst einiges an ihm.

War das schon alles?

Er wusste, dass sie sehr impulsiv war und es nicht ausstehen konnte, wenn man ihr dumm kam. Außerdem kannte er natürlich ihren göttlichen Körper mit diesen wunderbaren kleinen Tattoos – wenn er nur an die Schildkröte dachte, wurde ihm schon heiß –, und er wusste genau, welche Geräusche sie von sich gab, wenn er mit ihr schlief, doch er hatte keine Ahnung von ihrer Familie und ihren Hobbys. Er wusste nicht, ob sie geschieden war, wie sie wohnte, mit wem sie in ihrer Freizeit zusammen war, ob sie gern den Jahrmarkt besuchte, Ski fuhr, las, ins Kino ging, wanderte.

Insgesamt betrachtet war dies vermutlich ein bedenkliches Informationsdefizit, vor allem, wenn er berücksichtigte, dass Alexandra ein Kind von ihm bekam.

Nun, was immer sie gern oder ungern tat – er würde es über kurz oder lang sicherlich herausfinden. Das Wichtigste wusste er ohnehin schon, und bei dieser Erkenntnis fühlte sich das Badewasser überhaupt nicht mehr kalt an: Alexandra war die Frau seines Lebens.

Auf der Pirsch

Die Frau seines Lebens ließ den Golf in sicherem Abstand zum Haus ausrollen, um nicht vom Haus aus gesehen zu werden. Julius' Limousine stand direkt vor der Treppe, also gab es keinen Zweifel, dass er inzwischen hier eingetroffen war.

Alexandra stieg aus und ging aufs Haus zu. Nach ein paar Schritten besann sie sich und ging zurück zum Wagen. Sie holte die Pistolen und das Messer aus dem Handschuhfach und brachte alles, so gut es ging, in den Seitentaschen von Johannes' Pyjamajacke unter. Das Gewicht der Waffen zerrte an dem dünnen Seidenstoff und beulte den Saum beträchtlich aus, doch die Taschen hielten, und das war die Hauptsache.

Das Müller'sche Anwesen lag still da, mit vorgezogenen Sonnenblenden, stumm brütend in der Vormittagshitze wie ein schläfriges Ungeheuer, die dunkle Eichentür verschlossen, aber auf eine heimtückische Art, die keinen Zweifel daran ließ, dass das gefräßige Maul blitzartig aufklappen würde, sobald sich ein ahnungsloses Opfer über die Treppenzunge zu nahe heranwagte.

Geduckt huschte Alexandra die Stufen hoch. Vor der Tür blieb sie stehen und zückte Julius' Messer, mit dem sie begann, im Schloss herumzustochern. Sie hatte kaum die Spitze hineinpraktiziert, als unvermittelt die Tür aufgerissen wurde.

Frau Müller stand vor ihr und starrte sie an.

»Äh … Tag«, stotterte Alexandra, das aufgeklappte Messer in der erhobenen Hand, fieberhaft überlegend, wie sie die alte Dame daran hindern sollte, das ganze Haus zusammenzuschreien. Doch die schien nichts dergleichen vorzuhaben, denn sie sagte nur freundlich: »Ach, da sind Sie ja schon.«

»Ja«, stieß Alexandra hervor.

»Wollen Sie gleich durchgehen?«

»Wohin?«, wagte sie zu fragen.

»In die Küche natürlich. Immer geradeaus durch den Flur, und dann hinten die letzte Tür links.« Sie legte den Kopf schräg. »Oder rechts, von Ihnen aus gesehen.«

»Wer ist da, Mama?«, ertönte Julius' näselnde Stimme durch die offen stehenden Flügeltüren zum Salon.

»Bloß der Partyservice«, rief Frau Müller. »Wir erwarten ja schon die ersten Gäste nachher zum Mittagessen!«

»Sie sollen ruhig ein bisschen mehr Futter reinbringen«, rief Julius. »Marius hat immer einen guten Appetit!«

Also war Marius auch hier. Alexandra wartete, bis die Alte zurück in den Salon gegangen war, dann schlich sie weiter, durch ein dämmeriges Vestibül in die fast ebenso düstere Diele, sorgsam darauf bedacht, nicht ins Blickfeld der Leute zu geraten, die sich im Salon aufhielten und deren Unterhaltung gedämpft durch den Türspalt zu hören war.

Das Innere des Hauses – zumindest das, was Alexandra zurzeit davon sah – war von ähnlich bedrückender Hässlichkeit wie die Außenansicht. Die Wände der Diele – eigentlich war es eher eine Halle – waren mit wuchtigen, dunklen Eichenpaneelen getäfelt, die fast bis zur Decke reichten. An einer Wand hing ein staubiger Gobelin, der eine Jagdszene mit einem Trupp fröhlich dreinschauender Grünröcke zeigte, die stolz eine Strecke von niedergemetzelten, blutüberströmten Hirschen umringten.

In einer Ecke der Halle stand als einziges Möbelstück ein im Verhältnis zu den Ausmaßen des Raums lächerlich winziges Tischlein mit einem Telefon.

Die Garderobe war, wie Alexandra als Nächstes sah, in einem kleinen Nebenraum mit niedriger Decke untergebracht, von dem eine weitere Tür abging, hinter der Alexandra die Gästetoilette vermutete.

An der gegenüberliegenden Seite der Halle führte ein schmaler Gang tiefer in das Haus hinein; dort ging es allem Anschein nach zu den Wirtschaftsräumen, unter anderem wohl auch zur Küche.

Linker Hand führte eine breite, mit dunkelgrünem Stragula belegte Steintreppe in zwei Absätzen hinauf zum ersten Stock.

Alexandra stand unentschlossen auf den kalten Mosaikfliesen mitten in der Halle, der dahinplätschernden Unterhaltung im Salon lauschend. Julius erzählte gerade, wie er einmal seinem Vater geholfen hatte, einen Hirsch auszuweiden.

»Der war noch richtig warm. Das Gedärm hat vielleicht gedampft, kann ich euch sagen!«

»Iiih!«, rief Shanice. »Das ist doch total ekelhaft!«

»Du hast ja keine Ahnung!«, blaffte Julius sie an.

»Die Leber ist das Beste«, warf Marius ein. »Die kann man gleich roh essen, nach Waidmannsart.«

»Ich hasse Leber!«, verkündete Shanice angeekelt. »Und dann auch noch roh! Ärgs!«

»Halt's Maul«, sagte Julius.

»Julius!«, verbat seine Mutter sich diesen Ton, dann sagte sie: »Hast du Herrn Alzheimer schon die ausgestopften Füchse im Keller gezeigt?«

Während Alexandra noch überlegte, wer zum Teufel

Herr Alzheimer war – ob der hier wohnte? Sie hatte draußen kein zweites Auto gesehen! –, sagte ein anderer Mann, dessen Stimme sie nicht kannte: »Ich finde Jagen echt brutal. Ich meine, die Tiere sind doch gar nicht darauf vorbereitet, dass jemand sie umlegen will. Die armen Viecher spazieren nichts ahnend durch den Wald und äsen so vor sich hin ...« – hier unterbrach er sich und ließ aus unverständlichen Gründen ein keckerndes Gelächter hören – »... und dann macht es auf einmal *Bumm*, und sie fallen tot um.«

»Scheiß drauf«, sagte Julius.

»Julius!«, rief Frau Müller.

»Ich finde, der Hugo hat da total Recht«, erklärte Shanice. »Tiere sind irgendwie unschuldig. Und auch ganz ahnungslos.«

»Logisch«, sagte Marius. »Sonst würden sie ja sofort abhauen, wenn sie einen Hochsitz sehen.«

»Marius kann unheimlich gut einen Hirsch nachmachen, Mama. Darin war er sogar Deutscher Meister.«

»Ist das wahr?«, staunte Frau Müller.

»Marius, mach doch mal den Killerhirsch.«

»Meinst du den *Kampfruf des Rudelführers?*«, vergewisserte sich Marius.

»Meinetwegen auch den. Mach mal.«

»Ich weiß nicht«, zierte sich Marius.

Hugo oder Herr Alzheimer, oder wie immer der Kerl hieß, kriegte einen Hustenanfall, und Alexandra fand, dass es höchste Zeit für einen kleinen Erkundungsgang durchs Haus sei. Irgendwo musste Johannes sich ja aufhalten, und sie konnte wohl getrost davon ausgehen, dass er nicht mit den anderen im Salon saß, denn in diesem Fall hätte man sich dort sicher nicht so ungezwungen gegeben. Die Entscheidung, wo sie sich zuerst umtun sollte, wurde ihr von unerwarteter Seite abgenommen. Eine Frauenstimme sagte hinter ihr: »Hallo, hier ist der Partyservice.«

Alexandra fuhr erschrocken herum und sah sich einer Frau gegenüber, die eine gewaltige Platte mit belegten Brötchen balancierte. Gekleidet war sie in einen schwarzweiß-gestreiften Kittel, der Alexandras Pyjamaoberteil auf verblüffende Weise ähnelte. »Die Haustür war offen«, sagte die Frau und musterte Alexandra von oben bis unten, anscheinend nicht ganz sicher, was sie von deren Aufzug halten sollte.

»Die Küche ist da hinten«, zischte Alexandra, »den Gang durch bis zum Ende, und dann die letzte Tür links. Nein, rechts.«

»Wer ist da?«, rief Julius aus dem Salon.

»Partyservice«, rief die Frau, dann machte sie sich auf, die Küche zu suchen.

Alexandra hörte, wie im Salon Stuhl- oder Sesselbeine über den Boden scharrten. Sie wartete nicht ab, ob jemand herauskäme, um nach dem Rechten zu sehen. Mit wenigen Sätzen war sie auf der Treppe und hetzte in Riesensprüngen hinauf, gerade noch rechtzeitig, denn sie hatte kaum den oberen Absatz erreicht, als unten in der Halle Julius' Stimme zu hören war. »Ich hätte gerne jetzt schon eine Kleinigkeit. Ein Schinkenbrötchen oder so. Geht das?«

Bolero im Badezimmer

Der obere Flur war ähnlich dimensioniert wie die Halle im Erdgeschoss. Ringsherum gingen Türen ab – in diverse Schlafzimmer, wie Alexandra vermutete – und eine weitere Treppe führte nach oben ins Dachgeschoss, wo es sicher noch mehr Schlafräume gab, in denen kein Mensch schlief.

Hier oben war der Fußboden genau wie die Treppe mit scheußlichem grünen Stragula ausgelegt, im selben Farbton wie die altersfleckige Textiltapete, die die Wände verunzierte. Zahlreiche gerahmte Ölschinken und Drucke kündeten von exzessiver Jägerleidenschaft. Da vorn war eine Rotte von Wildschweinen zu sehen, auf die gerade ein schießfreudiger Waidmann anlegte, dort hinten versammelten sich berittene Jäger zur Fuchsjagd, weiter drüben reckte ein kühner Hirsch sein vielzackiges Geweih, an anderer Stelle verströmte einer seiner weniger glücklichen Artgenossen – effektvoll im verschneiten Wald – sein Lebensblut vor die Füße seines grün gewandeten Mörders.

Während sie noch überlegte, hinter welcher der zahlreichen Türen sie zuerst nachschauen sollte, hörte sie den Gesang.

Es klang wie – Alexandra neigte lauschend den Kopf, weil sie es zuerst gar nicht glauben wollte – der *Bolero* von Maurice Ravel. Ein brummiger Bariton sang ohne den Hauch von Musikalität, dafür aber mit wahrer Inbrunst die Melodie des Stücks; der Text lautete *bam-bam, bam-bam, didadida, bam-bam, bam-bam.*

Alexandra hatte Johannes noch nie singen gehört,

wusste aber sofort, dass er es war. Horchend schritt sie die Reihe der Türen ab, bis sie glaubte, die richtige gefunden zu haben. Außer seinem Gebrumm war auch das Plätschern von Wasser zu vernehmen. Er schien zu baden. Hoffentlich allein, wenn ihm sein Leben lieb war.

»Johannes?«, rief sie leise und klopfte an die Tür.

»Alexandra?«, kam es ungläubig von drinnen zurück.

Die Tür wurde entriegelt und dann aufgerissen, und Johannes stand vor ihr, tropfnass und nackt bis auf ein Handtuch, das er um seine Lenden gewickelt hatte. Wasser triefte aus seinen Haaren und rann über seine Brust, und Alexandra schluckte, weil er so gut gebaut war. Bei seinen nächsten Worten fühlte sie, wie ihre Wut restlos verrauchte.

»Ich habe gerade an dich gedacht!«, sagte er glücklich.

Er fasste sie beim Arm und zog sie in das altmodische Badezimmer, drückte die Tür wieder ins Schloss und schob den Riegel vor.

»Du hast es dir anders überlegt!« Er nahm sie in die Arme, wobei das Handtuch herabfiel. »Ich wusste es! Das ist dieser animalische Magnetismus zwischen uns, diese einmalige erotische Anziehungskraft …«

»Quatsch nicht so viel«, schnitt sie ihm das Wort ab. »Zieh dich lieber an. Julius ist da.«

Johannes trat zurück – splitternackt, wie Alexandra errötend feststellte – und blickte sie fassungslos an. »Nicht schon wieder! Wie konnte er uns so schnell finden? Hat dieser Kerl übersinnliche Kräfte?«

»Nein, wahrscheinlich hat das Schicksal ihm einen Royal Flush gegeben. Jetzt mach schon, beeil dich. Zieh dich an.«

Johannes hob das Handtuch auf und trocknete sich

flüchtig ab, dann zwängte er sich rasch in die Kleidungsstücke, die Elvira für ihn herausgesucht hatte. Es handelte sich um eine schlabberige Herrenhose mit Fischgrätenmuster, deren Beine kaum bis zu den Knöcheln reichten und die an Hüften und Gesäß hing wie ein Sack. Das Hemd – ein uraltes Modell aus den Fünfzigern – spannte unter den Armen und über der Brust, und die Strickweste, die von einem stumpfen, undefinierbaren Farbton war, wies zahlreiche herausgezogene Wollfäden auf und stank bestialisch nach Mottenkugeln. Als Fußbedeckung hatte Elvira ihm ein paar ausgelatschte, hinten offene Filzpantinen bereitgestellt, da die Füße ihres Opas drei Nummern kleiner gewesen waren als die von Johannes.

Johannes musterte sich zweifelnd in dem altersfleckigen, angelaufenen Badezimmerspiegel. »Ich weiß nicht. Das sieht ja so was von bekloppt aus!«

»Einen schönen Menschen kann nichts entstellen«, behauptete Alexandra.

»Findest du?« Er riss an dem zu engen Hemdkragen. »Ich kann unmöglich so unter die Leute gehen.«

»Du sollst nicht unter die Leute gehen, du sollst lediglich mit runter zu meinem Auto gehen und mit mir abhauen. Jetzt, wo du mit Elvira alles geklärt hast, gibt es keinen Grund, länger hier rumzuhängen. Apropos – wie hat sie denn darauf reagiert? War es sehr schlimm für sie?«

Sein betretenes Gesicht ließ einen ungeheuerlichen Verdacht in ihr aufkeimen. »Du hast noch gar nicht mit ihr geredet!«

»Ich bin noch nicht dazu gekommen«, verteidigte er sich.

Sie starrte ihn mit geschlitzten Augen an und überlegte, warum sie ihn nicht einfach in der Wanne da drüben ertränkte. Dann hätte sie endgültig ihre Ruhe, und um seine Nase müsste sie sich auch keine Gedanken mehr machen.

Er sah ihr an, was sie dachte. »Komm schon, diese blöde Eifersucht steht dir nicht. Du weißt genau, dass ich es ihr nachher schon noch gesagt hätte.«

»Oh, das musst du gar nicht. Nicht meinetwegen. Mir ist das völlig egal, ehrlich. Von mir aus kannst du dich ruhig mit ihr verloben oder was immer sie mit dir vorhat.«

Johannes fasste sie bei den Armen und zog sie dicht an sich, bis ihre Nasenspitze sein Kinn berührte. Genau dort, wo das Grübchen war. Die Bartstoppeln kitzelten ihre Haut, und Alexandra wusste nicht, ob das Bedürfnis zu niesen oder das Grübchen zu küssen stärker war.

»Warum musst du immer so bockig sein?«, murmelte er in ihr Haar. Dann begann er, ihren Nacken mit heißen Küssen zu bedecken.

»Weil es eine Scheißsituation ist, darum«, sagte Alexandra atemlos. »Hier im Haus ist eine Frau, die sich mit dir verloben will. Außerdem ist … war sie eine Klientin von mir. Du und ich, wir haben sie hintergangen. Gemeinsam. Nein, noch schlimmer: miteinander. Das ist … Irgendwie ist das total gemein!«

Sie wollte sich abwenden, doch er hielt sie fest. »Nein, das ist Schicksal«, flüsterte er, während er ihr das Pyjamaoberteil von der Schulter zog und ihre Schildkröte küsste. »Ganz einfach Schicksal.«

Dann war sein Mund auf ihren Lippen, und augenblicklich waren alle Vorbehalte vergessen. Außer ihnen und ihren erhitzten Körpern existierte nichts und niemand mehr auf der Welt. Johannes tastete fieberhaft nach den Knöpfen der Pyjamajacke, bis er auf die Idee kam, dass er ja nur die Hände unter den Saum des Oberteils schieben musste, um an ihre nackte Haut zu gelangen. Bei dieser Aktion fielen diverse großkalibrige Schießeisen auf den Fußboden, doch das störte niemanden außer ein paar Silberfischchen, die dabei das Zeitliche segneten.

Alexandra stöhnte, als Johannes immer leidenschaftlicher wurde und sich zielstrebig mit Lippen und Händen zu den anderen Tattoos vorarbeitete. Sie schwankte wie ein Schilfrohr im Sturm und lehnte sich schließlich gegen die Tür, weil sie sonst zu Boden gesunken wäre.

Johannes erging es ganz ähnlich, nur dass er nicht umfallen konnte, weil er bereits vor ihr kniete.

»Das ist höhere Gewalt«, stöhnte er gegen die Schlange, dann wanderte sein Mund zu dem Apfel hinüber. »Elvira wird das schon verstehen.«

»Ja«, keuchte Alexandra. »Ja, das wird sie. Sie muß.«

Und dann sackte sie doch noch zu Boden.

Bruderblues

Hubert befand sich unterdessen ein Stockwerk höher in seinem alten Zimmer. Alle Schlafzimmer der Familie lagen auf dieser Etage. Seine Mutter, die das Haus von ihrem Vater geerbt hatte, behauptete immer, dass man es hier schon immer so gehalten habe. Der Erbauer des Hauses war – gegen Ende des letzten Jahrhunderts – noch mit reichlich Nachwuchs und Dienstboten gesegnet gewesen, doch in den Folgejahren hatte es in einer Generation nie mehr als zwei Nachkommen gegeben, und auch die Dienstboten hatten sich als aussterbende Spezies erwiesen, weshalb seit den Anfängen der Zwanzigerjahre die Schlafräume einer Etage komplett leerstanden.

Es hatte sich so ergeben, dass hauptsächlich die Zimmer im ersten Stockwerk unbenutzt blieben, bis auf eines oder zwei, die für Logiergäste bereitgehalten wurden. Hubert vermutete, dass dies an der Ausgestaltung des Dachgeschosses lag, das im Vergleich zum Rest des Hauses etwas wohnlicher wirkte. Die Decken waren hier nicht ganz so hoch wie in den unteren Stockwerken, aber vor allem waren die Räume kleiner und damit wesentlich besser beheizbar, und die leicht angeschrägten Wände nahmen der Atmosphäre des Hauses hier oben ein wenig von ihrer Düsternis.

Huberts Zimmer, von dem aus man einen schönen Blick auf den Wald hatte, war seit seinem Auszug vor etwa zwanzig Jahren unverändert geblieben, ebenso wie Julius' Zimmer, das nebenan lag. Genau wie bei seinem Bruder bestand das Mobiliar aus einem Schreibtisch, einem Regal, einem Kleiderschrank, einer Kommode und einem Bett nebst Nachttisch, alles aus grundsolider Eiche. Die Holzbohlen des Fußbodens schmückte ein Knüpfteppich aus Schafwolle; den gleichen hatte auch Julius in seinem Zimmer liegen. In seinem Regal fand sich ferner das gleiche Sortiment an Büchern, und auf seinem Nachttisch stand das gleiche gerahmte Foto von Mama und Papa.

Ihre Eltern hatten immer streng darauf geachtet, die beiden Söhne in allen Punkten gleich zu behandeln. Natürlich war ihnen das nicht gelungen, sah man von solch profanen Äußerlichkeiten wie derselben Zimmereinrichtung und denselben Kleidungsstücken einmal ab, denn von Anfang an war klar gewesen, dass nur einer von ihnen beiden der erklärte Liebling ihrer Eltern sein konnte: Julius.

Von seinem Äußeren her entsprach Julius seinem Charakter zwar heutzutage weit eher als damals, doch als Kind war er der Bub mit dem Engelslächeln und den zarten Löckchen gewesen, ein kleiner Cherub, der die Herzen nur so dahinschmelzen ließ. Hubert hingegen hatte schon als Junge wie eine Ratte ausgesehen. Nun ja, wie eine *kleine* Ratte. Er erinnerte sich noch an die Worte seines Vaters, als wäre es gestern gewesen: *Seht euch die kleine Ratte an, behauptet doch glatt, sein Bruder hätte ihn vom Baum gestoßen*!

Hubert hatte in seiner Jugend nie begriffen, womit er Julius zu derlei Gemeinheiten herausforderte. Er war immer der Meinung gewesen, dass es an ihm selbst lag, dass er irgendetwas an sich hatte, das Julius dazu trieb, ihm wehzutun, und deshalb hatte er nie wahrhaben wollen, dass sein Bruder »anders« sein könnte. Dass mit Julius etwas nicht stimmte, war ihm erst später klar geworden, viel später, zu einem Zeitpunkt, als er alt genug war, um zu verstehen, dass es Menschen mit soziopathischer Veranlagung gab.

Er dachte an die verzweifelte Liebe, die ihn durchströmt hatte, als seine Mutter ihm das kreischende Bündel zum ersten Mal in die Arme gelegt hatte – seine früheste Kindheitserinnerung überhaupt. Er hatte das Baby mit Elsbeth zusammen festhalten müssen, weil er noch zu klein gewesen war, um es allein zu tragen.

Hubert war ein typisches Mittelkind gewesen, das häufig unter Bauchweh litt, weil es in allen Bereichen zu kurz kam. Doch er hatte das nie an Julius ausgelassen, im Gegenteil. Julius war für ihn Sonne und Mond zugleich gewesen, ein Wesen von so ätherischer Schönheit und Vollkommenheit, dass er zu Anfang häufig nur staunend vor der Wiege stehen und nicht aufhören konnte, seinen Bruder anzusehen. Das hatte sich in dem Moment geändert, als Julius Verstand entwickelte. Schon als Krabbelkind fand er es zunehmend ergötzlich, Hubert zu quälen. Der Klang von Huberts Aufschrei, etwa bei einem kraftvollen Biss ins Bein, war Musik in Julius' Ohren. Seine Grausamkeit gegenüber Hubert entwickelte sich in demselben Ausmaß wie seine Begabung, vor seinen Eltern das Unschuldslamm zu spielen. Noch bevor er aus den Windeln heraus war, hatte er seine Fähigkeiten vervollkommnet, Hubert vor seiner Umwelt als unfähigen Weichling und feige Petze dastehen zu lassen. Der Sturz vom Baum war nur der Anfang gewesen.

Julius hatte allerdings auch vor anderen schwachen Kreaturen nicht Halt gemacht. Hubert erinnerte sich noch schaudernd an den Igel, den er einmal im Garten gefunden und zum Überwintern ins Haus geholt hatte. Eines Tages hatte er Julius – er mochte damals vielleicht vier oder fünf Jahre alt gewesen sein – im Keller dabei ertappt, wie er dem Igel mit einer Kombizange die Stacheln ausriss und dabei mit leuchtenden Augen erklärte, dass er dasselbe eines Tages auch mit ihm, Hubert, machen werde. Im Laufe der Zeit hatte Julius dieses Versprechen vergessen, doch außer Kombizangen existierten ja auch noch andere nützliche Werkzeuge, etwa Elektromesser, Schrotflinten, Eispickel und Pferdepeitschen.

Hubert hatte diverse Therapien hinter sich, allesamt erfolglos, wie er wusste, denn es war ihm über all die Jahre nicht gelungen, sich von Julius zu lösen.

Julius brauchte nur zu rufen, und Hubert kam angerannt. Julius hatte es immer wieder verstanden, Hubert bei seinen verbrecherischen Machenschaften als Helfershelfer einzuspannen. Hubert hasste sich für seine Schwäche, doch er war nicht fähig, das Gefühl der Machtlosigkeit und demütigen Zuneigung zu überwinden, das ihn stets in Julius' Gegenwart übermannte und ihn alle Schmähungen und Verletzungen ertragen ließ.

Die eigentliche Wende, so erkannte er im Rückblick, war erst durch den Vorfall in der Kläranlage herbeigeführt worden. Der Tod der drei Russen, egal was für Schurken sie auch gewesen sein mochten, hatte in Hubert etwas zum Bersten gebracht. Jeder Mensch hatte nur ein Leben, und es gab nichts Endgültigeres als den Tod. Hubert ahnte seitdem dumpf, dass Julius' nicht zum ersten Mal gemordet hatte, doch es war das erste Mal gewesen, dass Hubert dabei zum Komplizen gemacht worden war. Damals, in der Kläranlage, hatte er den endgültigen Entschluss gefasst, ein neues Leben anzufangen, ein Leben, in dem es keinen Bruder mehr gab.

Nun stand er dicht vor der Verwirklichung seines Plans, so dicht wie noch nie, und Julius ahnte das sehr wohl. Nur so ließen sich seine unerbittlichen Anstrengungen erklären, Hubert von seinem Vorhaben abzubringen. Obwohl Julius sich selbst das niemals eingestehen würde – er hatte Hubert noch nie anders als mit tödlicher Verachtung behandelt –, brauchte er auf seine perfide, verdrehte Art Hubert ebenso sehr wie Hubert ihn.

Doch diesmal, so hatte Hubert sich geschworen, würde

er es schaffen, Julius für immer aus seinem Leben zu bannen. Die unseligen Bande, die sie seit Julius Geburt in perverser Abhängigkeit aneinander schmiedeten, waren im Begriff, durchtrennt zu werden. Es war wie eine Amputation, bei der indes keiner der voneinander zu lösenden Teile wusste, ob er das abgetrennte Glied oder der Rumpf war. Hubert hoffte – nein, er war nahezu sicher –, dass er der Rumpf (mit Kopf!) war, doch darüber würde er letzte Gewissheit erst erlangen, wenn er in Mexiko ankam, im klaren Bewusstsein, seinen kleinen Bruder niemals wiederzusehen.

Ein paar Tage nur noch und es wäre geschafft!

Hier bei seiner Mutter konnte er natürlich auf keinen Fall bleiben, denn Julius würde vermutlich nur zu bald hier auftauchen, um nach dem Rechten zu sehen. Nein, er würde sich bis Mittwoch in einem großen, anonymen Hotel einmieten, am besten in der Nähe des Flughafens. Bei diesem Gedanken fühlte Hubert leichten Ärger in sich aufsteigen. Er könnte schon längst in einem solchen Hotel sitzen, in der sicheren Obhut von Alexandra als Bodyguard, wenn nicht Johannes in seiner penetrant besitzergreifenden Art dazwischengekommen wäre!

Hubert zog sich rasch an; in Ermangelung anderer verfügbarer Bekleidung hatte er sich aus dem Fundus seines verstorbenen Vaters eingedeckt, lauter uralte, muffig stinkende Sachen, die um seinen mageren Körper schlotterten und ihn aussehen ließen wie seinen eigenen Urgroßvater.

Doch das war nur vorübergehend, sagte er sich, die Krokotasche fest im Blick.

Ja, dort lag sie auf dem Bett, und in ihr steckte sein Fahrschein in die Freiheit. Gerade schlug die riesenhafte

Großvateruhr, die schon seit den Kindertagen seiner Mutter draußen auf dem Treppenabsatz stand, zur Mittagsstunde. Zwölf Schläge. Hubert schaute auf seine Armbanduhr. Zwölf Uhr. Wie immer ging die Standuhr genau. Er lauschte dem vollen melodiösen Klang, ganz bewusst dem Gefühl der Wehmut widerstehend, das sich bei dem Gedanken einstellen wollte, dieses wunderbar vertraute Geräusch zum letzten Mal in seinem Leben zu vernehmen. Die Uhr hatte immer etwas zutiefst Tröstliches für ihn gehabt. Als Kind war er manchmal sogar in den Uhrenkasten gekrochen, wie das kleinste der sieben Geißlein. Und Julius, der böse Wolf, hatte ihn vergeblich im ganzen Haus gesucht.

Auf einmal hörte er von der Treppe her Stimmen näher kommen.

Störenfriede

»War da draußen irgendwas?«, fragte Alexandra außer Atem.

»M-m«, keuchte Johannes. Er lag auf ihr und stützte sich mit den Ellbogen auf den nassen, rutschigen Fliesen ab.

»Ich hab aber was gehört!«, behauptete sie.

»Vielleicht die Uhr?«, schlug er schwer atmend vor.

»Nein, da war was anderes!«

Ihn interessierte nicht im Geringsten, ob und was sie gehört haben mochte. Sie war vor ihm zum Höhepunkt gekommen, gerade eben, und ihm selbst fehlten nur noch ein paar Sekunden, bis er auch soweit war.

»Du, da draußen ist jemand!«, zischte sie.

Er biss in ihr Ohrläppchen und verdoppelte seine Anstrengungen.

»Hör mal eben auf, Johannes!«

Das stand nicht zur Diskussion. Zwischen ihm und dem glückseligen Nirwana der Erfüllung lagen allenfalls noch zehn Herzschläge. Er wurde schneller.

Alexandra stemmte die Hände gegen seine Brust. Fünf Herzschläge. Höchstens.

»Kommst du, Johannes?«

»Ja«, stieß er hervor. »Ja, o ja!«

Dann rüttelte jemand an der Klinke, und sein Herz hörte auf zu schlagen. Die Frage war nicht von Alexandra gestellt worden, sondern von jemandem, der auf dem Gang stand.

»Kommst du?«, rief Elvira noch einmal von draußen.

Schlaff sackte er auf Alexandra zusammen. »Jetzt nicht mehr«, murmelte er.

»Johannes?« Elvira rüttelte erneut an der Klinke. »Alles in Ordnung?«

»Ja doch!«, schrie er. »Ich bin gleich fertig!«

Er merkte, dass Alexandra Mühe hatte, ein Kichern zu unterdrücken.

»Brauchst du noch irgendetwas?«, rief Elvira.

»Nein, nein, alles bestens! Ich habe hier alles, was das Herz begehrt!«

Er hörte, wie sich Elviras Schritte entfernten. Matt und ungeheuer frustriert hievte er sich von Alexandras verlockendem Körper. Ihre Miene war unergründlich, als sie seine ausgestreckte Hand ergriff, um sich von ihm aufhelfen zu lassen. Immerhin, so sagte er sich, konnte sie nicht mehr sehr böse auf ihn sein, da er vorhin maßgeblich dazu beigetragen hatte, einen Großteil ihrer inneren und äußeren Spannung abzubauen. Er stieg in die grässlich kratzige Fischgräthose und knöpfte sie zu. Wenigstens einer von ihnen beiden hatte etwas von diesem hitzigen Akt auf dem Fußboden gehabt.

Besonders zufrieden sah Alexandra allerdings nicht aus, wie er sich bei näherem Hinsehen eingestehen musste. Eher besorgt.

»Da ist schon wieder jemand vor der Tür«, flüsterte sie, während sie in Windeseile ihre Unterwäsche und dann die Pyjamajacke überstreifte. Aus einer der ausgebeulten Taschen nahm sie ihre Pistole und entsicherte sie. Mit erhobener Hand gebot sie Johannes, still zu sein, dann legte sie das Ohr an die Türfüllung und horchte. Johannes ertastete beim Zuknöpfen der Strickweste – er konnte sich nicht dazu durchringen, auch das kneifende Hemd wieder anzuziehen – in einer Seitentasche etwas Hartes und holte es geistesabwesend hervor. Es war ein uraltes Gebiss mit gelben, drohend gebleckten Zähnen. Sein erstickter Schreckenslaut ging über in ein schmerzvolles Stöhnen, weil Alexandra ihm prompt auf den Fuß trat, um ihn zum Schweigen zu bringen.

Angewidert warf Johannes das Gebiss – allem Anschein nach Opa Müllers Oberkieferprothese – in die Wanne und schwenkte anschließend seine Hand durch das inzwischen eiskalte Badewasser.

Bemüht, möglichst kein Geräusch dabei zu machen, schob Alexandra vorsichtig den Riegel zurück, dann riss sie mit einem Ruck die Tür auf.

Mit einem verunglückten Purzelbaum kam Hubert ins Badezimmer geschossen. Er schlug heftig mit der Stirn gegen den Wannenrand und blieb benommen auf den

Fliesen liegen, allerdings ohne die Krokotasche loszulassen, die er unter den Arm geklemmt hatte.

»Hubert!« Alexandra eilte zu ihm und half ihm beim Aufstehen. »Was tun Sie denn hier!«

»Ich wollte Herrn Schlumberger warnen. Julius ist im Haus.«

Unterdrückt ächzend befühlte er seine Stirn und nahm dankbar den nassen Lappen, den Johannes ihm reichte. Hubert identifizierte das Ding als altes Hemd seines Vaters, das durch die Wanne gezogen worden war. Er presste es gegen die wachsende Beule auf seiner Stirn und sagte sich, dass es schlimmer hätte kommen können, etwa, indem er mit der Nase voran gegen die Wanne geprallt wäre.

Vorsichtig setzte er sich auf den zugeklappten Toilettendeckel und atmete durch, bis das Schwindelgefühl nachließ. Ihm wurde bewusst, dass er seit gestern weder etwas gegessen noch getrunken hatte.

Alexandra schien zu ahnen, was ihm fehlte. Sie füllte am Waschbecken einen Zahnputzbecher mit Wasser und reichte ihn Hubert. Er trank ein paar Schlucke und verzog dann das Gesicht, denn in seinem Mund breitete sich ein Geschmack aus, als hätte er stundenlang eine Eisenstange abgelutscht. An diesem Waschbecken waren seit bestimmt zwanzig Jahren die Wasserhähne nicht mehr aufgedreht worden. Behutsam wischte er sich mit einem Zipfel des nassen Hemdes die Zunge ab. »Sie sind alle hier«, teilte er ihnen mit gedämpfter Stimme mit. »Julius und seine beiden Schergen. Er war vorhin oben und hat Marius sein Kinderzimmer gezeigt. Und dann kam er zu mir rein. Um ein Haar hätte er mich gesehen! Ich konnte mich gerade noch unterm Bett verstecken!« Mit verklärtem Blick betrachtete er dann Alexandra. »Sie sind ja auch wieder da!«

»Ich hab auf der Rückfahrt seinen Wagen gesehen«, sagte Alexandra ungeduldig. »Was glauben Sie denn, weshalb ich zurückgekommen bin?«

Nicht seinetwegen, wie Hubert sofort klar wurde. Man brauchte die beiden nur anzusehen, um zu wissen, was sich hier noch vor wenigen Minuten abgespielt hatte. Doch das war ihm völlig egal. Er hatte sich seit langem nicht mehr so erleichtert gefühlt wie vorhin bei ihrem unerwarteten Anblick. Sie war zurückgekommen! Und natürlich würde sie ihn ab sofort auch wieder beschützen. Das war schließlich ihr Job. Ein Job, auf den sie sich hervorragend verstand, wie sie bereits mehrfach unter Beweis gestellt hatte. Wenn es jemand schaffte, diese Situation zu einem guten Ende zu bringen, dann sie!

Er räusperte sich. »Was machen wir jetzt?«

Johannes seufzte. Dieses Szenario kam ihm auf unangenehme Weise bekannt war. Schon wieder hatten sie diesen Hubert mitsamt seiner Tasche am Hals! Das konnte zu nichts Gutem führen!

Anscheinend sah Alexandra das ebenso. »Wir sind also wieder genau da, wo wir angefangen haben. Das heißt, nicht ganz.« Sie hob die Pistole. »Diesmal werden wir uns wehren.«

Johannes öffnete den Mund, um sie zu fragen, ob sie für das Ding einen Waffenschein besaß, doch Hubert kam ihm zuvor. Mit begeistert leuchtenden Augen fragte er: »Wollen wir uns den Weg freischießen und dann fliehen?«

Ein Fest wird neu organisiert

Sie blieben eng beieinander, als sie die Treppe hinuntergingen. Die Flügeltüren zum Salon waren angelehnt, und in der Halle waren immer noch vereinzelt Leute vom Partyservice unterwegs. Sie hätten unbemerkt verschwinden können, wenn nicht Johannes aus professioneller Neugier stehen geblieben wäre, um einem der vorübereilenden Schwarzweiß-Kittel ein Kanapee mit Kräuterauflage von der Platte zu mopsen und es zu kosten. Er wiegte den Kopf. »Eine Idee zu viel Kerbel.«

Dieser Leichtsinn traf mit dem Zufall in Gestalt von Marius zusammen, der sich ausgerechnet diesen Augenblick ausgesucht hatte, um aus der Toilette zu kommen. Seine wenig ausgeprägte Intelligenz hinderte ihn nicht daran, mit der Schnelligkeit einer zustoßenden Viper zu handeln, bevor einer von ihnen reagieren konnte. Er streckte seinen langen Arm aus und riss Johannes zu sich heran. Mit der anderen Hand presste er ihm eine Pistole in die Seite. Ganz offensichtlich besaß er mehr als nur eine. Diese hier war viel kleiner als die andere, die Alexandra aus Johannes' Wohnung mitgenommen hatte; sie war so winzig, dass sie beinahe in Marius' Faust verschwand, doch niemand von ihnen bezweifelte, dass sie auf diese kurze Distanz genauso tödlich war. Alexandras eigene Pistole, die sie immer noch in der Hand hatte, nützte in dieser Lage nicht viel. Es war sozusagen ein klassisches Patt.

Im nächsten Moment wurde jede noch verbleibende Hoffnung auf eine Flucht zunichte gemacht: Julius kam aus dem Salon in die Halle und blieb perplex stehen. Dann erfasste er mit einem Blick die Lage. Ein süffisantes

Lächeln verzog sein dickliches Gesicht, und er nickte Marius mit fast fanatischer Begeisterung zu. Die Falle war zugeschnappt. Alexandra würde nicht wagen zu schießen, solange Marius seine Zweiundzwanziger in Johannes' Seite drückte, und jeder der Beteiligten wusste das ganz genau. Alles, was ihnen blieb, war der Versuch, Zeit zu schinden. Doch auch das ließ sich nicht allzu vielversprechend an. Julius war mit zwei Schritten bei Alexandra und entwaffnete sie ebenso flink wie grob. Pistolen und Messer wanderten in seine Sakkotaschen, und er tätschelte erfreut ihren Hintern, weil sie keinerlei Anstrengung unternahm, sich zu widersetzen.

»Braves Mädchen. So ist's richtig.« Er blickte Marius fragend an. »Was meinst du, wollen wir es im Wald machen, oder sollen wir zur Kläranlage rausfahren?«

»Was machen?«, erkundigte Johannes sich mit schwankender Stimme.

»Frag nicht so blöd«, fuhr Alexandra ihn an.

»Ich weiß nicht«, sagte Marius unentschlossen. »In der Kläranlage ist vielleicht um diese Zeit noch zu viel Betrieb. Und im Wald ... das ist so eine Sache ...«

»Ja, da könnten Spaziergänger unterwegs sein«, pflichtete Johannes ihm eilig bei.

»Wir finden schon ein passendes Plätzchen«, meinte Julius zuversichtlich. »Gehn wir erst mal raus.«

Hubert stand mit hängenden Armen mitten in der Halle und verfolgte mit weit aufgerissenen Augen, wie Alexandra und Johannes von Julius und Marius mit Waffengewalt zur Haustür eskortiert wurden. Verzweifelt blickte er sich um, ob denn niemand mitbekam, welche Ungeheuerlichkeit hier passierte, doch die Leute vom Partyservice, die vorhin noch im Salon Tische aufgestellt und

Tellerstöße umhergetragen hatten, schienen sich in Luft aufgelöst zu haben. In der letzten Minute war von ihnen keiner mehr vorbeigekommen.

Es traf ihn wie ein Schlag, mit welcher Sicherheit sein Bruder annahm, dass er, Hubert, hier stehen bleiben und keinen Finger zur Rettung dieser beiden rühren würde! Julius hatte ihm kaum einen Blick gegönnt, so überzeugt war er davon, dass Hubert stillhielt.

Und es war tatsächlich so, denn Hubert fühlte, wie Lähmung seine Beine hochstieg, auf seine Arme überging und schließlich den Rest seines Körpers erfasste, einschließlich seines Gehirns. So war es immer gewesen. Nie hatte er es geschafft, sich aufzulehnen. Stets hatte er nur dagestanden und hilflos zugesehen, gleichviel, ob es ihm selbst oder anderen an den Kragen ging. Da war es nur ein schwacher Trost, dass er noch rasch die Tasche in die Garderobe hatte stellen können, bevor Julius sie zu Gesicht bekam; leider nützte das weder Alexandra noch Johannes.

Nicht er, sondern der Zufall kam den beiden zu Hilfe, gerade, als sie in Begleitung von Julius und Marius das Vestibül erreichten.

»Johannes!«, rief Elvira. Sie kam die Treppe herunter und musterte ihn erstaunt. »Wo willst du denn hin?«

»Nirgends«, versicherte Johannes eilig. »Ich hatte nicht vor, wegzugehen, ehrlich! Ich freu mich schon wahnsinnig auf unsere Feier!«

Trotz der unbestreitbaren Notwendigkeit dieser Aussage konnte Alexandra ein wütendes Schnauben nicht unterdrücken.

Julius starrte seine Nichte an. »Kennst du den Kerl etwa?«

»Spinnst du?«, fragte sie entrüstet zurück. »Das ist mein Freund!«

Frau Müller kam aus dem Salon und äugte in die Runde. »Oh, ihr seid ja endlich fertig«, sagte sie erfreut zu Hubert und Johannes. »Dann setzen wir uns jetzt alle zusammen und stoßen auf das zukünftige Brautpaar an!«

Das verschlug Julius nachhaltig die Sprache. Ihm war anzusehen, dass er heftig nachdachte, während sie alle unter der wohlwollenden Aufsicht seiner Mutter in den Salon gingen. Marius hielt sich dabei eng an Johannes Seite, darauf bedacht, dass Elvira die Pistole nicht zu Gesicht bekam.

Shanice und Hugo, die immer noch nebeneinander auf dem Sofa saßen, schauten beim Anblick der unvermuteten Besucher verblüfft drein, äußerten aber nichts.

»Jetzt wollen wir etwas trinken!« In aufgeräumter Stimmung ging Frau Müller zu einem eichenen Einbauschrank und klappte ein Barfach auf. »Vielleicht kann die nette Dame vom Partyservice die Bedienung übernehmen.«

Alexandra benötigte ein paar Sekunden, bis sie begriff, dass sie damit gemeint war. Ohne Johannes – beziehungsweise den wölfisch grinsenden Marius neben ihm – aus den Augen zu lassen, ging sie zum Schrank.

Zwischen Elviras Brauen bildete sich eine steile Falte, als Alexandra in Johannes' Pyjamaoberteil an ihr vorbeikam, doch sie sagte nichts – ob aus Rücksicht auf ihre Großmutter oder weil sie sich ihre Munition für später aufsparen wollte, war an ihrer Miene nicht abzulesen.

»Ich nehme einen kleinen Sherry«, sagte Frau Müller. »Und du, Julius?«

»Einen Manhattan, wie immer«, sagte er mürrisch, während er sich hinsetzte.

»Für mich einen *Pink Elephant*«, meinte Shanice in boshaftem Ton, »und für Huby einen Daiquiri. Auch wie immer.«

Alexandra panschte wahllos die Gläser aus irgendwelchen Flaschen voll. Sie stand kurz davor, zu explodieren, doch ihr waren die Hände gebunden. Später, schwor sie sich. Dann würde es richtig Zoff geben! Lange würde sie das nicht mehr mitmachen!

Julius erhob sich aus seinem Lieblingssessel unter dem Geweih und schlenderte zu Johannes hinüber, der steif und mit unbewegtem Gesicht zwischen Elvira und Marius vor dem Kamin stand.

»Also, sehe ich das richtig, dass ihr beiden Hübschen euch heute verloben wollt?«

»Was soll das?«, wollte Elvira misstrauisch wissen.

»Nichts, Schätzchen«, sagte Julius und streichelte ihr sanft über die Wange. »Du weißt, ich will dich nur glücklich sehen. Wenn es dein Wunsch ist, diesen Mann zu heiraten, dann soll es so sein. Ich werde schon dafür sorgen, dass niemand dir deine Verlobung versaut.«

»Nicht mit dem Korkenzieher!«, rief Frau Müller entsetzt.

»Wie bitte?«, fragte Julius. »Wovon redest du, Mama?«

»Oh? Ich weiß nicht«, sagte seine Mutter mit nach innen gewandtem Blick, vergebens nach dem Erinnerungszipfel haschend, der eben noch durch ihr Gedächtnis geweht war.

»Mama, willst du nicht rausgehen und Tante Elli und Onkel Oskar begrüßen?«, fragte Julius scheinheilig.

»Ach, sind sie schon da?«, staunte Frau Müller. »Dann sollten wir besser den Barschrank zumachen. Onkel Oskar soll vor dem Essen nichts mehr trinken. Das heißt, eigentlich soll er überhaupt nichts mehr trinken.«

Hubert rutschte unruhig auf seinem Sessel hin und her,

als seine Mutter den Salon verließ und zur Haustür eilte, doch er sagte nichts. Julius hatte etwas vor, bei dem er seine Mutter aus dem Weg haben wollte, doch solange Elvira noch im Raum blieb, würde er schon nicht über die Stränge schlagen.

Dann sah er durchs Fenster, dass draußen tatsächlich ein Wagen vorgefahren war, dem soeben der Cousin seiner Mutter entstieg und gestützt von seiner Frau aufs Haus zukam. Beide, Onkel Oskar und Tante Elli, waren wie seine Mutter schon über achtzig und kamen entsprechend langsam voran, was Julius ausreichend Gelegenheit gab, die Verhältnisse zu klären.

»So, jetzt will ich wissen, was Sache ist«, pflaumte er Johannes an, während er auf Alexandra zeigte. »Wie kannst du dich mit meiner Nichte verloben, wenn diese Schlampe von dir hier rumhängt?«

Er ging zu Alexandra und schubste sie ungeachtet ihrer wütenden Miene zu Marius hinüber. »Wir wollen das jetzt mal klarstellen«, sagte er. »Drei sind einer zu viel, so viel steht fest. Vor allem, wenn zwei davon sich verloben wollen. Deshalb habe ich mir überlegt, dass Marius die kleine Mutti jetzt an einen ruhigen, abgeschiedenen Ort in der Nähe – sagen wir, auf den Dachboden – begleitet und dort auf sie aufpasst, während meine Lieblingsnichte ungestört Verlobung feiert. Später sehen wir dann weiter.«

»Vergiss es«, sagte Alexandra zornig.

Doch Julius hatte bereits sein Messer aufschnappen lassen. Auf seinen Wink hin packte Marius Alexandra beim Arm und zerrte sie zur Tür, während Julius mit dem Messer an Johannes' Nase dafür sorgte, dass weder sie noch er sich zu unüberlegten Aktionen hinreißen ließen.

Elvira sah tatenlos zu, wie Alexandra aus dem Salon

genötigt wurde. Auch schien es sie nicht sonderlich zu stören, dass ihr Onkel ein scharfes Messer in Johannes' Nase bohrte.

»Elvira«, krächzte er bittend.

»Keine Angst, er tut dir schon nichts«, sagte sie nachsichtig. »Er will nur unser Bestes.«

Er schielte über die Schneide des Messers hinweg entgeistert zu ihr hin, doch sie schien keinerlei Anstoß daran zu nehmen, mit welchen Methoden ihr Onkel die Feier organisierte und passenderweise auch gleich den Verlobten gefügig machte. Im Gegenteil, Johannes meinte sogar, in ihren Augen ein höhnisches Funkeln zu entdecken.

»Ich rate dir, dich jetzt wie ein anständiger Verlobter zu benehmen«, erklärte Julius nicht unfreundlich, als er endlich das Messer sinken ließ. »Sonst könnte es für die kleine Mutti da oben mit Marius zusammen sehr ungemütlich werden.«

»Elvira, du kannst doch nicht zulassen, dass dieser Kerl Alexandra …«

»Onkel Julius hat völlig Recht«, unterbrach sie ihn patzig. »Die blöde Kuh ist nicht eingeladen. Da kann sie genauso gut solange auf dem Dachboden warten, bis die Feier zu Ende ist. Dort oben hat sie wenigstens Zeit zum Nachdenken. Ich habe keine Ahnung, wieso sie dir immer noch hinterherrennt, nur weil du sie einmal … weil du einmal einen Moment der Schwäche hattest. Sie muss endlich kapieren, dass sie bei dir keine Chance hat.«

Johannes suchte Blickkontakt mit Hubert, um ihn auf diesem Wege zu einer spontanen Rettungsaktion anzuregen, doch der Bursche saß nur starr auf seinem Sessel und glotzte seinen Bruder an wie die Schlange das Karnickel.

Allmählich wuchs in Johannes der Verdacht, dass sämtliche Mitglieder dieser Familie an irgendeiner Art von erblichem Irrsinn litten, Elvira eingeschlossen.

Sie glaubten offenbar alle miteinander ernsthaft, dass nun einer netten Verlobungsfeier nichts mehr im Wege stand.

Julius fuchtelte mit dem Messer in Huberts Richtung. »Und dir gebe ich genau drei Minuten, um mein Geld zu holen.« Er betrachtete Huberts schlabberige Hosenbeine. »Übrigens – das Zeug von Papa steht dir gut. Du siehst damit Jahre älter aus.« Er kicherte und schaute dabei zu Hugo und Shanice, die sofort pflichtschuldigst lächelten. Nur Hubert schien den Witz nicht verstanden zu haben. Er zeigte überhaupt keine Reaktion, bis auf ein gedankenverlorenes Betasten seines dicken Nasenverbandes.

»Das Geld, Huby!«, donnerte Julius.

Hubert erwachte aus seiner Erstarrung und stand auf. Julius machte mit gezücktem Messer einen Ausfallschritt auf ihn zu, und Hubert sprang mit einem Aufschrei zurück. Julius lachte meckernd.

Wie ein begossener Pudel schlich Hubert zur Tür.

Gäste und Gefangene

In der Halle begegnete er seiner Mutter nebst Onkel Oskar und Tante Elli.

»Hubert, sag Onkel Oskar und Tante Elli guten Tag«, befahl Frau Müller.

Er lauschte mit schräg gelegtem Kopf und hörte, wie

Marius und Alexandra die Treppe vom ersten Stock zum Dachgeschoss hochgingen.

»Hubert«, ermahnte ihn seine Mutter.

»Tag, Tante Elli, Tag Onkel Oskar.« Er küsste zwei faltige Wangen, dann entfernte er sich seitwärts in Richtung Garderobe.

Tante Elli musterte ihn von den Hosenbeinen an aufwärts. »Er sieht seinem Vater von Tag zu Tag ähnlicher, findest du nicht, Oskar?«

»Ich hab Durst«, sagte Onkel Oskar.

Die Türglocke läutete.

»Da kommen schon die nächsten Gäste«, sagte Frau Müller erfreut. »Machst du bitte mal auf, Hubert?«

»Ja, und dann kannst du mir was zu trinken holen«, erklärte Onkel Oskar.

Hubert klemmte sich die Tasche unter den Arm und ging zur Treppe.

»Wo willst du hin, Hubert? Wir haben doch Gäste!«

»Bin gleich zurück, Mama. Dauert nur ein paar Minuten.«

Sein Entschluss, Alexandra aus Marius' Klauen zu befreien, war ebenso spontan wie unwiderruflich gekommen. Er schuldete ihr zumindest einen Versuch. Schließlich hätte sie dasselbe auch für ihn getan. Er *glaubte* zumindest, dass sie es getan hätte, und das war fast so gut, wie es zu wissen.

Geräuschlos huschte er die Treppe hinauf in den ersten Stock, wo er stehen blieb, um erneut zu lauschen. Er hörte, wie Marius sich an der Klappe zum Dachboden zu schaffen machte, und wagte es, weiter die Treppe hochzuschleichen, bis zum Ende des ersten Absatzes, wo er neben der Uhr stehen blieb. Von dort aus konnte er mit gerecktem Hals Alexandra auf der Ausziehleiter zum Dachboden stehen sehen.

»Hier oben gibt's ja nicht mal Licht!«, beschwerte sie sich.

»Mach keinen Ärger, und du kriegst keinen Ärger«, versetzte Marius, von dem nur ein Teil des struppigen Haarschopfs und der Lauf der emporgereckten Pistole zu sehen war. »Solange du schön brav da oben bleibst, geht's auch deinem Lover gut.«

Seine letzte Äußerung veranlasste sie dazu, ohne Widerrede die Leiter zur Gänze hochzusteigen und sich auf den Dachboden zurückzuziehen. Hubert sah, wie Marius die Treppe hochschob und dann mit der dafür vorgesehenen Stange die Klappe einrasten ließ.

Er drückte sich mitsamt seiner Tasche tief in die schattige Ecke neben der Uhr und wartete.

Alexandra stolperte orientierungslos durch die Dunkelheit, die Hände ausgestreckt, um rechtzeitig Hindernisse zu bemerken. Spinnweben hingen vor ihrem Gesicht herab und legten sich über sie wie uralte Schleier aus Moder und Staub. Allmählich gewöhnten sich ihre Augen an die Dunkelheit, und sie erkannte, dass sich am anderen Ende des Dachbodens, zwischen zwei Sparren in der Nähe des Firsts, eine winzige Luke befand. Das trüb einfallende Tageslicht erhellte kaum die Umgebung. Alexandra hielt darauf zu, vorsichtig über allerlei Gerümpel hinwegsteigend und diversen ausrangierten Möbelstücken und alten Kisten ausweichend.

Die Scheibe der Luke war blind von jahrzehntealtem Schmutz, doch Alexandra stellte fest, dass sie sich mit einigem Kraftaufwand öffnen ließ. Sie stemmte sich so lange dagegen, bis der Schließmechanismus quietschend nachgab. Zaudernd betrachtete sie die entstandene Öffnung im Dach und verglich im Geiste den Durchmesser mit ihrem Hüftumfang, doch wenn sie es nicht ausprobierte, würde sie es nie erfahren. Also rückte sie eine in der Nähe stehende Kiste heran, stieg darauf und zwängte ihren Oberkörper ins Freie.

Gleich darauf erfuhr sie zweierlei: Erstens würde sie vollständig hindurchpassen, wenn sie sich so dünn wie möglich machte und ein paar Schrammen an den Hüften in Kauf nahm. Zweitens würde sie nie und nimmer auf diese Weise abhauen können. Von dieser Warte aus betrachtet hatte Müller-Manderley die Höhe eines mittleren Wolkenkratzers. Das Dach war ihr von unten her längst nicht so steil vorgekommen wie von hier oben. Es schien nahezu senkrecht abzufallen, in einer Fläche, die mindestens so groß wirkte wie ein Fußballfeld und die sich endlos bis zur Traufe hin erstreckte; von dort ging es weiter abwärts, in unendliche, gähnende Tiefen.

Die dunklen Schindeln sahen alles andere als griffig aus. Dort, wo sie nicht von Moos überwuchert waren, wirkten sie wie frisch poliert.

Draußen nieselte es. Der Himmel hatte sich im Laufe des Vormittags weiter zugezogen und war mittlerweile von dicken Regenwolken bedeckt. Es sah ganz nach dem angekündigten Gewitter aus.

Nein, da konnte sie sich genauso gut gleich von Julius oder Marius erschießen lassen. Sie kletterte wieder hinein und arbeitete sich durch das Gerümpel zurück zur Leiter, die zusammengeklappt auf der Bodenklappe lag. Natürlich konnte sie das Ding von hier oben aus nach unten stoßen und damit die gleichzeitig die Klappe öffnen, doch das würde nicht ohne einen Heidenlärm abgehen, was bestimmt sofort Marius auf den Plan riefe – und das wäre wiederum mit Konsequenzen für Johannes' Nase verbunden. Inzwischen traute Alexandra Julius alle Schlechtigkeiten zu. Sie hatte den Ausdruck in seinen Augen gesehen. Der Mann war wahnsinnig, daran gab es für sie keinen Zweifel.

Seine rechte und linke Hand Marius war auch reichlich verdreht im Kopf, aber sein eigentliches Problem bestand in seiner Dämlichkeit. Für einen richtigen Psychopathen war er zu blöd. Was ihn jedoch nicht daran hinderte, die Befehle seines Chefs gehorsam und vor allem ungeheuer schnell zu befolgen.

Elvira – oh, ja, auch über deren Geisteszustand hatte Alexandra bereits ihr Urteil gefällt! – war ebenfalls ziemlich schizo, doch bei ihr war es noch nicht allzu weit fortgeschritten; vermutlich hatte sie das ihrer Jugend zu verdanken. Eine gewisse Verschlagenheit, gepaart mit einer boshaften Naivität, deutete jedoch darauf hin, dass sie in ihren späteren Jahren durchaus an die Qualitäten ihres Onkels würde heranreichen können. Nun ja, schwächte Alexandra ihre Einschätzung gleich darauf ab, vielleicht würde sie sich auch in eine Richtung entwickeln, die eher dem Naturell ihrer Oma entsprach: Irre, aber harmlos.

Tja, und was gab es über Hubert zu sagen? Der war vielleicht nicht ganz so durchgeknallt wie sein Bruder, hatte aber natürlich ebenfalls ein Rad ab. Das Verhältnis der beiden erinnerte Alexandra ein wenig an die Sado-Maso-Nummer, die sie im Schaufenster gesehen hatte, damals, an dem Abend, als sie den Treuetest mit Julius durchgezogen hatte. Welcher normale Mensch würde denn schon solche Folterungen, wie Julius sie Hubert anscheinend seit früher Jugend angedeihen ließ, mit dieser stoischen Duldsamkeit ertragen?

Ja, Hubert war eindeutig mehr als nur leicht neurotisch.

Das Schlimme war, dass er momentan ihre einzige Hoffnung war.

Entlobungsfeier

Der Salon hatte sich auf einen Schlag gefüllt; die meisten Gäste waren pünktlich zum Mittagessen eingetroffen, das kurz vorher von den Leuten des Partyservices hereingebracht und auf eigens dafür aufgestellten Tischen als warm-kaltes Büfett angerichtet worden war. Johannes kannte den Chef des Unternehmens persönlich, er hatte eine Zeit lang mit ihm zusammen gearbeitet, früher, als er noch angestellter Koch in einem anderen Restaurant gewesen war.

Eine Zeit lang hatte er ebenfalls mit dem Gedanken gespielt, sich als Caterer selbstständig zu machen, sich dann aber für die *Schildkröte* entschieden. Jetzt heimste er die Sterne ein und sein alter Kollege – der es mittlerweile nicht mehr nötig hatte, selbst Hand anzulegen – das Geld. Das Essen war gut, doch Johannes hätte ebenso gut Sägemehl vertilgen können. Er würgte das Lachsschnittchen herunter, das Elvira ihm aufgedrängt hatte, und schaute dabei mit gefrorenem Lächeln in die Runde. Rund zwei Dutzend Gäste saßen auf den mit geblümten

Schonbezügen bespannten Sesseln oder standen im Salon herum, essend, trinkend, schnatternd und lachend. Johannes hatte jeden Einzelnen von ihnen unter den scharfen Blicken von Julius begrüßt und sich dabei vage gewundert, dass niemand Anstoß an seiner Aufmachung zu nehmen schien. Nun, vielleicht hing das auch damit zusammen, dass die meisten Besucher ähnlich gekleidet waren wie er. Kaum einer von ihnen war jünger als Onkel Oskar und Tante Elli, und Johannes hatte den Eindruck, dass die meisten auch geistig nicht mehr ganz auf der Höhe waren, ja, es schien ihm nach einer Weile sogar, als sei er Teilnehmer eines geselligen Beisammenseins in einer psychiatrischen Anstalt.

Durch die jetzt offenen Flügeltüren hatte er einen ungehinderten Blick in die Halle, wo Marius am Fuß der Treppe lauerte wie ein Zerberus. So, wie der Kerl sich dort postiert hatte, konnte niemand an ihm vorbei, weder zur Tür hinaus noch die Treppe hinauf.

Julius für seinen Teil achtete streng darauf, dass sich hier im Salon alles so abspielte, wie es sich für eine ordentliche Verlobung gehörte. Elvira sprach derweil reichlich dem Sekt zu. Wenn Johannes sich nicht verzählt hatte, war sie bereits beim vierten Glas.

Trotz Julius' bedrohlicher Gegenwart – er lehnte keine drei Schritte weit weg am Kaminsims – machte Johannes einen neuen Versuch, Elvira zur Vernunft zu bewegen. »Hör zu, das hat doch keinen Sinn«, sagte er leise. »Willst du nicht endlich diese Farce beenden? Wie kannst du zulassen, dass dein Onkel …«

»Farce?«, fiel sie ihm ins Wort. Es klang trotzig und gleichzeitig ein wenig ängstlich. »Wir verloben uns doch, oder?«

»Äh … nein.« Johannes schluckte und starrte sie an. Er hatte es gesagt. Endlich war es draußen. Was würde jetzt wohl passieren? Würde sie Julius bitten, das Messer in Aktion treten zu lassen?

Doch sie schien ihn gar nicht richtig verstanden zu haben. Ihr Blick irrte durch den Raum, und als sie ihn wieder anschaute, waren ihre Augen leicht geschlitzt. »Sag mal, wieso hat eigentlich mein Onkel gerade Mutti zu ihr gesagt?«

»Zu wem?«, fragte er zurück, um Zeit zu gewinnen. Sie auf diese Weise verletzen zu müssen, war wie ein Barfußgang über glühende Kohlen.

»Zu Frau Klette«, erwiderte sie ungeduldig.

Es hatte keinen Sinn, es zu leugnen. »Sie kriegt ein Kind. Von mir. Ähm, tut mir Leid, Elvira.«

Jetzt rief sie nach Julius, wenn auch nur indirekt.

»Ich hasse dich!«, sagte sie schrill. Im allgemeinen Stimmengewirr fiel es nicht weiter auf, doch Julius hörte sie sofort und kam zu ihr geeilt. »Was ist, mein Liebes?«, fragte er besorgt.

»Hör mal«, sagte Johannes rasch. »Es tut mir Leid. Ich meine, dass ich es dir erst jetzt erzähle. Aber wir passen einfach nicht zusammen …«

»Du hast völlig recht«, sagte sie, dann trank sie in einem Zug ihr Sektglas leer. Ein vorbeiflitzender Angestellter des Partyservices schenkte ihr sofort nach, und sie kippte erneut alles auf einmal hinunter.

»Moment«, sagte Julius. »Heißt das, du willst ihn nicht mehr?«

»Nein. Das heißt ja.«

»Was denn jetzt?«

»Ich will ihn nicht mehr. Mach mit ihm, was du willst.«

Sie sank auf einen Sessel und fing an zu schluchzen, doch als sie zwischendurch einmal kurz aufschaute, meinte Johannes in ihren Augen ein winziges, erwartungsfrohes Funkeln zu sehen. Ihm blieb jedoch keine Zeit, um darüber nachzudenken, ob sie etwa – konnte das denn sein? – außer ihrem Schmerz auch Schadenfreude empfand, denn Julius packte ihn rabiat beim Arm und schob ihn durch das Gedränge hinaus in die Halle. »Wenn du dich wehrst, geht's der kleinen Mutti schlecht«, zischte er Johannes ins Ohr.

»Ein Streit unter Liebenden«, sagte jemand von den Gästen und lachte. Onkel Oskar kam vorbei, ein Glas Schnaps in der erhobenen Hand, und prostete ihm vergnügt zu. »Wohlsein!«, tönte er jovial.

»Danke«, sagte Johannes, während Julius ihn in Richtung Treppe weiterschubste. Er fragte sich, ob dies die letzte Stunde seines Lebens war und ob er wenigstens vor dem Tod Alexandra noch einmal wiedersehen würde. Bedauern stieg in ihm auf. Er hatte in seinem Leben vieles falsch gemacht. Zum Beispiel hätte er getrost früher mit Elvira Schluss machen können. Wenn er es recht bedachte, hatte ihr Geheul eher wütend als traurig geklungen. Ein weiteres schwerwiegendes Versäumnis war seine Nachgiebigkeit, was Hubert betraf. Er hätte Alexandra von Anfang an mit allen Mitteln daran hindern sollen, sich mit dem Kerl abzugeben, damit hätte er dieses ganze Desaster zuverlässig verhindern können.

Sein größter Fehler aber war gewesen, dass er vorhin oben im Badezimmer zu früh aufgehört hatte. Auf die paar Sekunden wäre es auch nicht angekommen.

Wächter und Wehwehchen

Die Uhr gongte einmal, und Hubert schreckte mit einem Aufschrei hoch. Entsetzt linste er um den Uhrenkasten herum nach oben, doch dort war niemand zu sehen. Als Nächstes wurde ihm klar, dass er eingeschlafen sein musste, während er, zwischen Uhr und Wand hockend, darauf wartete, dass Marius seinen Beobachtungsposten aufgab. Hubert schob sich kriechend Stufe für Stufe die Treppe hoch und erkannte schließlich, dass dort oben niemand mehr stand. Marius musste entweder hinuntergegangen oder in einem der Zimmer verschwunden sein. Vermutlich hielt er es für überflüssig, die geschlossene Luke die ganze Zeit zu bewachen.

Jetzt galt es, die Gunst der Stunde zu nutzen. Hubert nahm gerade die Stange zum Öffnen der Bodenklappe aus der Wandhalterung, als sich von unten her Schritte näherten. Jemand kam die Treppe zum ersten Stock hoch, und zu seinem Schrecken war Julius auch dabei. Hubert hörte, wie sein Bruder sagte: »Die junge Mutti freut sich bestimmt, dass du ihr Gesellschaft leistest.«

Lautlos fluchend hängte Hubert die Stange wieder in die Halterung und suchte sich ein Versteck.

Julius und Marius hatten den ersten Stock erreicht. Johannes, von den beiden links und rechts am Arm mitgezerrt, widersetzte sich nicht mehr, seit er wusste, dass er zu Alexandra auf den Dachboden gebracht werden sollte.

»Wo ist Huby eigentlich?«, fragte Julius.

»Keine Ahnung. Ich hab ihn schon 'ne Weile nicht mehr gesehen«, antwortete Marius. »Aber er ist noch im Haus, keine Sorge.«

»Wegen dem Kerl mach ich mir überhaupt keine Sorgen. Wahrscheinlich liegt er in seinem Zimmer unterm Bett, da hat er sich früher schon immer gerne versteckt. Der wird schon heute noch angekrochen kommen, mitsamt dem Geld. Wär das erste Mal, dass er nicht macht, was ich will. Das traut der sich nicht, sag ich dir.«

Trotz seiner strapazierten Nerven meinte Johannes aus Julius' Stimme etwas herauszuhören, das die unbekümmerte Äußerung Lügen strafte. Es hatte beinahe so geklungen, als wollte ein kleiner Junge sich mit einer großspurigen Bemerkung selbst Mut zusprechen.

Dann standen sie oben unter der Luke, und Julius wirkte ganz und gar nicht wie ein kleiner Junge, als er sein Messer aufschnappen ließ.

»Äh ... das ist doch wirklich nicht nötig!«, rief Johannes mit überkippender Stimme, während Marius ihm von hinten die Arme festhielt.

»Strafe muß sein.«

Johannes ertrug mannhaft den Schmerz, ohne zu jammern. Was Hubert fertig brachte, schaffte er schon lange. Er beschränkte sich darauf, Julius mit Blicken zu erdolchen, während das Blut von seiner angeritzten Nase tropfte.

Marius ließ die Leiter herab, wachsam nach oben äugend, ob von dort etwa Unbotmäßigkeiten zu erwarten seien. Doch in der Öffnung wurde nur kurz Alexandras erschrecktes Gesicht sichtbar, als Johannes mit einem dumpfen »Liebling! Ich komme!« stolpernd die Leiter hochkletterte, die Hand gegen die blutende Nase gepresst.

Dann schob Marius die Leiter wieder hinauf, und Julius rief durch die geschlossene Klappe nach oben: »Das war nur ein Vorgeschmack auf die Behandlung, die ich euch beiden verpasse, wenn ihr Krach schlagen solltet!« Zu Marius sagte er: »Wir warten bis heute Abend, wenn die Gäste alle weg sind und Mama schläft. Dann machen wir es im Wald, was denkst du?«

»Ich weiß nicht, ob das so gut fürs Wild ist«, wandte Marius ein. »Wenn da im Wald auf einmal so'n paar tote Typen rumliegen, kann das total das ganze Ökogefüge durcheinander bringen.«

»Aber Tote sind doch rein organisch, oder?«

»Schon. Aber Tiere sind unheimlich geruchsempfindlich. Damit kann der Wildwechsel komplett versaut werden.«

»Ich überleg mir was. Die Kläranlage gibt's ja auch noch.«

Sie gingen die Treppe hinunter. Auf dem Absatz blieb Julius stehen und schaute auf die Standuhr. »Komisch. Die geht sonst immer auf die Minute genau. Muss wohl stehen geblieben sein.« Er klopfte ein paarmal gegen das Gehäuse, dann meinte er zu Marius: »Besser, du bleibst 'ne Weile hier oben. Sorg dafür, dass kein überflüssiger Lärm gemacht wird. Und knöpf dir jeden vor, der hier oben nichts verloren hat.«

Marius fletschte auf bewährte Art die Zähne und bezog neben der Uhr Stellung.

Alexandra zog den schmerzvoll stöhnenden Johannes durch ein Gestrüpp aus sich auflösenden Korbstühlen zu einer verrottenden Matratze, drückte ihn darauf nieder und kniete sich neben ihn. »Brauchst du einen Druckverband?«, fragte sie mit zitternder Stimme. »Bist du schwer verletzt?«

Er hielt immer noch beide Hände vors Gesicht. »Ich weiß nicht«, sagte er, durch einen halben Liter Blut, wie ihm schien.

»Lass mal sehen.« Sie zog seine Hände weg und beugte sich dicht über ihn. Die Lichtverhältnisse waren nicht mehr ganz so katastrophal, weil sie die Fensterluke offen gelassen hatte. Sie betrachtete seine Nase aus unmittelbarer Nähe, dann schnalzte sie tadelnd mit der Zunge. »Du liebe Zeit, das ist ja kaum schlimmer als der Kratzer letzte Nacht. Halb so wild. Julius wollte wahrscheinlich Mamas Stragula nicht versauen.«

»Halb so wild?«, gab Johannes verschnupft zurück. »Machst du Witze?«

»Ich bin nicht in der Stimmung für Witze.« Mit einem Zipfel der Pyjamajacke tupfte sie ihm vorsichtig das Blut vom Gesicht. »Was machst du überhaupt hier oben? Du wolltest dich doch verloben?«

»Autsch!« Er wich zurück, weil sie heftiger tupfte. »Ich habe mit Elvira geredet und ihr die Wahrheit gesagt.«

Sie nickte. »Und dann hat Julius dich hier hoch verfrachtet, hm? Mit ihrer vollen Billigung, nehme ich an. Was meine These nur bestätigt.«

»Welche These?«

»Dass sie einen Knall hat.«

»Daran habe ich auch schon gedacht«, stimmte er zu. »Vielleicht hat es auch was mit dem Haus zu tun.«

»Mit dem Haus?«

Alexandra nickte. »Hier liegt irgendwas in der Luft, finde ich. So eine Atmosphäre des Verderbens. Es ist irgendwie … gruftig. Der ganze verdammte Kasten. Weißt du, woran er mich erinnert?«

»An das Haus von Norman Bates' Mutter.«

»He!« Alexandra war überrascht. »Daran hab ich noch gar nicht gedacht! Aber du hast völlig Recht! Kein Wunder, dass alle Leute hier eine Schraube locker haben.«

Er setzte sich auf und legte einen Arm um sie. »Du hast mir gefehlt.«

»Du mir auch«, sagte sie.

Sie küssten sich – vorsichtig, wegen Johannes' Nase – und sanken eng umschlungen auf die Matratze nieder. Einen Augenblick später sagte Alexandra empört: »Du hast was gegessen! Warte mal … du hattest Lachs!«

»Nur ein winzig kleines Schnittchen!«, beteuerte er. »Und es hat überhaupt nicht geschmeckt!«

Ihr Magen knurrte anklagend. »Du hättest mir was mit hochbringen können.«

»Äh … Das ging irgendwie nicht.«

Sie sah es ein. Außerdem war jetzt nicht der Augenblick, um zu streiten. Niemand konnte sagen, wie viel Zeit ihnen noch blieb.

»Ich hab übrigens noch mal nachgedacht«, wisperte Johannes.

Alexandra merkte, dass er im Begriff war, ein Thema anzuschneiden, das ihm zu schaffen machte.

»Worüber?«

»Über die Sache mit der Peitsche. Ich meine, wenn dich das so sehr antörnt, könnte ich mich bestimmt überwinden …« Er hielt inne und dachte kurz nach. »Äh … lässt du dich gerne hauen, oder haust du lieber selber?«

Alexandra verdrehte die Augen und seufzte.

Ende einer Feier

Am Abend kam ein Sturmwind auf, der Regen gegen das Haus peitschte. Die Läden klapperten wie Kastagnetten, und der Wald hinter der Grundstücksgrenze verwandelte sich in ein wogendes Kiefernmeer. Äste knackten und wirbelten durcheinander, doch alle Geräusche wurden vom Heulen des Windes verschluckt. Am Horizont zuckten Blitze herab in die Schwärze, gefolgt von entferntem Donnergrollen.

Die meisten Gäste hatten sich bereits vor Anbruch der Dunkelheit verabschiedet. Onkel Oskar und Tante Elli gehörten zu den Letzten, die aufbrachen. Frau Müller begleitete sie zur Garderobe und dann zur Haustür.

»Es war eine schöne Verlobung«, lobte Tante Elli. »Bloß ein bisschen schade, dass der Verlobte gar nicht da war.«

»Zu trinken gab's auch nix«, lallte Onkel Oskar.

»Freut mich, dass es euch gefallen hat«, sagte Frau Müller. »Nächstes Jahr feiern wir dann Hochzeit.«

Elvira hörte die Worte ihrer Großmutter und rülpste schallend. Sie saß zusammengesunken in einem Sessel im Salon, die beiden oberen Knöpfe ihres sittsam geschnittenen Cocktailkleides geöffnet. In der Hand hielt sie eine halb volle Sektflasche, aus der sie ab zu einen Schluck trank.

Zwei Leute vom Partydienst räumten soeben die letzten Teller ab; ein anderer klappte die tragbaren Tische zusammen und beförderte sie hinaus, dann waren endgültig alle sichtbaren Spuren von Elviras Verlobung getilgt.

Der Wagen des Caterers fuhr ab, und auch die letzten Gäste verschwanden.

Bloß Hugo und Shanice waren noch da. In Ermangelung anderweitiger Weisungen ihres Herrn und Meisters saßen sie immer noch auf dem Sofa. Langweilig war ihnen dennoch nicht. Sie hatten sich nicht nur das eine oder andere Gläschen Sekt einverleibt und sehr angeregt geplaudert, sondern flirteten auch seit dem Nachmittag mehr oder weniger ungeniert miteinander. Hugo fand es höchst amüsant, hinter Julius' Rücken mit dessen Braut zu turteln, und davon abgesehen war ihm Shanice ohnehin sehr sympathisch. Trotz des Veilchens und der dicken Lippe erinnerte sie ihn an die blonden Puppen, mit denen seine Schwester früher immer gespielt hatte. Shanice war wirklich ein reizendes Ding. Sie sprühte förmlich vor Charme, wenn man nett zu ihr war, und sie hatte es nicht verdient, von diesem Paranoiker ausgenutzt zu werden, von den Prügeln ganz zu schweigen. Außerdem – Hugo mochte es noch gar nicht recht glauben – fuhr Julius in letzter Zeit unzweifelhaft immer mehr auf die Schwuchtel Marius ab. Hugo war gespannt, wie die Dinge sich weiter entwickelten.

Julius hockte im alten Lehnstuhl seines Vaters, die Füße zum Kamin hin ausgestreckt, den Kopf auf der Schulter. Er schnarchte schon seit Stunden sanft vor sich hin.

Hugo lächelte und nahm Shanice's Hand. Sie entzog sie ihm nicht.

»Du bist süß«, flüsterte er, und da errötete sie kleidsam und erwiderte vorsichtig den Druck seiner Hand.

Frau Müller kam zurück in den Salon und blieb stumm stehen, um die Anwesenden durchzuzählen. Ihr schien, als fehlte jemand, und sie war beunruhigt, weil ihr nicht einfiel, wer der Betreffende war. Dann betrachtete sie grübelnd ihre Enkelin, die volltrunken im Sessel hing, die Nase in die Flasche getunkt. Richtig, es hatte mit ihr zu tun! Da war doch jemand gewesen, der extra wegen Elvira zu Besuch gekommen war!

»Elvira, wo ist denn … ähm … wie hieß er gleich?«

»K-keine Ahnung«, nuschelte Elvira wahrheitsgemäß.

Frau Müller kam auch nicht mehr darauf, weshalb sie sich darauf beschränkte, den Anwesenden eine gute Nacht zu wünschen.

Auf dem Weg nach oben stieß sie auf Marius, der immer noch auf dem letzten Treppenabsatz bei der Standuhr seine einsame Wacht hielt. Erstaunt blieb sie bei ihm stehen. »Herr Alzheimer! Was tun Sie denn hier?«

»Ich passe auf«, antwortete er töricht, weil ihm auf die Schnelle nichts Besseres einfiel.

»Worauf?«

»Äh …« – er schaute sich betreten um – »… auf die Uhr!«

»Ach so.« Sie nickte ihm freundlich zu. »Übrigens habe ich Oskar und Elli erzählt, wie hervorragend Sie den Mörderhirsch nachahmen können. Die beiden würden das sehr gern mal hören.«

Er rang sich mit Mühe ein geschmeicheltes Nicken ab. »Vielleicht beim nächsten Mal.«

»Ja, das wäre nett. Gute Nacht, Herr Alzheimer. Schlafen Sie schön.«

»Danke«, sagte Marius. Er beobachtete erleichtert, wie sie die restlichen Stufen ins zweite Stockwerk hochstieg, dann ging er hinunter ins Erdgeschoss. Als er den Salon betrat, rannte er Elvira über den Haufen, die gerade ebenfalls in Richtung Bett aufbrechen wollte. Sie landete zu seinen Füßen und schaute anklagend zu ihm hoch. »Was soll'n das?«

»Verzeihung«, stammelte er peinlich berührt und half ihr auf. Sie klammerte sich an den Aufschlägen seines Sakkos fest und vergrub ihre Nase an seiner Hemdbrust. »Ahhh!«, machte sie schnaufend. »Du riechst gut! So … männlich!«

»Äh … danke«, sagte er verlegen und löste vorsichtig ihre Hände von seiner Jacke. Sie sackte an ihm entlang zu Boden wie ein Tropfen Wachs an einer überhitzten Kerze. Unten angekommen, umklammerte sie seine Beine und schaute blinzelnd zu ihm hoch.

Vom Sofa her kicherte es. Hugo und Shanice fanden dieses Schauspiel offenbar ungemein anregend. Marius fühlte Hitze in seine Wangen steigen, während er Elvira abermals auf die Füße zog. Diesmal trat er vorsorglich einen Schritt zur Seite, damit sie sich nicht wieder an ihm festkrallte. Sie schwankte von einem Fuß auf den anderen und schaute ihn interessiert an.

»Wer b-bist du, schöner Mann?«

Hugo warf den Kopf in den Nacken und wieherte laut. Shanice stimmte mit ungezwungener Heiterkeit in sein Lachen ein. Marius schob es auf ihre Sektlaune und beschloss, dass es momentan Wichtigeres zu tun gab, als die beiden zur Räson zu rufen. Er räusperte sich, um Julius darauf aufmerksam zu machen, dass seine Mutter gerade zu Bett ging und alle Gäste aus dem Haus waren, womit es an der Zeit sei, zu ernsthaften Taten zu schreiten, doch Elvira kam ihm zuvor.

»Trag mich ins B-Bett«, verlangte sie und hängte sich wie eine Klette an seinen Arm. »Ich bin ein schwaches W-Weib!«

»Ähm … Boss?«

Unbeeindruckt von der ihn umgebenden Geräuschkulisse schlief Julius in seinem Sessel wie ein Stein. Marius zwinkerte zwei-, dreimal, um die absurde optische Täuschung zu vertreiben: So, wie Julius dort saß, schien es, als wüchse ihm das Geweih, das an der Wand über ihm hing, direkt aus dem Kopf.

»Boss!«, sagte er etwas lauter.

Julius zuckte hoch und stierte ihn an. »Was?«

»Deine Mutter geht gerade ins Bett.«

»Ja, und?«

»Die Gäste sind auch weg.«

»Scheiße, und deswegen weckst du mich?«

»Na ja, ich steh seit heute Nachmittag da oben an der Uhr, und jetzt haben wir schon zehn, und die beiden sind immer noch oben auf dem Dachboden, und da dachte ich …«

Julius gähnte. »Alles klar. Geh schon mal wieder hoch. Ich komm gleich nach.«

Marius nickte und entfernte sich. Julius gähnte abermals und beschloss, dass er erst richtig zu sich kommen müsse, bevor er nach oben gehen konnte. Er legte für einen Augenblick den Kopf gegen die Lehne des Sessels und war im Nu wieder fest eingeschlafen.

Elvira starrte auf die Flügeltüren, durch die vorhin Marius verschwunden war.

Mühsam kämpfte sie sich auf die Füße und ging, sich mit beiden Händen an den Wänden abstützend, zur Treppe.

Jungfrau in Nöten

Marius hatte wieder bei der Uhr Posten bezogen und wartete dort darauf, dass Julius ihm nachfolgte. Stattdessen kam Elvira die Treppe hochgetorkelt.

»Ich geh mich schon mal ausziehen«, teilte sie ihm lallend mit, dann wankte sie die restlichen Stufen hoch und verschwand oben in einem der Zimmer.

Marius hörte, wie eine andere Tür sich öffnete, und Sekunden später kam Frau Müller zur Treppe, im Bademantel und die eisengrauen Haare voller Lockenwickler. Vor sich her trug sie ein Glas, in dem ihre Zahnprothese schwamm. Sie blickte mitleidig zu Marius hinunter.

»Herr Alfheimer! Sie Armer müffen ja immer noch auf die Uhr aufpaffen!«

»Äh ... Das macht mir nichts aus, ehrlich.«

Sie schaute ein wenig zweifelnd drein, erhob aber keine Einwände. Ihr war eben eingefallen, dass auch ihr Sohn Hubert in jungen Jahren gern auf die Uhr aufgepasst hatte, nur meist von innen. Diese Uhr musste etwas an sich haben, das Männer dazu brachte, auf sie aufpassen zu wollen. So ähnlich wie manche Frauen.

Sie bedachte Marius mit einem verständnisvollen, zahnlosen Lächeln und verschwand irgendwo oben in ihrem Schlafzimmer.

Marius wurde allmählich ungeduldig. Er schaute auf die falsch gehende Standuhr und versetzte ihr einen harten Hieb. Sie gab einen eigentümlich dumpfen, langgezogenen Glockenton von sich und verstummte dann wieder. Es klang, als steckte das Pendel irgendwo fest. Marius streckte schon die Hand aus, um die Tür des Gehäuses zu öffnen, als ein Geist die Treppe von oben herabgeschwebt kam.

Marius fuhr erschrocken zusammen. Erst beim zweiten Hinsehen sah er, dass der Geist Elvira war, in einem aufreizenden, weißen Nichts von Spitzennegligé, das ringsum mit neckischen Rüschen gesäumt war. Sie warf sich ihm an die Brust und klammerte sich fest. »Da bin ich wieder!«

Er versuchte hastig, sie von sich zu schieben, doch sie hatte sein Hemd mit stählernem Griff gepackt und ließ nicht los.

Dicht neben seinem Kopf rülpste sie, dass ihm das Ohr klingelte, dann sagte sie: »Marius, rette mich!«

Er blickte vorsorglich über ihre Schulter, doch dort war niemand.

»Vor wem?«

»Vor mir selber. Da-davor, dass ich als alte Jungfer ende!«

Sie ließ ihn los und strich sich über das Spitzenhemd. »Siehst du das? Das wollte ich mir für meine Ho-Hochzeitsnacht aufheben. Schön, oder?«

Er erwiderte nichts, sondern lauschte angestrengt nach unten, ob sich von dort vielleicht Julius' Schritte näherten. Doch aus den unteren Geschossen war kein Laut zu hören.

Elvira fiel kraftlos gegen ihn. »Nimm mich.«

Nervös versuchte er, sie aufzurichten, doch sie sackte immer wieder zusammen wie eine Gummipuppe.

»Ich will endlich ganz F-Frau sein«, nuschelte sie.

Er hielt sie unter den Armen, und sie hing schlaff wie ein Handtuch in seinem Griff. Sie versuchte, ihn mit ihren glasigen Augen zu fixieren, und spitzte ihre Lippen zu einem Kuss. Marius prallte zurück; beinahe hätte er sie fallen lassen. Vorsichtig ließ er sie zu Boden sinken und lehnte sie mit dem Rücken an die Wand neben der Uhr, wo sie auf der Stelle einschlief.

»Ich geh mal runter und schau nach, wo Julius bleibt«, sagte Marius, eher zu sich selbst als zu Elvira und schon auf halbem Wege nach unten.

Als er weg war, öffnete sich mit einem Quietschen die Tür der Standuhr, und Hubert fiel heraus. Zu Elviras Füßen blieb er liegen, zusammengekrümmt wie ein missgestalteter Embryo, die Krokotasche wie eine plattgedrückte Plazenta vor dem Bauch. Er stöhnte ohne Unterlass.

Elvira öffnete ein Auge. »Bist du aus der Uhr gekommen, oder bin ich be-betrunken?«

»Du bist betrunken«, ächzte er.

Daran hatte Elvira im Grunde keinen Zweifel, dennoch fand sie es befremdlich, dass Hubert sich wieder und wieder mit den Handballen gegen die Ohren schlug.

»Musst du dich jetzt schon selber schlagen?«, erkundigte sie sich.

»Was?«, rief Hubert schwerhörig. Er stemmte sich mühsam in Sitzposition hoch und massierte seine eingeschlafenen Füße. Anschließend versuchte er, aufzustehen, fiel aber sofort jammernd wieder zurück. Er war eben nicht mehr fünf und für ein kleines Geißlein zu groß. Obwohl er anfangs trotz seiner verknoteten Gliedmaßen sogar eine Weile geschlafen hatte, war er sich zum Schluss vorgekommen wie Houdini in einem Sarg für Liliputaner. Als Marius vorhin gegen das Gehäuse geschlagen hatte, hatte das unvermutet anspringende Läutwerk vermutlich irreparable Schäden an seinen Trommelfellen verursacht.

Elvira sagte etwas, das sich in seinen Ohren anhörte wie: »Wo ist Marius?«

Er betrachtete sie ärgerlich. »Wieso schmeißt du dich diesem Kerl an den Hals?«

Elvira rülpste. »Weil ich es satt bin, eine pü ... prü-rüde Jungfrau zu sein.«

»Und warum muß es ausgerechnet Marius sein?«

»Weil er ein Ma-Mann ist!«

»Ich glaube, da musst du noch viel lernen.« Hubert war es doch noch gelungen, aufzustehen. Langsam kam die Blutzirkulation in seinen Beinen wieder in Gang. Mit knackenden Kniegelenken stieg er die Treppe hoch und holte die Stange aus der Wandhalterung.

Retter, Ratten und Reiter

Auf dem Dachboden war es mittlerweile stockfinster, bis auf das gelegentliche Aufleuchten eines Blitzes vor der offenen Fensterluke und einen schwachen Lichtschein, der durch den Spalt der Bodenklappe drang. Der Himmel war mondlos und von Sturmwolken verhangen, und der Wind heulte mit unverminderter Heftigkeit ums Haus.

Die Strapazen des Tages und der davor liegenden Nacht hatten ihren Tribut gefordert. Alexandra und Johannes hatten – abwechselnd, während einer von ihnen Wache hielt – einen Teil des Abends geschlafen, um für den Show-down, wie Alexandra es nannte, Kräfte zu sammeln.

Einmal hatten sie die Klappe vorsichtig einen winzigen Spalt breit aufgestemmt und Marius wie Zerberus auf dem Treppenabsatz stehen sehen, die Hand an der Ausbuchtung unter seiner Schulter.

»So hat das keinen Wert«, hatte Alexandra sofort kategorisch gesagt. »Den können wir nur im Nahkampf erledigen. Wir probieren es, wenn sie uns hier runterholen.«

Außerdem hatte sie trotz Johannes' abfälliger Bemerkungen – etwa: »Verlass dich auf den, und du bist verlassen!« – die Hoffnung nicht aufgegeben, dass Hubert ihnen doch noch helfen würde, und nun schien es, als würde ihre Zuversicht belohnt.

Sie hing über der Bodenklappe und lauschte, dann stieß sie mit dem Fuß Johannes an. Er lag auf der Matratze, die sie näher zur Klappe hin gezerrt hatten, und schlief. Sofort fuhr er hoch. »Sind sie da? Soll ich Marius übernehmen oder Julius?«

»Sei mal still. Ich glaube, ich habe gerade eben Hubert gehört!« Sie beugte sich zu dem schmalen Lichtschlitz zwischen Klappe und Boden. »Hubert! Sind Sie da unten?«

»Ja!«, tönte es gedämpft von unten zurück. »Achtung! Ich mach jetzt die Klappe auf!«

»Er ist da!«, frohlockte Alexandra. »Siehst du! Ich hatte doch Recht! Ich wusste, dass wir uns auf ihn verlassen können!«

Hugo und Shanice saßen heftig knutschend auf dem Sofa. Sie fuhren auseinander und starrten beide mit hochroten Gesichtern zur Tür, als Marius unvermittelt in den Salon platzte, doch er hatte überhaupt keinen Blick für sie, sondern ging sofort zu dem Sessel, in dem Julius schlief.

»Boss!« Vorsichtig fasste er ihn bei der Schulter. Julius reagierte nicht, und Marius rüttelte ein wenig fester. »Boss!«

Julius schrak hoch. »Was soll das? Ich hab doch gesagt, ich komm gleich!«

»Ja, aber das war vor einer halben Stunde. Wir sollten es jetzt hinter uns bringen.«

Julius schaute auf die Uhr, dann stand er auf und wandte sich zum Sofa, wo Shanice und Hugo die Köpfe zusammensteckten und miteinander tuschelten. Gähnend und sich streckend sagte er zu Hugo: »Geh schon mal raus zum Wagen. Wir kommen in ein paar Minuten nach.«

»Und was ist mit mir?«, wollte Shanice schmollend wissen.

»Du kannst hier auf dem Sofa schlafen«, beschied Julius sie.

Auf dem Weg zur Halle drehte er sich um. »Und noch was, Hugo. Irgendwie habe ich schon den ganzen Abend das blöde Gefühl, dass du Shanice anglotzt. Lass dir ja nicht einfallen, sie anzubaggern, klar? Sonst könnte deine Nase eventuell Bekanntschaft mit meinem Messer machen!«

Auf der Treppe meinte er zu Marius: »Meinst du, ich war zu grob mit ihm? Ich kann mir nicht helfen, irgendwie hatte ich den Eindruck, er wäre vielleicht scharf auf sie.«

Marius hielt es für vernünftiger, dieses Thema jetzt nicht zu vertiefen. Elvira neben der Uhr und die beiden da oben auf dem Dachboden beanspruchten ihn bereits bis an die Grenze seiner Belastbarkeit.

»Hast du Hubert zwischendurch mal gesehen?«

Marius schüttelte den Kopf. Julius wirkte ein wenig beunruhigt, sagte aber nichts. Dann kamen sie zur Uhr, wo Elvira an die Wand gelehnt vor sich hinschnarchte. »Was machst du denn hier?«, fragte Julius.

»Ich will Marius«, nuschelte sie.

Julius runzelte die Stirn. »Hat sie *Marius* gesagt? Meint sie etwa dich?«

»Ich hab nichts verstanden«, behauptete Marius.

Behutsam hob Julius Elvira auf und trug sie die letzten Stufen hoch.

»Dein Onkel bringt dich jetzt ins Bett. So wie früher, als du noch klein warst und ich dir eine Geschichte erzählt habe, weil du Angst im Dunkeln hattest.«

Elvira hätte ihm sagen können, dass sie nur wegen seiner Geschichten Angst im Dunkeln bekommen hatte – sie erinnerte sich noch lebhaft an ein Märchen, in dem garstige Zwerge Schneewittchen die Hände abgehackt hatten, weil es in ihren Bettchen geschlafen und von ihren Tellerchen gegessen hatte –, doch sie war zu betrunken, um ihre Vorwürfe in verständliche Worte zu kleiden.

Dann sah Julius Hubert auf der herabgezogenen Bodenleiter stehen, mit einer Hand die Kroktotasche an die Brust drückend, die andere nach oben ausgestreckt, um Alexandra herabzuhelfen.

»Da ist Huby!«, brüllte er Marius zu, der hinter ihm die Treppe hochkam und daher noch keine freie Sicht auf den oberen Flur hatte. Er selbst war durch die schlapp in seinen Armen hängende Elvira behindert, und bevor er sie absetzen konnte, war Hubert schon wieselflink zur Wandhalterung geflitzt, wo er die Stange an sich riss und dann mit affenartiger Geschwindigkeit die Leiter hochkletterte.

»Schnell, die Leiter hoch!«, brüllte Hubert Alexandra und Johannes an, die sich über die Luke beugten.

»Na warte, du Aas!« Julius ließ Elvira einfach fallen und zog eine der Pistolen aus seiner Sakkotasche, doch Hubert war schon oben. Die Leiter verschwand auf dem Dachboden, und die Klappe schnellte zu, einen Sekundenbruchteil, bevor Julius sie zu fassen kriegte.

Außer sich vor Wut gab er einen Schuss auf die Decke ab, der ohrenbetäubend durchs Haus hallte. Elvira rieb sich die Kehrseite, mit der sie auf den Fußboden geknallt war, dann zog sie sich auf die Knie. »Ey, das ist 'ne Pistole. Was machst du mit 'ner Pi-Pistole? Ist das nicht verboten oder so?«

»Nein, das ist nur 'ne Schreckschusspistole.« Er beeilte sich, das Ding wieder in die Tasche zu stopfen, keinen Moment zu früh, denn die Tür zum Schlafzimmer seiner Mutter öffnete sich, und Frau Müller steckte ihren Kopf heraus.

»Seid ihr auch von dem Gewitter wach geworden?«, fragte sie.

Julius nickte, und seine Mutter zog sich wieder zurück.

Julius legte, so gut es mit der Halsstütze eben ging, den Kopf in den Nacken und betrachtete nachdenklich die geschlossene Klappe, dann zog er seinen Gürtel aus den Schlaufen seiner Hose und winkte Marius zu sich heran.

»Bück dich mal«, befahl er.

»Nein! Ich hab ihr nichts getan!«

»Häh? Ich hab gesagt, du sollst dich bücken!«

Einen irrwitzigen Moment hatte Marius tatsächlich geglaubt, dass Julius ihm den Hintern versohlen wollte, doch wie sich herausstellte, wollte er nur auf seine Schultern steigen, um den Gürtel durch den Zugring an der Bodenklappe schieben zu können.

Schwankend saß Julius ein paar Sekunden später auf Marius' Schultern und mühte sich mit dem Ledergürtel ab, der eine Idee zu breit für den Metallring in der Klappe war.

»Scheiße, das geht schwer«, sagte er durch die Zähne, zusätzlich behindert durch die steife Halskrause. Er machte eine ruckartige Bewegung und Marius geriet ins Taumeln.

»Halt mich bloß gut fest!«, rief Julius.

Marius umklammerte Julius' Knie. Dann kam zu seinem Entsetzen Elvira zu ihm hingekrochen und umklammerte *seine* Knie.

»Nicht«, sagte er piepsig.

»Was ist los?«, fauchte Julius von oben, wegen der Halsstütze außerstande, nach unten zu schauen.

»Nichts«, beeilte Marius sich, zu versichern.

Elvira begann sich langsam und unter intensivem Einsatz ihrer Hände an Marius hochzuarbeiten.

»Oh, nicht dort«, bettelte Marius.

»Laber nicht so viel«, giftete Julius ihn an. »Probier mal, ob du mich nicht noch ein bisschen höher rauf kriegst!«

»Ja, das mach ich«, nuschelte Elvira in Marius' Intimbereich.

»O mein Gott!«, flüsterte Marius. Elvira hatte sich soeben seiner Kronjuwelen in einer Weise bemächtigt, die keinen Zweifel an ihrer Absicht ließ.

Julius fuchtelte hoch über seinem Kopf mit dem Gürtel herum. »Was ist? Kannst du etwa nicht mehr? Wehe, du lässt mich fallen!«

»Keine Sorge«, meinte Elvira undeutlich.

»Gleich hab ich's!«, rief Julius. »Halt mich nur gut fest!«

Doch es wollte ihm nicht glücken. Tobend vor Zorn

fing er an zu schreien, und das, was er von sich gab, war nicht druckreif.

Elvira allerdings wurde durch das Geschrei erst recht angefeuert.

Marius stöhnte entsetzt, dann hörte er auf zu denken und schloss die Augen.

Endlich schaffte es Julius, den Gürtel durch den Ring zu zwingen. Er stieß ein lautes Triumphgeheul aus. »Jetzt kannst du mich wieder runterlassen!«

Eingeklemmt und ausgerastet

Oben auf dem Dachboden herrschte das blanke Chaos. Ihnen war klar, dass Julius und Marius – nein, wohl eher nur Julius – sich unten eine Methode überlegt hatten, wie sie die Klappe aufziehen konnten.

Mit vereinten Kräften hielten Hubert und Johannes die Leiter fest und blockierten so die rappelnde Bodenklappe, während Alexandra den staubigen Fußboden nach einem Gegenstand abtastete, den sie als Sperre benutzen konnten. Sie fand die Stange, die Hubert von sich geworfen hatte, als er mit einem Hechtsprung hier oben gelandet war.

»Hier!«, schrie sie, und Johannes half ihr, die Stange irgendwie zwischen Leiter und Klappe durchzuschieben, um die Zugvorrichtung zu verkeilen, doch der immer breiter werdende Spalt ließ keinen Zweifel daran, dass ihre improvisierte Sperre nicht lange halten würde.

Alexandra tastete sich durch den verstreut herumstehenden, modrigen Plunder zum Fenster hinüber, das durch die immer häufiger niederfahrenden Blitze in unregelmäßigen Abständen als bläulich erhelltes Rechteck aufflackerte.

Sie schob ihren Oberkörper hinaus und war binnen Sekunden durchnässt. Von einer Laterne in der Nähe der Zufahrt drang mattes Licht herüber, in dessen Widerschein sich das Dach nicht mehr ganz so steil ausmachte wie noch am Nachmittag. Außerdem erinnerte sie sich, dass auf der anderen Seite des Dachs zwischen der Traufe und dem darunter befindlichen eingeschossigen Seitenanbau höchstens zwei Meter liegen konnten. Na ja, vielleicht auch drei. Aber es war definitiv eine Chance, von hier wegzukommen. Sie mussten nur über den First nach drüben klettern und sich dann auf der anderen Seite von der Regenrinne herablassen – nicht mehr als eine bessere Turnübung.

Gegenüber ihrer Lage am Nachmittag war außerdem ein entscheidender Grund für eine sofortige Flucht hinzugekommen, und zwar in Gestalt von Julius, der dort unten an der Klappe riss und dabei abwechselnd fluchte, greinte und schrie. Das meiste davon war unverständlich, doch das, was sie verstanden, machte ihnen klar, dass er kein Erbarmen mit ihnen habe würde. Er war so geladen, dass er höchstwahrscheinlich Marius befehlen würde, sie an Ort und Stelle, sprich, noch hier oben auf dem Dachboden, ihrem Schöpfer zu überantworten.

Außerdem bestand nun keine Notwendigkeit, länger tatenlos auszuharren, denn sie waren alle drei hier versammelt; Julius hatte somit keine Geisel mehr, sodass sie bedenkenlos verschwinden konnten.

Alexandra rutschte zurück auf den Dachboden. »Wir

hauen durchs Fenster ab«, rief sie durch die Dunkelheit zu Johannes und Hubert hinüber.

»Bist du wahnsinnig?«, schrie Johannes, was Julius sofort ein tierisches Geheul entlockte und ihn zu fühlbar härteren Rucken antrieb.

»Ich hab mir das Dach angesehen!«, keuchte Johannes. »Das wäre Selbstmord!«

»Wir haben aber nur die Wahl zwischen Selbstmord und Mord«, stieß Hubert hervor. In der Sekunde, bevor er die Leiter hochgehetzt war, hatte sein Blick den von Julius getroffen. In dessen Augen hatte blanke Mordgier gestanden.

Die Stange, mit der sie die Leiter blockiert hatten, gab ein leises Knirschen von sich, das sich binnen Augenblicken zu einem deutlichen Knacken steigerte.

»Mist, die Stange bricht durch«, fluchte Johannes.

Hubert fühlte, wie ihn langsam die Kräfte verließen. An seiner rechten Körperhälfte war sein Hemd nass vor Blut. Die Kugel hatte ihn irgendwo in der Seite erwischt. Er konnte schlecht beurteilen, ob ein lebenswichtiges Organ verletzt worden war, da sich der ganze Bereich von der Schulter bis zur Hüfte taub anfühlte.

Alexandra war bereits aufs Dach hinausgeklettert. Sie klammerte sich an der Bleieinfassung der Luke fest und schrie: »Macht schon! Kommt auch raus!«

»Los, laufen Sie rüber zum Fenster«, befahl Hubert Johannes, während er seine letzten Kräfte sammelte und die Leiter festhielt.

»Aber …«

»Laufen Sie schon! Ich komme gleich nach!« Johannes gehorchte und bahnte sich den Weg durch den herumliegenden Ramsch zur Luke. Alexandra streckte ihm die

Hand entgegen und zog ihn durch die enge Öffnung. Er schaffte es bis zur Brust, dann blieb er stecken. »Scheiße, es passt nicht!«, ächzte er.

»Atme mal aus und mach dich ganz dünn.«

Er versuchte es und spürte, wie sich der Widerstand im Bereich seines Sternums ein wenig verringerte, doch es reichte trotzdem nicht ganz.

»Es geht nicht!«, rief er frustriert.

Hubert blickte besorgt zu ihnen hinüber. Trotz des wilden Gerappels unter ihm war ihm nicht entgangen, dass Johannes stecken geblieben war.

Die Stange in der Leiter hatte sich weiter verbogen und war an einer Seite bereits aufgesplittert. Die Kluft zwischen Klappe und Boden maß jetzt mehr als zehn Zentimeter und war damit breit genug, um Hubert einen aufschlussreichen Ausblick auf Julius' entgleiste Physiognomie zu gewähren.

»Du gehst nicht weg«, jaulte Julius zu ihm hoch. »Du bist mein Bruder. Du gehst nicht weg. Du bist mein Bruder. Du gehst nicht weg.«

Es klang genau wie das, was es war: Das Mantra eines rettungslos Verrückten.

Hubert nahm die Krokotasche vom Fußboden auf und kroch zum Fenster. Hinter ihm gab die Stange mit einem berstenden Geräusch nach und brach durch.

Die Klappe öffnete sich urplötzlich wie der Deckel von einem Kastenteufel. Die Leiter kam ohne Vorwarnung und mit der Wucht einer Kanonenkugel herabgeschossen. Julius, der absolut blind und taub für seine Umgebung immer noch an dem Gürtel zerrte, wurde von der untersten Sprosse wie von einer Axt getroffen und gefällt.

Er blieb benommen auf dem Stragula liegen und brauchte ein paar Sekunden, um zu sich zu kommen. Wo war Marius? Ach ja, gleich da vorn. Er stand mitten im Flur bei Elvira, die seine Waden umklammert hielt und stumpfsinnig in die Gegend lächelte. Marius lächelte nicht; im Gegenteil, er schaute zutiefst verzweifelt drein. Ungeachtet der Schmerzen in seinen Rippen merkte Julius, wie Dankbarkeit in ihm aufwallte. Marius machte sich Sorgen um ihn! Julius meinte, Marius beruhigen zu müssen, doch er brachte nur ein bellendes Husten heraus.

Als Marius sich zu ihm bewegte, musste er Elvira mitschleifen. Sie war wirklich völlig betrunken. Armes Kind! Julius schwor sich, es dem Koch heimzuzahlen und Geschnetzeltes aus ihm zu machen. Vor seinem geistigen Auge schwebte plötzlich das sehr lebhafte Bild einer vielfältig einsetzbaren Kombizange. Und hatte er nicht irgendwo noch eine alte Pferdepeitsche?

Als Marius sich bückte, um ihm aufzuhelfen, sah Julius, dass sein Hosenladen offen stand – offensichtlich aufgeplatzt, bei der heroischen Kraftanstrengung, ihn wie Atlas persönlich auf den Schultern zu tragen, damit er die Leiter runterziehen konnte. Julius schaute bewegt zu ihm auf.

»Danke!«, ächzte er.

»Was?«, fragte Marius verblüfft. »Äh … ich meine, wofür?«

»Dafür, dass du mir geholfen hast, das Scheißding runterzuholen.«

»Gern geschehen«, lallte Elvira.

Engpässe und Rutschpartien

Hubert hielt Johannes' Beine umklammert und drückte ihm mit der gesunden Schulter von unten gegen das Gesäß. Er presste, bis ihm die Adern an den Schläfen schwollen, dann fühlte er einen Ruck: Johannes war durch.

Johannes wusste nicht, ob er froh darüber sein sollte. Er fragte sich, woher dieses plötzliche Gefühl von Höhenangst kam, an dem er sonst immer nur auf Brücken und Hochhäusern und sehr hohen Bergen litt.

»Gleich hast du's!«, schrie Alexandra gegen das Heulen des Sturms an. Sie hockte neben ihm, das lange Haar windgepeitscht, das Pyjamaoberteil aufgebläht wie ein nasser Ballon, die Füße in ihren Slippern gegen die Schindeln gestemmt und mit einer Hand die aufgeklappte Luke umklammernd. Mit der anderen hielt sie Johannes' Hand umfasst. Aufmunternd zog sie daran.

»Komm schon, du bist fast draußen!«

Johannes stierte das Dach entlang nach unten. »Oooh, nein!«, sträubte er sich. »Da geh ich nicht raus.« Hubert schob immer noch von unten. »Lassen Sie das!«, brüllte Johannes. »Ich will wieder rein! Hören Sie, Hubert?! Ich hab's mir anders überlegt! Aufhören, sofort!«

Doch natürlich kletterte er trotzdem hinaus. Regenböen durchtränkten im Nu die alten Wollsachen an seinem Körper, und schaudernd blickte er über Alexandras Schulter in die gähnende Tiefe. »Ich glaube nicht, dass das klappt.«

»Stell dich nicht so an!«, schimpfte Alexandra. »Es ist nicht so tief, wie es aussieht. Guck mal, ist überhaupt nichts dabei.« Sie ließ für einen Moment das Fenster und seine Hand los und balancierte freihändig auf den Schindeln. Prompt verlor sie das Gleichgewicht und schaffte es gerade noch, sich wieder am Fenster festzuhalten. Johannes, der seinerseits in einer Reflexbewegung nach Alexandra griff, weil er glaubte, dass sie fiele, hatte nicht so viel Glück. Er rutschte ab und fasste ins Leere, als er sich irgendwo festhalten wollte. Mit einem markerschütternden Schrei glitt er auf dem Hosenboden das Dach hinab und dem Sturz in den sicheren Tod entgegen.

»Johannes!«, kreischte Alexandra. Ihr Herz setzte unvermittelt aus und fing nach endlosen Augenblicken mit der Gewalt eines Dampfhammers wieder an zu schlagen, aber erst, als sie vom unteren Teil des Dachs her ein dumpfes *Uffff* hörte.

»Johannes ? Alles in Ordnung?« Sie spähte hinunter, und dann konnte sie ihn sehen: Er war in der Nähe der Dachkante am Schornstein eines Außenkamins hängen geblieben, den er umklammert hielt wie ein Affe. Bei dem Anprall war ihm schlagartig alle Luft aus den Lungen gepresst worden, weshalb er auf ihre ängstliche Frage nichts weiter herausbrachte als ein schwächliches Keuchen. Er hob die Hand und formte mit Daumen und Zeigefinger ein O, in der Hoffnung, dass sie es sehen konnte.

Doch Alexandra hatte sich bereits Hubert zugewandt, um ihm ebenfalls herauszuhelfen. Er streckte ihr die Tasche entgegen.

»Halten Sie das doch bitte mal kurz!«

»Sie müssen sich schon entscheiden! Sie oder die Tasche!«

Hubert klemmte das Ding kurzerhand zwischen die

Zähne und stemmte sich aus der Luke. Seine schmächtige Gestalt passte problemlos durch, doch er kam trotzdem nicht weiter als bis zu den Hüften hinaus, denn jemand umklammerte mit aller Macht seine Knie.

»Nur noch ein bisschen!«, schrie Alexandra. Regen lief in Strömen über ihr Gesicht, und die nasse Seide des Pyjamas flatterte Hubert um die Ohren.

»Stoßen Sie sich mal ordentlich von unten ab!« Sie zerrte an seinen Händen, und Hubert stöhnte vor Schmerz – und weil die Tasche zwischen seinen Zähnen ihn daran hinderte, ihr den Grund für sein Steckenbleiben zu nennen.

»Du bist mein Bruder«, winselte es von unten, »du gehst nicht weg!«

Auf dem Dachboden hielt Marius das Feuerzeug hoch, in dessen Lichtschein sie sich durch allerlei angeschimmelten Krempel den Weg zum Fenster gebahnt hatten. Voller Unbehagen hörte er dem kindischen Gewimmer zu, das Julius von sich gab. Ob ihn die Leiter am Kopf getroffen hatte? Dumpf erinnerte Marius sich, dass Julius vorhin schon in ähnlicher Weise herumgeheult hatte, nur hatte Marius nicht recht darauf achten können, weil er anderweitig beschäftigt war.

»Äh … Boss, alles in Ordnung?«, fragte er verstört.

»Du bist mein Bruder«, klagte Julius. Er zerrte an Huberts Beinen, fast so, wie er vorhin am Gürtel gerissen hatte, ohne einen Blick für seine Umgebung. »Du gehst nicht weg!«

Elvira kam quer über den Dachboden auf sie zugestolpert. Sie warf die Arme um Marius. »Gib meinem Leben einen Sinn, Geliebter!«, nuschelte sie. »Lass mich deine Hirschkuh sein! Komm, wir tun es noch mal, ja?«

Diese Worte brachten Julius abrupt zur Besinnung. Er ließ Huberts Beine fahren und drehte sich zu ihnen um. Fassungslos sah er, wie Elvira sich an Marius' Hosenstall zu schaffen machte.

Oben auf dem Dach hatte es ungeahnte Konsequenzen, dass Hubert mit einem Mal frei war. Sein Körper flutschte aus der Luke wie eine Wurst aus der Pelle, doch während es ihm gerade noch gelang, sich mit den Fingerspitzen an der Fenstereinfassung festzukrallen, verlor Alexandra jeden Halt. Ihre Füße rutschten weg, und sie landete flach auf dem Rücken. Mit rudernden Armen und Beinen schlitterte sie über die Schindeln abwärts.

Hubert stöhnte gegen das Krokoleder zwischen seinen Zähnen, als er hörte, wie ihr gellender Aufschrei sich in der Tiefe verlor.

»Alexandra!«, brüllte Johannes. Ihm schien, als käme sie mit Lichtgeschwindigkeit auf ihn zugerast, und ohne groß nachzudenken, streckte er die Hand aus und erwischte einen Zipfel des nassen Pyjamas, einen Sekundenbruchteil, bevor sie über die Kante des Dachs sauste.

Halb bewusstlos baumelte sie kopfunter über der Regenrinne, nur gehalten von Johannes, der mit der Kraft der Verzweiflung seine Beine um den Außenkamin krampfte und die zweite Hand zu Hilfe nahm, um den glitschigen Stoff richtig zu fassen zu kriegen.

In ihrer unmittelbaren Nähe zuckte ein Blitz vom Himmel, und Alexandra kam zu sich.

»Wo bin ich?«, murmelte sie, und dann fiel ihr Blick auf den nächsten sichtbaren Gegenstand. Es war ein Rhododendronbusch, und er stand etwa einen Kilometer weit unter ihr. Sie kreischte auf und versuchte jählings, sich irgendwo festzuhalten, doch ihre Hände fuhren ins Leere, wohin sie auch griff.

Sie wurde gewahr, dass sie halb oben war und halb über dem Rand hing. Ihre Beine lagen auf den nassen Schindeln, und ihr Oberkörper baumelte über dem Abgrund. Die Regenrinne presste sich schmerzhaft in ihre Leiste.

»Ich hab dich!«, schrie Johannes gegen den plötzlich aufbrandenden Donner an. Er hatte allen Seidenstoff, den er erwischt hatte, um seine Hand gewickelt und konnte nur hoffen, dass er nicht riss. Und dass Alexandra aufhörte zu strampeln.

»Wenn du ganz vorsichtig die Hand nach oben streckst – von dir aus nach rechts oben – kann ich dich raufziehen!«, rief er.

Alexandra biss die Zähne zusammen und versuchte es. Zentimeter für Zentimeter schob sie ihre rechte Hand himmelwärts. Der Stoff der Jacke spannte sich über ihrer Schulter und gab ein knirschendes Geräusch von sich.

»Ich schaff's nicht!« Ihr Kopf baumelte wieder nach unten, und sie schloss die Augen, um nicht mehr in den unter ihrem Gesicht gähnenden Abgrund starren zu müssen. Die Naht an der Schulter knirschte lauter.

»Du schaffst es!«, rief Johannes beschwörend. »Denk an das Baby!«

Damit hatte er ein Zauberwort ausgesprochen, wie er sofort merkte. Alexandra gelang es, ungeahnte Kraftreserven zu mobilisieren. Ihr Oberkörper bog sich zur Seite und dann aufwärts wie von Stahlseilen gezogen, und nur einen Augenblick später ergriff sie seine Hand und ließ sich von ihm zum sicheren Halt des Schornsteins hochhieven. Bibbernd und schluchzend drückte sie sich an ihn, und er umarmte sie so fest, dass er ihre Rippen knacken hörte.

»Ich liebe dich«, stammelte er.

Alexandra nickte schlotternd. »Ich dich auch.« Erschauernd lugte sie über seine Schulter hinweg in die Tiefe. »Und übrigens, nur für den Fall, dass ich nicht mehr dazu kommen sollte, es dir zu sagen: Ich glaube, bei dir komme ich auch ohne Peitsche zurecht.«

Hirsch auf dem Dach

Hat sie *Hirschkuh* gesagt?«, erkundigte sich Julius täuschend ruhig.

»Ich hab nichts verstanden«, log Marius, vollauf damit beschäftigt, sich Elvira vom Hals, oder besser, von der Hose zu halten. Das war nicht einfach, weil er dazu nur eine Hand zur Verfügung hatte, da er mit der anderen das Feuerzeug halten musste. Elvira ließ nicht locker, und Marius unterdrückte nur mit Mühe einen verzweifelten Aufschrei. Zutiefst durch das vorangegangene Erlebnis unter der Bodenklappe traumatisiert, würde er eine solche Attacke nicht noch einmal durchstehen.

»Was meinte sie mit: *Lass es uns noch mal tun?*«, wollte Julius mit schmalen Augen wissen.

Elvira lachte. »Bist du blöd oder was? Ich will es mit ihm treiben!«

Julius widerstand der Versuchung, ihr eine zu knallen. Elvira hatte ziemlich viel getrunken, und außerdem war sie sein Augapfel, ein liebes, unschuldiges junges Dingelchen. Marius dagegen war ein gestandener, kräftiger Kerl, der seine Triebe unter Kontrolle hatte. Oder vielmehr: haben sollte. Julius hätte allen Grund gehabt, ihm einen Denkzettel zu verpassen.

Aber wieso wollte er dann Elvira erwürgen anstatt Marius?

Julius kam zu dem Schluss, dass dies weder die Zeit noch der Ort war, über derart nebensächliche Fragen nachzudenken. Zuallererst musste er sich um Hubert kümmern.

Julius schob den Kopf aus dem Fenster und kniff die Augen gegen den Wind und den Regen zusammen. Beim Schornstein des Außenkamins sah er den Koch und die Frau hocken. Die beiden machten nicht gerade den glücklichsten Eindruck. Um die konnte er sich später noch kümmern, denn von dort, wo sie saßen, konnten sie nicht so schnell verschwinden, es sei denn, sie sprangen vom Dach und brachen sich dabei den Hals.

In ein paar Metern Entfernung von der Fensterluke lag Hubert flach wie eine Flunder auf dem Bauch, Beine und Arme weit ausgestreckt, die Tasche im Mund wie ein Hund beim Apportieren. Mit zeitlupenartigen Bewegungen versuchte er, sich zum First hochzuschieben. Julius runzelte die Stirn.

Nach oben statt nach unten? Was hatte das zu bedeuten? Und dann kam er darauf, was der Kerl vorhatte. Auf der anderen Seite des Dachs befand sich der Anbau, dort wollte er runterspringen und abhauen.

Julius' Augen leuchteten auf. Diese Gelegenheit war wie geschaffen für Marius, seine Loyalität ihm, Julius, gegenüber unter Beweis zu stellen!

»Geh doch bitte raus aufs Dach und schnapp dir Huby«,

sagte er lässig. Sein Herz schlug schneller, als Marius sofort bereitwillig und ohne den leisesten Hauch von Renitenz im Blick auf die Kiste stieg und seinen Oberkörper aus der Luke drängte.

»Geh nicht da raus, es regnet doch!« Elvira versuchte, ihn zurückzuzerren, doch Julius schob sie mühelos zur Seite. Er merkte, dass Marius Schwierigkeiten hatte, mit dem Brustkasten die Öffnung zu passieren, und er half mit kräftigem Schulterdruck nach, bis Marius draußen war. Ein rascher Blick durchs Fenster zeigte ihm anschließend, dass Marius sich bereits gelenkig wie ein großer Krake übers Dach nach oben schob, zu der Stelle hin, wo Hubert sich immer noch redlich abmühte, den First zu erreichen.

»Du bist gemein!«, schluchzte Elvira. »Er ist so nett!«

Julius zog den Kopf aus dem Fenster zurück. Er legte den Arm um ihre Schultern. »Marius ist nichts für dich«, brummte er nachsichtig, während er Elvira zur Leiter schob, um sie ins Bett zu verfrachten. Anschließend würde er sich mit seinem Regenschirm nach draußen begeben, um die Aktion auf dem Dach von der Zufahrt aus mit Panoramablick verfolgen zu können. Und um Hubert persönlich in Empfang zu nehmen. Das konnte eine lange Nacht werden. Hatte er nicht irgendwo im Keller noch eine alte Kombizange?

Höhenängste

Johannes spähte über den Rand des Dachs nach unten und schloss die Augen. Wieso kam ihm das blöde Haus von Minute zu Minute höher vor? Übelkeit krampfte seinen Magen zusammen, und er merkte, wie das Lachsschnittchen vom Abendessen wieder hochkam. Alexandra war ebenfalls übel, doch ihr konnte nichts hochkommen, da sie seit dem Vortag nichts gegessen oder getrunken hatte.

Sie starrte beunruhigt ihre Hände an, die nicht nur nass, sondern über und über blutbeschmiert waren, obwohl sie bis auf ein paar Abschürfungen nicht verletzt war. Dasselbe galt für Johannes, wie sie sich mit einer ängstlichen Frage vergewissert hatte. Das Blut musste folglich von Hubert stammen.

Besorgt schaute sie nach oben und verfolgte, wie Marius aufs Dach gekrabbelt kam und sich nach oben vorarbeitete, dorthin, wo Hubert lag.

»Was hat der Kerl vor?«, fragte sie.

»Keine Ahnung. Und es ist mir auch ziemlich egal.«

Der Regen trommelte unablässig auf sie nieder. Nass wie die Fische hockten sie eng beieinander am Schornstein. Johannes schätzte ihre Aussichten, von hier zu verschwinden, exakt bei Null ein, doch Alexandra war offenbar anderer Ansicht.

»Ich geh da jetzt rauf und helf Hubert«, erklärte sie, und schon machte sie Anstalten, ihre Ankündigung in die Tat umzusetzen und das Dach hinaufzusteigen.

»Bist du verrückt?« Johannes beschränkte sich aufs Argumentieren, denn er wagte es nicht, sie festzuhalten, weil er Angst hatte, sie dadurch aus dem Gleichgewicht zu bringen.

»Er ist verletzt!«, rief sie.

»Was macht das schon, gleich ist er sowieso tot!«

Alexandra schob sich ungerührt über die nassen Schindeln nach oben. »Er hat uns geholfen, jetzt bin ich dran. Außerdem müssen wir ja doch rüber auf die andere Seite, wenn wir hier runterwollen.«

»Tu das nicht!«, flehte Johannes. »Das ist der helle Wahnsinn! Der Mistkerl wird dich runterschubsen!«

»Ich paß schon auf. Im Nahkampf hab ich ein paar gute Tricks drauf, weißt du.«

Das hatte er bereits am eigenen Leib erfahren, ließ es aber nicht gelten.

»Denk an unser Kind!«, schrie er.

»Das tu ich ja«, rief sie über die Schulter zurück. »Was glaubst du, was der Typ da oben vorhat, wenn er Hubert erledigt hat? Glaubst du vielleicht, der lässt uns seelenruhig nach Hause spazieren?«

Er biss die Zähne zusammen und machte sich mit Todesverachtung daran, ihr zu folgen, doch nach einem halben Meter musste er aufgeben, weil er sonst abgestürzt wäre. Seine Höhenangst überstieg jedes nur vorstellbare Maß. Nachdem er sich gründlich übergeben hatte, rutschte er vorsichtig wieder nach unten zum Schornstein und hasste sich für seine unüberwindbare Schwäche.

Alexandra fand, dass ihre vielen Trainingseinheiten sich bezahlt machten. Es klappte viel besser, als sie gedacht hatte. Trotz des herabflutenden Regenwassers boten die Schindeln, die im Laufe vieler Jahre rau und brüchig geworden waren, den Sohlen ihrer Slipper ausreichend Halt. Der Wind pfiff ihr in heftigen Böen unter das bereits arg strapazierte Hemd, doch sie schob sich ohne innezuhalten Meter um Meter hinauf.

Hubert erreichte gerade den First. Der Bewusstlosigkeit nahe, hockte er sich rittlings auf die Abschlussziegel und starrte Marius entgegen, der ebenfalls fast oben war.

»Komm her«, befahl Marius.

Hubert schüttelte den Kopf. Die Seite des Dachs, auf der er den Abstieg unternehmen wollte, erstreckte sich abwärts zu seiner Rechten. Bis zur Traufe und dem darunter liegenden Seitenanbau betrug die Strecke höchstens zwölf Meter, doch es hätten ebenso gut zwölf Kilometer sein können. Er würde das nicht mehr schaffen. Die Verletzung war wohl doch schlimmer, als er geglaubt hatte. In der verwundeten Körperseite hatte er kaum noch Gefühl, und die Tasche zwischen seinen Zähnen – er würde eher sterben, als sie aufzugeben! – erschwerte ihm zusätzlich das Atmen. Er nahm sie aus dem Mund, um besser verschnaufen zu können.

Marius war ebenfalls oben angelangt. Wie Hubert hockte er sich auf den First und schob sich rittlings näher. Hubert seinerseits rutschte rückwärts, auf den Giebel zu, bis es nicht mehr weiter ging. Ein Blick über die Schulter nach unten belehrte ihn, dass Höhe genau wie Freiheit ein relativer Begriff war: Es kam ganz auf die Warte an. Von hier oben aus gesehen war das Haus jedenfalls definitiv höher als von unten. Tödlich hoch.

»Jetzt komm schon«, kommandierte Marius barsch. »Sonst hol ich dich.«

Bevor er sich noch näher an Hubert heranschieben konnte, erreichte Alexandra den First und schwang ein Bein darüber. Sie saß direkt vor Hubert, wie ein Schild, das trotzige Gesicht Marius zugewandt.

»Probier's doch!«, sagte sie wütend.

Marius schickte sich an, genau das zu tun. Er zog seine Pistole aus dem Schulterhalfter, um das Hindernis auf schnelle, effiziente Weise aus dem Weg zu räumen. Hubert sah es über Alexandras Schulter.

»Warte!«, rief er mit schriller Stimme. Er hob die Tasche hoch und winkte damit.

»Siehst du, was ich hier habe?«

»Eine Tasche«, antwortete Marius.

»Wenn du schießt, könnte die Kugel durch mich durchgehen und Hubert treffen«, warnte Alexandra. Das wirkte besser als der Trick mit der Tasche, denn mit ihrer Bemerkung hatte sie Marius ersichtlich Stoff zum Nachdenken gegeben. Dass Hubert vom Dach fiel, war nicht Sinn der Sache. Marius überlegte, wohin er schießen musste, damit die Kugel in Alexandra stecken blieb.

»Weißt du, was in der Tasche ist?«, fragte Hubert.

»Geld«, sagte Marius geistesabwesend. Vielleicht in die Brust? Nein, zu viele Weichteile.

»Nein, kein Geld!«, schrie Hubert triumphierend. »Es sind Besitzurkunden! Von einer Hazienda in Südmexiko! *Dafür* hab ich das Geld gebraucht!«

Marius entschied sich für den Kopf. Da war der Knochen ziemlich dick. Dann musste er allerdings genau in die Stirn treffen. Er legte sorgfältig an, und Alexandra schloss die Augen und begann zu beten.

»Nein!«, brüllte Johannes von unten, und Marius ließ sich ablenken, aber nur für eine Sekunde.

»Sie liegt in den Bergen!«, rief Hubert, hektisch mit der Tasche wedelnd. »Ein richtiges Luxusanwesen! Mit Personal und allem Drum und Dran! Da wollte ich hin, seit Jahren hab ich davon geträumt, dort ein ganz neues Leben anzufangen! Ohne Gemeinheiten, ohne Verbrechen, ohne Julius!« Er machte eine Pause und schluckte. »Ich schenke es dir, Marius. Dann kannst *du* ganz von vorne anfangen! Ein Leben in Würde und Freiheit, verstehst du?! Du könntest sogar Elvira mitnehmen.«

Diese Vorstellung war für Marius der Inbegriff von Horror. Er war für einen Moment aus dem Konzept gebracht und musste erneut anlegen.

Hubert holte Luft, dann beschrieb sein Arm einen weiten Bogen. Die glänzende Tasche flog wie ein Frisbee auf Marius zu und traf ihn am Kopf. Bei dem Versuch, diesem unerwarteten Geschoss auszuweichen, geriet er ins Wanken und rutschte vom First. Johannes sah ihn herabschießen wie auf einer Wasserrutschbahn und eine heiße Woge von Erleichterung und Dankbarkeit durchflutete ihn.

Mit den Füßen voran flog Marius über den Rand des Dachs, stürzte aber zu Johannes' Überraschung nicht ab, sondern blieb schwankend hängen, die Hände in die Regenrinne gekrallt. Langsam wandte er den Kopf zum Schornstein, dorthin, wo Johannes hockte und ihn gebannt anstarrte. Höhnisch fletschte er die Zähne, und dann begann er, sich langsam mit einem Klimmzug zurück aufs Dach zu hieven.

Hirschhammer

Es hatte länger als erwartet gedauert, Elvira ins Bett zu stecken. Sie maulte unentwegt, dass sie Marius wahnsinnig liebe und dass Julius ein unerträglicher Tyrann sei, der ihr bloß den Mann ihres Lebens mies machen wolle.

»Er ist so männlich«, schluchzte sie, als er sie schon das dritte Mal zudeckte.

In diesem Punkt war Julius mit seiner Nichte einer Meinung, doch er konnte nicht dulden, dass sie seinem besten Angestellten Avancen machte. Es war einfach eine Frage der Prioritäten, fand er. Außerdem wollte er endlich nach draußen.

»Bleib jetzt liegen!«, herrschte er Elvira an, doch das war nicht nötig. Sie hatte sich soeben zur Seite gedreht und war eingeschlafen.

Julius glaubte, von draußen ein Geräusch gehört zu haben, und ging zum Fenster. Tatsächlich, unten in der Zufahrt war etwas zu sehen. Durch den Regen liefen Hugo und Shanice zum Wagen. Die beiden hatten sich ja lange Zeit gelassen! Und wieso war Shanice mit rausgekommen? Die sollte doch auf dem Sofa schlafen! Moment, jetzt blieben sie stehen und … und küssten sich! Sie *küssten* sich! Hugo, der Trottel, küsste Shanice! Julius fühlte keine Eifersucht, sondern nur grenzenlose Wut, weil man seine Befehle missachtete. Denen würde er's zeigen! Er tastete nach dem beruhigenden Umriss des Messers in seiner Sakkotasche.

Was war das? Hugo und Shanice lösten sich voneinander und starrten wie gebannt zum Dach hoch. Da war irgendein Spektakel im Gange, und er, Julius, bekam nichts von diesem wohlverdienten Schauspiel mit! Fluchend rannte er nach unten, um wenigstens den Rest live zu erleben.

Als er aus dem Haus kam, sah er sofort die Tasche auf dem Asphalt liegen. Er bückte sich, um sie aufzuheben, doch dann traf ihn von oben ein Schwall Wasser. Leicht behindert durch die Halskrause schaute er hoch. Direkt über ihm hing Marius mit baumelnden Beinen an der Traufe und versuchte, in einem herkulischen Kraftakt einen Klimmzug zu vollführen, doch die Rinne hatte bereits unter seinem Gewicht nachgegeben und hing durch.

Ein durchdringend lautes Geräusch von reißendem Metall erfüllte die Luft und übertönte das allgegenwärtige Heulen des Windes.

»Nein!«, kreischte Julius, doch er konnte es nicht mehr verhindern.

Marius kam mitsamt der abgerissenen Regenrinne herabgeschossen und landete wie ein Felsblock direkt auf Julius.

Als Julius Augenblicke später wieder zur Besinnung kam, hatte er ungehinderte Sicht auf Marius, der neben ihm in einer Lache aus Blut und Regenwasser lag, die im Tod gebrochenen Augen blicklos zum Himmel gewandt.

Ein schreckliches Gefühl von Trauer und Verlust übermannte Julius, und er musste für einen Moment die Augen schließen. Als er sie wieder öffnete, sah er die Füße von Hugo, der neben ihn trat und sich über ihn beugte. Hugo schaute ihm prüfend ins Gesicht, machte aber keine Anstalten, ihm zu helfen. Julius wollte etwas sagen – etwas in der Art, dass Hugo sich ja vorsehen solle –, doch seine Stimme gehorchte ihm nicht. Er probierte, sich zu bewegen, doch auch das klappte nicht. Alles, was dabei herauskam, war ein leises Knacken seiner Halswirbel. Wenigstens tat ihm nichts weh, tröstete Julius sich. So schlimm konnte es also nicht sein. Er würde sich nur ein bisschen ausruhen, dann wäre er wieder ganz der Alte.

Neben ihm kniete Hugo auf dem Asphalt und öffnete die Tasche. Julius sah kurz Papiere mit prunkvollen amtlichen Aufdrucken in einer fremden Sprache, dann wurde die Tasche wieder zugemacht und aufgehoben, und Hugo sprintete aus seinem Blickfeld. Julius hörte zweimal eine Wagentür zuschlagen – mit leicht schepperndem Unterton –, und dann brummte der PS-starke Motor des Daimlers auf. Ihm wurde klar, dass Hugo jetzt mit Shanice wegfuhr.

Was jetzt? Er versuchte zu rufen, doch es ging nicht. Er versuchte, aufzustehen, doch auch das war unmöglich. Alles, was er tun konnte, war, den toten Marius zu betrachten.

Wenn er den Kopf hätte drehen und zum Dach aufschauen können, hätte er gesehen, dass dort oben sein großer Bruder Hubert wie ein siegreicher Reiter auf dem First hockte.

Lauter glückliche Menschen

Shanice lag in der Hängematte auf der Veranda und aß Weintrauben. Der milde Wind trug den süßen Duft der Bougainvillea herüber, die in üppiger Pracht über dem Geländer und der Pergola rankte. Hugo kam aus dem Haus, braun gebrannt und gut gelaunt, einen frischen Drink in der Hand. Er gab Shanice zuerst einen Kuss und dann das Glas, und sie himmelte ihn lächelnd an. Noch nie hatte sie einen so wunderbaren Urlaub erlebt wie hier, in der rustikal-gepflegten Umgebung von Huberts

Hazienda, bei immer während schönem Wetter und umsorgt von aufmerksamem Personal. Und von Hugo, dem Mann ihres Lebens. Er schlug sie nie und machte hervorragende Longdrinks.

Ein weiß gekleideter junger Arbeiter kam auf die Terrasse gerannt.

»Señora, Señora! Los visitantes!«

Shanice legte die Hand über die Augen. Drüben beim Zaun fuhr gerade ein Wagen ab, und als die Staubwolke sich gelegt hatte, waren ihre Besucher gut zu erkennen. Sie stand von der Hängematte auf und ging, Arm in Arm mit Hugo, zur Brüstung der Veranda und winkte.

»Huhu, hier drüben sind wir! Herzlich willkommen!«

Elvira kam ihnen entgegen, in einem weit ausgeschnittenen Flamencokleid und mit völlig neu frisiertem Haar, das ihr in glänzenden Locken um ihr strahlendes Gesicht wippte. Der junge Arbeiter blieb mit gesenkten Blicken bei der Veranda stehen, und als Elvira näher kam, hob er mit einem leichten Flattern die Lider, womit er Elvira augenblicklich auf die unglaubliche Länge seiner Wimpern aufmerksam machte. Sofort zog sie aus ihrem Handtäschchen ein Wörterbuch, um nachzuschlagen, was *Hallo, schöner Mann* auf Spanisch hieß.

Frau Müller schob den Rollstuhl, in dem Julius saß. Auf dem Kopf hatte er eine Kappe gegen die Sonne, weil er seit neuestem bis auf einen Haarkranz kahl war. Seine Mutter hatte trotz aller Mühe nicht die richtige Technik erlernt, sein Haar flächendeckend von einer Seite des Kopfes auf die andere zu dekorieren. Außerdem trug er eine funkelnagelneue Halskrause, die etwas stabiler war als die alte, die bei dem Unfall kaputt gegangen war. Darüber hinaus verfügte sie über eine Öffnung im Bereich des zerschmetterten Kehlkopfs, wo ein Beatmungsschlauch hindurchgeschoben werden konnte, falls es – was gelegentlich geschah – zu Atemstillständen kam. Die Ärzte hatten behauptet, Julius hätte bei dem Unfall ungeheures Glück gehabt, denn wenn seine Wirbelsäule nur einen Wirbel weiter oben gebrochen wäre, hätte das seinen Tod bedeutet. So war er nur vom Kinn abwärts komplett gelähmt.

Frau Müller betrachtete entzückt das im Ranchstil erbaute Herrenhaus vor der malerischen Kulisse der Berge. Selten hatte sie etwas Schöneres gesehen! Und die reizende Frau in dem rosa Kleid dort oben auf der Veranda winkte ihr so herzerwärmend freundlich zu, als würden sie einander bereits kennen. Frau Müller strahlte die Fremde an und winkte zurück. Dann beugte sie sich zu Julius hinunter.

»Freust du dich, dass wir hier sind, Julius?«

Sie schob den Rollstuhl dicht an die Veranda heran. Julius betrachtete Shanice, die wie eine Klette in Hugos Arm hing und mit ihm herumknutschte. Auch Elvira dort drüben sah ganz so aus, als würde sie am liebsten noch heute mit diesem Latin Lover in Weiß zur Sache kommen.

Trotzdem sagte Julius nichts. Das lag nicht etwa daran, dass ihm nichts eingefallen wäre – sein Denkvermögen hatte nicht gelitten, und er hätte ihnen allen eine Menge mitzuteilen gehabt –, sondern daran, dass er nicht mehr sprechen konnte.

»Ist es nicht wunderbar, dass wir hier einen Urlaub verbringen dürfen? Ach, es ist so lieb von Hubert, dass er das für uns arrangiert hat! Das Klima wird dir gut tun!«

Julius hasste die Hitze, die Sonne, das Haus, die Mexikaner, das ganze verdammte Land. Und mehr als alles andere hasste er natürlich Hubert, doch der war wenigstens momentan nicht hier.

Frau Müller legte ihm die Hand auf die Schulter und beugte sich zu seinem Ohr. Auch das hasste er. Sie schrie ihm ständig ins Ohr, als sei er schwerhörig.

»Bist du auch so glücklich wie ich, mein Junge?«

Er öffnete den Mund und stieß ein zorniges, unartikuliertes Blöken aus; es klang ein wenig wie *der Kampfruf des Rudelführers* und war – außer mörderischen Blicken – alles, was ihm noch an Ausdrucksmöglichkeiten zu Gebote stand.

Frau Müller lauschte aufmerksam, dann nickte sie erfreut und übersetzte es für Shanice und Hugo.

»Er hat gesagt, er ist glücklich.«

Kiss off

Die kleine, mit vielen Blumengestecken geschmückte Kirche war bis auf den letzten Platz besetzt. Irene, im schicken neuen Kostüm, saß zusammen mit ihren beiden Jungs in der ersten Reihe. Alexandras Eltern waren aus Süddeutschland angereist, und Johannes' Vater war aus dem Saarland gekommen. Alle guten Freunde und Verwandten hatten sich eingefunden. Hubert, Carl von Sprengl und Klaus waren nicht unter den Gästen, doch ansonsten war alles wie in Alexandras Traum. Sie hatte sich sogar ihr Umstandshochzeitskleid nach dem Modell anfertigen lassen, das sie im Traum getragen hatte, obwohl es jetzt im Januar eigentlich zu kalt war für ein schulterfreies Kleid. Johannes war im Cut; er hatte sich zwar geweigert, ein Hemd mit Vatermörderkragen zu tragen, doch auch so sah er in jeder Beziehung wie Alexandras Traummann aus.

Der Ring war ein schlichtes Modell ohne Stein, doch für Alexandra war es der schönste Schmuck, den sie je besessen hatte.

Genau in dem Augenblick, als Johannes ihr das Jawort gab, fielen einige verirrte Strahlen der Wintersonne durch die bunten Kirchenfenster und tauchten die winzige Schildkröte auf ihrer Schulter in ein flimmernd grünes Licht. Johannes sah es und wusste, dass sich nun sein Schicksal erfüllte, das Esmeralda ihm vor vielen Jahren vorausgesagt hatte.

Tosende Orgelklänge füllten die Kirche, und in der ersten Reihe heulten Irene und Alexandras Mutter um die Wette, als Johannes und Alexandra sich küssten.

Dann – Alexandra sah es aus dem Augenwinkel – öffnete sich langsam das Kirchenportal. Es schwang Zentimeter um Zentimeter auf. Das Orgelspiel setzte aus, und Alexandra zuckte zusammen und legte schützend beide Hände über ihren gewölbten Bauch, in dem sich, das wusste sie zuverlässig, keine Luft, sondern ihr Sohn befand, der bald zur Welt kommen sollte.

Dann wurde das Portal mit einem Ruck vollends aufgestoßen, und Hubert kam in die Kirche gestürzt. Alexandra seufzte erleichtert auf. Er hatte es doch noch geschafft! Freude erfüllte sie, als sie ihn sah, denn seit der schicksalhaften Nacht im letzten August verknüpfte sie jenes besondere Band, das zwischen Menschen entsteht, die füreinander ihr Leben einsetzen.

Von seiner schweren Schussverletzung war er genesen, und nichts deutete mehr darauf hin, dass er fast acht Wochen im Krankenhaus hatte liegen müssen. Er wirkte vitaler denn je. Beschwingt schritt er aus und kam rasch auf sie zu, das Gesicht zu einem breiten Lächeln verzogen.

Alexandra war längst nicht mehr der Ansicht, dass er wie ein Frettchen aussah. Auf seine Art wirkte er sogar fast attraktiv; der Meinung schien auch Irene zu sein, die ihm vom Mittelgang her erfreut zuwinkte, als sie seiner ansichtig wurde. Er trug einen hellen Wintermantel, dessen Farbton einen interessanten Kontrast zu seinem gebräunten Teint bildete. Atemwolken kondensierten vor seinem Mund, und als er das Brautpaar vereint vor dem Altar stehen sah, strahlte er über das ganze Gesicht. Er eilte auf sie zu und umarmte zuerst Alexandra, dann Johannes.

»Herzlichen Glückwunsch! Tut mir Leid, dass ich zu spät komme. Das Flugzeug hatte Verspätung. Und dann bin ich hiermit …« – er hielt eine Pappschachtel mit Geschenkband hoch – »… auch noch beim Zoll aufgehalten worden.«

»Hauptsache, Sie sind pünktlich zur Feier da«, sagte Alexandra. »Johannes hat selbst gekocht. Das dürfen Sie sich auf keinen Fall entgehen lassen!« Zu Johannes meinte sie scherzhaft: »Hast du gehört, was der Pfarrer gesagt hat? Jetzt musst du mich versorgen, in guten wie in schlechten Tagen!«

Johannes lächelte. »Kannst du eigentlich auch mal an was anderes denken als ans Essen?«

Alexandra nickte und stellte es sofort unter Beweis.

Hubert beobachtete das sich küssende Paar eine Weile,

dann hüstelte er schüchtern, um die beiden auf das Geschenk aufmerksam zu machen, das er ihnen mitgebracht hatte. Johannes hielt die Schachtel, und Alexandra zog die Schleife ab und hob den Deckel. Aus einem Bett von Löwenzahnblättern lugte ihnen eine kleine grüne Schildkröte entgegen.

Karolines Männerfrust kennt keine Grenzen: Ihr Beinahe-Verlobter Vinzenz schwängert seine Sekretärin und läßt Karoline sitzen — mit einer baufälligen Villa, einer Riesenhypothek und einer handfesten Schreibblockade. Während die junge Autorin ihren Frust in Prosecco ertränkt, zieht kurzerhand ihr schwuler Ex-Freund Roland bei ihr ein. Als dann auch noch dessen Liebhaber Fabian mit einem Schlafsack anrückt und Karolines männergeschädigte Freundin Anke in der Villa Zuflucht sucht, ist das Chaos aus Bau- und Beziehungslärm komplett. Zum Glück gibt es noch Konrad mit dem Waschbrettbauch und den betörend blauen Augen. Karoline braucht dringend ein Mittel gegen Katastrophen ...

ISBN 3-404-16221-8

BASTEI LÜBBE

Männer und andere Stolpersteine – das hatte Carola sich nicht gerade für ihren wohlverdienten Kreta-Urlaub vorgestellt. Eigentlich wollte die glücklich geschiedene Mutter von zwei heftig pubertierenden Töchtern endlich einmal ausgiebig Sonne und Kultur tanken – und sich männerlos so richtig wohl fühlen. Doch da hat sie die Rechnung ohne ihre beiden Töchter und vor allem ohne ihre Zwillingsschwester gemacht. Die sind nämlich alle drei vom Kuppelwahn befallen ud wollen Carola den ultimativen Urlaubslover verschaffen. Er taucht dann auch prompt auf, in der Gestalt eines gewissen Justus, der außer Urlaub auf Kreta noch einiges mehr vorzuhaben scheint ...

ISBN 3-404-16224-2

BASTEI LÜBBE